메라조피스
세상을 떠난 소피아의 부모에 대한 충성.
두 사람과 한 약속을 가슴에 품은 채
소피아를 지키기 위해 전부를 내걸었다.

소피아
흡혈귀 진조. 메라조피스에게
주종 관계 이상의 집착을 갖고
골칫덩어리 여자로 성장 중.

아리엘
태고의 신수. 시로와 소피아,
인형 거미들을 돌보면서
마의 산맥으로 향한다.

시로
거미 마물이었다가 염원을 이루고
드디어 완전하게 인간형이 됐지만
현재는 스킬과 능력치를 잃고 대폭 악화.

힘히 드러난 내 얼굴을 보고
오니 군의 움직임이 멈췄다.
어라?
혹시 내 얼굴을 알아본 거야!?
지금 이름을 불러주면
이성이 돌아올지도 몰라!
"시사지마?"
천천히, 신중하게 그 이름을 불렀다.

거미입니다만, 문제라도?

8

저자 **바바 오키나**

일러스트 **키류 츠카사**

contents

오니의 통곡

"으, 으으, 으아."

신음 소리가 밤의 정적 속으로 사라져 간다.

그 신음성 아닌 다른 소리, 온갖 소리가 모두 숨을 죽이고 있었다.

마치 신음 소리의 주인에게 겁을 집어먹은 것처럼…….

대신 주위를 지배하는 것은 짙은 혈향.

바람도 저 불길한 냄새를 피하려는 듯 불어 들지 않았던 터라 장중에 드리워진 짙은 죽음의 기척은 가실 줄을 모른다.

땅에 흩뿌려진 잔해가 본래는 어떤 생물이었는가 알고 있는 자는 통곡의 주인뿐.

달마저도 이 참극은 보고 싶지 아니하였을까, 짙은 구름에 제 몸을 숨겨 놓았다.

신음성에 물고 씹는 소리가 섞인다.

자연의 섭리대로 패자는 고기가 되고 강자는 배를 채운다.

그러나 정작 승자는 추위와 다른 연유에서 소름이 돋은 몸으로 물고 씹기를 거듭했다.

"괜찮아. 아직, 괜찮아."

승자임에도 겁에 질려서 스스로를 달래려고 하는 말.

"나는 아직, 제정신을 잃지 않았어!"

그 부르짖음은 누구 하나 듣는 이 없이 밤의 어둠 속으로 허망하게 사라져 갔다.

1 나, 약해지다

푸른 하늘. 하얀 구름.

살짝 쌀쌀하지만 햇볕 덕분에 아주 못 견딜 추위는 아니었다.

끝내주게 화창한 날.

이런 날이야말로 소풍 가기에 딱이지!

"헉헉, 헉."

그러나 현실은 잔혹하다.

내리쬐는 햇살도 보통 사람에게는 은혜롭겠지만 지금 우리에게는 아주 얄밉기 짝이 없었다.

그리고 이미 숨이 턱턱 끊어지고 있는 여자가 한 명.

바로 나였다.

"일행분은 괜찮은가?"

검문을 서는 병사 아저씨가 걱정스럽게 묻는다.

다만 내게는 대답할 기력도 없다.

"괜찮아. 맨날 이렇거든."

"그게 괜찮은 게 맞나?"

마왕의 대답을 듣고 병사 아저씨가 더욱 걱정스러운 눈빛으로 이쪽을 돌아보는 기척이 느껴졌다.

"뭐, 썩 괜찮지는 않으니까 어서 통과시켜주면 안 될까? 보다시피 많이 힘들어해서 빨리 쉴 만한 곳으로 데려다주고 싶거든."

"아, 괜히 붙잡았군. 음, 그래. 통과. 푹 쉬게나."

마왕이 인원수 몫의 통행료를 지불한 뒤에 문을 통과해서 도시 안으로 발을 들여놓았다.

나는 메라가 마부석에 앉아 몰아가는 마차를 탄 상태에서 문을 빠져나갔다.

이곳은 렝잔드 제국의 변경.

마족령과 가까운 서북방의 도시.

렝잔드 제국, 마족령과 인접한 인족의 나라이자 인족, 마족 전쟁의 최전선에 있다.

즉 마족령을 목표로 이동하는 우리의 처지에서 보면 드디어 목적지가 보이는 지점까지 온 셈이다.

물론 인족과 마족이 서로 눈을 부라리고 있는 국경을 멍청하게 휙 건너가는 짓은 안 한다.

렝잔드 제국의 북서쪽, 그곳에는 마(魔)의 산맥이라고 불리는 험준한 산맥이 자리 잡고 있었다.

인족령과 마족령을 분단하는 저 산맥을 하나 넘어가면 마족령에 다다를 수 있다.

다만 마의 산맥은 심상치 않은 이름에서 나타나듯 공략 또한 대단히 곤란한 곳이었다.

높은 표고의 각박한 환경 자체가 생명을 거부하는데도 그런 여건을 극복하면서 서식하는 마물이 있었다.

눈과 얼음에 뒤덮여 있는 데다가 표고가 높은 까닭으로 기압이 낮고 공기 역시 희박했다.

그뿐 아니라 이렇듯 거친 환경에 적응한 마물까지 덮쳐드는 데야 안 죽고 견딜 재간이 있을까.

뭐, 이상은 물론 일반적인 경우이고…….

마왕을 필두로 우리 멤버는 여러모로 평범하지 않아서 마의 산맥이든 어디든 간에 여유롭게 돌파가 가능하다.

……가능했건만.

"시로야, 괜찮, 안 괜찮구나. 조금만 더 참자. 여관 거의 다 왔어."

마왕의 격려에 힘없이 머리만 살짝 움직여서 대답했다.

왜 내가 이렇게 기진맥진하냐고?

대답은 마차 멀미 때문에, 그리고 지쳐서.

진짜, 농담 아니고.

이런 처지가 된 이유는 내가 어느 사건을 겪으면서 대폭 약체화되고 말았기 때문이다.

지금으로부터 2년쯤 전, 어느 황야의 지하에 숨겨져 있던 유적에서 고대의 병기, UFO가 출현하는 사건이 벌어졌다.

직경이 킬로미터 단위는 될 법한 초거대 UFO와 거기에 격납되어 있던 수많은 병기.

심지어는 폭발 시 대륙을 날려버린다는 말도 안 되는 위력의 폭탄까지…….

그런 고대 병기를 상대로 했던 싸움은 어찌어찌 우리의 승리로 끝났다.

UFO는 격추.

그리고 가장 큰 문제였던 폭탄 처리도 해냈다.

내가 먹어 치워서…….

응. 그때는 내가 제정신이 아니었어.

폭발 직전의 폭탄을 먹어서 어쩌자는 건데.

근데 무작정 먹어 치웠더니 어떻게 해결이 났단 말이지~.

뒤늦게 돌이켜보면 대체 뭔 짓이냐고 면박을 놓고 싶은데, 뭔 결과가 나기는 났던 바람에 반박도 슬쩍 꺼내 놓고 싶은 이 애매한 기분.

폭탄의 에너지를 내가 꿀꺽 삼켜서 흡수.

순간적으로 마왕의 폭식을 떠올려서 흉내 냈던 게 잘 먹혀들어서 대륙을 펑 날려버릴 만한 에너지를 전부 흡수하는 데 성공했다.

그리고 예상 밖의 부작용으로 나는 대량의 에너지를 흡수한 끝에 신에 이르기 위한 진화, 신화(神化)를 이룩했다.

아무래도 신이라는 존재는 막대한 에너지를 지닌 자라고 정의되는 듯했다.

대륙을 다 날리고도 남을 폭탄의 에너지를 흡수한 내가 멋지게 그 조건을 달성해 냈고…….

해냈다! 이제는 무적이라네!

……이게 말이야, 그렇게는 안 됐단 말이지.

무적은커녕, 오히려, 꿍.

신이 됨으로써 나는 이 세계를 떠받치고 있는 시스템에서 제외 통보를 받고 말았다.

이 세계의 스킬 및 능력치, 지구에는 없었던 온갖 요소를 주관하는 것이 시스템이다.

그런데 시스템에서 제외당하면 어떻게 될까?

대답, 능력치 및 스킬이 사라집니다.

요컨대 이런 뜻이다.

이제껏 내가 발휘한 전투력은 능력치 및 스킬에 의존했던 것.

두 요소가 사라지면 나는 에너지를 많이 보유한 인간 비슷한 뭔가밖에 안 된다.

능력치가 없기 때문에 지금의 나는 대충 퍽 때려서 큰 바위를 박살 내는 괴력도, 그 반동을 전부 견디는 굳건함도, 눈에 안 보일 만한 신속함도 아무것도 없었다.

스킬이 없으므로 실을 뽑아내지도 마법을 쓰지도 사안을 쓰지도 못한다.

없어, 없다고~. 아~무것도 없어!

에너지가 넘친들 정작 사용법을 모르는 데야 그림의 떡.

그리고 그 사용법을 초간략화해주는 것이 스킬이자 능력치이다.

시스템의 서포트를 받던 시절의 내가 보조 바퀴가 딸린 자전거에 탄 상태라고 하자면, 지금의 나는 대형 모터사이클에 탄 상태.

다만 운전할 줄을 몰라! 요렇게.

머신 스펙은 현격하게 뛰어올랐지만 막상 움직일 줄을 모르니까 의미 없잖아.

그런고로 지금의 나는 정말이지 평범한 인간과 다를 바가 없는 상태다.

아니, 다 같이 시스템의 혜택을 받고 있는 이 세계의 기준으로 보면 엄청나게 약하다.

아니, 지구 기준으로 봐도 이 몸의 체력은 실소가 나올 만큼 허약하니까 엄청나게 약하다.

떠올려본다, 와카바 히이로의 기억을…….

학교 체력장에서 큰 격차로 최하위를 기록했던 참 지긋지긋한 기억이다.

지금의 내 신체 스펙은 그때를 근거로 삼은 듯싶었다.

덕분에 단지 걸어 다니기만 해도 이렇게 풀썩 쓰러질 만큼 연약함을 자랑하고 있었다.

후, 후후.

한때는 마왕이라든가 포티머스라든가 몇몇 예외를 제외하면 적수 없음 상태였던 내가 체력 고갈로 마차 위에 뻗어서 흐느적흐느적하고 있을 줄이야.

우습다.

웃을 일이 아니지만 우습다.

"앗, 시로가 경련을 일으켰어. 슬슬 위험하겠다."

마왕이 나를 빤히 쳐다보며 마부석에 앉아 있는 메라에게 조금 서두르도록 지시를 내렸다.

마차의 진행 속도가 올라가고 거기에 비례해서 흔들림 또한 격해진다.

우웩.

속이 울렁거린다.

어떻게든 견디고자 이를 악물었다.

그때 뺨을 찌르는 감촉이 콕콕.

누구야! 음, 이런 짓을 하는 녀석은 안 봐도 뻔하지만.

실눈을 뜨자 아니나 다를까, 내 뺨을 찌르고 있는 피엘의 손가락

끝이 보이는구나.

이런 짓을 하는 녀석은 대체로 장난치기 좋아하는 피엘이나 그다음으로 행동이 예측되지 않는 리엘 둘 중 하나란 말이지!.

힘없이 피엘의 손가락을 밀어냈다.

지금은 가만 내버려 두오.

그러자 피엘은 뺨 콕콕 찌르기를 멈춰줬지만 이번에는 무슨 생각인지 머리를 쓰다듬었다.

쓰다듬는다고 해야 하나, 머리를 붙잡고 돌린다는 느낌이네.

아니, 음, 걱정해주는 마음은 알겠는데 말이야. 조금만 힘을 빼주면 안 될까?

머리를 때굴 땍때굴 휘돌리니까 속이 더 울렁거린, 윽!

목구멍 안쪽에서 아가씨가 내놓기에 곤란한 뭔가가 올라오려고 하던 때에 피엘의 손을 멈춰준 구세주가 나타났다.

피엘과 같은 인형 거미이자 자매들의 장녀 비슷한 위치에 있는 아엘이었다.

아엘은 피엘의 손을 붙잡아서 내 머리를 뒤흔드는 짓을 멈추게 하고, 겸사겸사 피엘의 머리에 촙을 때려 넣었다.

잘한다~! 더 혼내라~!

어차피 머리를 맞아 봤자 인형 거미의 본체는 몸속에 있는 작은 거미.

눈에 보이는 유녀 형태는 어디까지나 몸속 본체의 조종에 따라 움직이는 인형에 불과하니까 다소 거칠게 다뤄도 별문제가 안 된다.

그래도 머리를 얻어맞은 피엘은 왜 본인이 얻어맞았을까, 잘 모르겠다는 눈치.

머리 위쪽으로 물음표 마크가 떠 있는 환상이 보이는 것 같아.

이렇게 보면 겉모습에 딱 걸맞은 유녀인데 말이지~.

내용물은 웬만한 마물이라면 감히 대적할 엄두도 못 내는 괴물이랍니다~.

피엘과 아엘이 마음먹으면 내 머리를 뒤흔드는 수준이 아니라, 아예 비틀어 뽑아버리는 것도 간단하니까 아주 무시무시한 애들이야.

암튼 얘네 둘이랑 같은 종족에 속하는 다른 유녀들은 뭘 하냐면, 사엘은 힐끔힐끔 이쪽을 쳐다보면서도 마차 안 자기 위치에서 움직이지 않고 있었다.

주체성 없는 사엘은 좀처럼 자발적으로 움직이질 않으니까 역시나 평소대로의 모습.

다른 한 녀석, 리엘은 뭘 생각하는지 알 수 없는 얼굴로 허공을 응시 중.

고양이니?

저 아무것도 없는 허공에 보통은 보이지 않는 뭔가가 있다든가?

함께 행동하게 된 지 시간이 꽤나 흘렀는데도 리엘은 여전히 수수께끼다.

그리고 인형 거미는 아니지만 우리 멤버의 마지막 유녀, 흡혈 양은 뭘 하고 있냐면 아무 상관도 없다는 듯 자기 자리에서 바깥 풍경을 바라보는 중.

흡혈 양도 맨 처음 무렵에는 내가 헉헉거리면서 뻗을 때마다 걱정해줬지만 이게 매일매일 반복되니까 걱정해 봤자 소용없다고 단념한 건지 언젠가부터는 내가 어쩌든 방치만 한다.

뭔가 사춘기 딸을 둔 아버지의 마음이 살짝 공감이 되는 기분이야.

뭐라고 말할 수 없는 이 기분이란.

아니, 뭐, 흡혈 양이 내 상대를 안 해주게 된 이유는 사실 메라가 솔선해서 나를 간병하고 있기 때문이 아니려냐!

메라의 입장에서 보면 나라는 은인에게 빚을 갚겠다는 마음으로 하는 행동일 테고, 그게 아니더라도 고지식한 메라의 성격을 감안 하면 몸 상태가 나쁜 사람을 보고 못 본 척하기란 어려울 거야.

그런 까닭으로 메라는 내가 헉헉거릴 때마다 부지런하게 시중을 들 어줬다는 건데, 그게 흡혈 양의 눈으로 보면 꽤 마음에 안 들었겠지.

메라가 연애 감정 때문에 나에게 이렇게 하는 게 아님은 흡혈 양 도 잘 알고 있겠지만, 그렇다 해도 소유욕을 홀딱 드러내 놓고 있는 상대가 다른 여자를 돌본다고 부지런하게 움직이는 모습을 보면 좋 은 기분이 들 리 없잖아, 응응.

흡혈 양과 메라의 관계에 지난 2년간 큰 변화는 없었다.

뭐, 2년 지나서 흡혈 양이 성장은 했다지만 그래 봤자 아직 유녀 의 범주를 못 벗어났고⋯⋯.

메라도 물론 어린 흡혈 양을 연애 대상에 넣는다는 것은 말이 안 되니까 여전히 둘은 주종 관계를 넘어서지 못했다.

다만 희망이 전혀 없지도 않다고 보이거든~.

흡혈 양은 지난 2년간 꽤 많이 자랐어.

아직은 유녀라 해도 장래에 빛날 미모의 편린이 느껴질 만큼 성장 했거든.

갓난아기 시절에는 누구나 다 귀여워도 성장함에 따라 저마다 얼굴 생김새가 달라지잖아.

흡혈 양 만한 유녀도 아직은 다들 귀여울 시기이지만, 장래의 모습을 조금이나마 내다볼 만한 시기이기도 하니까.

흡혈 양은 가지런한 얼굴 생김새에 더해 은근히 기품도 느껴지는 미소녀의 맵시가 보이고 있었다.

전체적으로 어머니 쪽을 닮았지만 눈매라든가 아버지를 닮은 구석도 있고…….

흡혈 양의 부모님은 두 사람 다 미남 미녀였으니 이대로 가면 상당한 미소녀로 성장할 것이 틀림없었다.

그렇게 되면 메라도 돌아봐주려나?

뭐, 막상 현실이 되면 고지식한 메라가 이상하게 고뇌할 것 같기도 하네. 어찌 주인에게 연정을 품는단 말인가~. 요렇게 말야.

아직은 먼 나중의 얘기이기도 하고, 메라의 마음을 어떻게 얻어내느냐는 흡혈 양에게 달려 있으니까 뭐라고 말은 못 하겠지만…….

메라 본인은 현재 마차의 마부석에 앉아 있었다.

유녀투성이 멤버 중 유일한 남자라는 입장도 있어서 여러모로 전면에 서는 경우가 많다.

특히 이렇게 도시에 들어갈 때는 아무래도 메라가 앞장서는 게 보기에 좋다.

예전에야 나랑 인형 거미들은 겉모습이 그러그러했던 관계로 도시 바깥에서 기다린 적이 많았지만 인간형이 된 내가 바깥에 남아봤자 의미 없는걸.

신화했을 때 내 모습은 반인반거미의 아라크네 형태에서 인간형으로 바뀌었으니까 말이야.

그리고 척 보기에는 거의 틀림없이 인간으로 보이는 인형 거미들도 바깥에 남겨 두면 일행끼리 따돌리는 것 같아서 조금 그러니까 같이 도시 안으로 들어오게 됐다.

실제로 지금까지는 들킨 적도 없고 괜찮을 거야.

오히려 인형 거미들보다 내가 더 조심해야 하는 지경이지.

거의 인간과 다를 바 없는 나도 딱 한 군데, 눈만큼은 이질적이었다.

내 눈은 눈동자 속에 또 눈동자가 있는 겹눈의 형태를 띤다.

게다가 한쪽 눈에 다섯이나 되는 눈동자가 겹쳐 있어서 내가 봐도 상당히 징그럽다.

양쪽 눈을 더하면 도합 열 개의 눈동자.

열은 내가 신화하기 전 아라크네 상태였을 때의 눈 숫자와 일치한다.

음, 육체적인 부분은 거의 대부분 와카바 히이로를 기초로 삼았으면서 왜 눈만 아라크네랑 똑같이 해 놨을까?

이왕이면 잘 신경 써서 눈도 평범한 인간처럼 만들어주지!

덕분에 나는 사람들 앞에 나설 때 되도록 눈을 보이지 않도록 조심해야 하는 처지가 됐다.

또한 웬만하면 시선이 닿지 않도록 후드를 깊숙이 뒤집어쓴 채 지내고 있다.

그럼에도 깜빡 실수로 들킬지도 모르니까 도시 안에서 지낼 때는 대부분 눈을 감고 있는 게 기본으로 자리 잡았다.

덕분에 나는 들르는 도시마다 눈이 먼 병약한 영애라고 여겨지는 듯했다.

내가 영애라니. 맙소사~.

아차, 지금도 내 눈을 어딘가에서 보고 있지 말라는 법이 없잖아.

한숨 쉬면서 눈을 감았다.

그러자 마차의 흔들림이 공연히 더 신경 쓰이는 바람에 속이 울렁거렸지만 이것만큼은 어쩔 도리가 없겠다.

아니, 뭐랄까. 나 때문에 이 마차를 구입한 셈이니까 여기에 불만을 토로하면 벌 받는단 말이야.

이 마차는 걸핏하면 풀썩 쓰러지는 나를 위해서 구입한 교통수단이었다.

마차라도 안 태우면 제대로 이동할 수가 없었던 까닭도 있고…….

평지에서도 살짝 좀 걸었다고 뻗어버리는 내 형편없는 체력.

물론 지난날처럼 사람들 눈을 피해서 산속이라든가 숲속을 나아가는 짓은 엄두를 아예 못 낸다.

뭐, 사람들 눈을 피해 다녔던 이유 중 한 가지였던 내 모습이 반인반거미 아라크네였다는 것은, 신화로 겉보기가 인간과 거의 다를 바 없어지면서 해결됐으니까 괜찮지만 말이야.

돌발 행동이 뜻밖의 횡재로 이어졌다고 해야 하려나.

그런고로 제대로 된 가도를 지날 수밖에 없었던 터라, 그렇다면 아예 마차를 구입하자며 마왕이 주머니에서 돈을 쓱 꺼내다가 사다 줬다.

마차를 휙 사다 주는 마왕, 부르주아~.

듣자 하니 마왕은 마왕이 되기 전 이래저래 일을 하면서 돈은 남

23

아돌도록 갖고 있다고 했다.

마차의 시세가 얼마쯤 되나 잘 모르겠는데, 어쨌든 휙휙 내키는 대로 구입할 가격은 아닐 테고…….

그렇다 해도 꼭 필요한 경비거든, 이게.

내가 제대로 이동을 못 한다는 이유도 있기는 한데, 그와 비슷하달까, 그 이상으로 심각한 문제가 있거든.

다름 아닌 화물.

예전에는 여행에 필요한 물품을 전부 내가 공간 마법 중 공간 수납에 넣었었다.

공간 수납은 이공간에 물건을 넣어 뒀다가 원하는 때에 출납이 가능한 마법.

이공간에 들어 있으니까 물론 부피라든가 무게 따위의 문제가 안 난다.

화물을 운반하는 데 이보다 좋을 수가 없는 마법이다.

그렇지만 지금의 나는 마법을 못 쓰잖아?

우리 멤버 중 공간 마법을 사용할 줄 아는 것은 나뿐이었고.

즉 이제껏 공간 수납이라는 편리한 마법으로 적당히 때웠던 짐을 직접 들어다가 날라야 하는 상황과 맞부닥뜨렸다는 것.

자랑은 아니지만 내 마법 능력은 터무니없는 수준이었기에 그만큼 공간 수납의 안에 넣을 수 있는 짐의 양도 상당히 많았다.

그 많은 짐을 사람 손으로 들어 나른다는 것은 꽤 버겁다.

마왕이나 인형 거미들의 능력치라면 들고 움직일 수 있겠지만 꽤나 거대한 배낭을 구해다가 짊어져야 하겠지.

아무러면 꼴이 좀 우스꽝스럽잖아? 결국 마차를 구입하기로 결정.

덧붙이자면 내가 공간 수납으로 넣어 놓았던 화물 말인데, 실은 규리규리가 꺼내줬다.

관리자의 권한을 썼을까, 아니면 단순하게 공간 마술로 공간 수납을 비틀어 열었을까. 자세히는 몰라도 암튼 규리규리가 안 꺼내줬다면 모든 화물 손실이라는 아찔한 사태가 벌어질 뻔했지, 뭐.

공간 수납도 마법이니까 마력 공급 없이는 유지가 안 되거든.

마냥 방치했다면 언젠가 주입되어 있던 마력이 고갈되면서 내부의 짐과 함께 이공간의 틈새 어딘가로 사라져버렸을 거야.

규리규리에게 감사감사.

뭐, 꺼내 놓았던 짐의 양을 보고는 아연실색하더라.

아무거나 닥치는 대로 집어넣었으니까 엄청난 양이 됐더라고.

도중에 사냥했던 마물의 고기라든가 소재.

나랑 인형 거미들이 심심풀이로 마구 만들었던 의류.

야영 도구 세트라든가 부엌을 통째로 집어넣었냐고 한숨이 나올 만큼 가득한 요리 기구와 조미료.

일일이 말하자면 끝이 없을 지경이었다.

전부 다 마차에 싣기는 불가능했기 때문에 눈물을 머금고 몇몇 물품은 처분했다.

마차를 제일 큰 녀석으로 골랐는데도 말이지~.

이 마차, 우리 전원이 타고도 여유가 있을 뿐 아니라 짐을 실을 공간까지 확보한다고 꽤 컸다.

본래는 장거리를 이동하는 상인을 위한 이동 수단이라고 들었다.

물론 그만큼 무거운 까닭에 끌고 가려면 말도 고생스러울 텐데, 그쪽은 말야, 여기가 판타지 세계잖아?

마차를 끌고 가는 녀석은 사실 말이 아니라 용(竜)이야.

형태가 말이랑 비슷하기는 한데 얼굴은 틀림없는 용.

지룡(地竜)에 속하는 용으로, 이 세계에서는 말 대신 제법 보급됐다고 한다.

말보다 파워 및 스태미나가 두루두루 높고, 명색이 용종에 속하는지라 전투 능력도 높았다.

뭐, 높다고 한들 능력치를 보면 기껏해야 100쯤 그 언저리니까 너무 기대하면 안 되겠지만.

그래도 일반인의 입장으로 보면 아주 든든한 녀석인 만큼 말을 대신하는 생물로서는 최고 등급이라던가.

어쨌든 말 대신 쓴다고는 해도 지룡이잖아.

아라바라든가 지룡들을 보면 알 수 있듯이 아무래도 땅 속성의 용은 대체로 무사도 정신이 가득 흘러넘치는 녀석들 같거든…….

그 사례에 벗어나지 않는 이 녀석들도 주인이라고 인정한 상대가 아닌 한 말을 듣지 않는다.

반대로 말하자면 일단 주인으로 인정한 상대에게는 평생토록 충성을 바친다고 한다.

아, 참고로 이 녀석들이라고 말한 데서 짐작했겠지만 이 마차를 끌고 가는 얘네는 두 마리 지룡이다.

바로 쌍두마차라네.

끌고 가는 게 말이 아니라 용이니까 용차(竜車)라고 불러줘야 하려나?

뭐, 이름이야 아무래도 상관없으니까 넘어가고. 아무튼 지룡은 위에 언급한 성질 덕분에 인기가 높으면서도 주인으로 인정받아야 한다는 조건 때문에 이 녀석들을 제대로 써먹을 수 있는 사람은 일종의 능력자 대우를 받는다고 한다.

주인의 인정을 받아 내는 축은 대체로 기사인 터라 지룡에 직접 올라타서 기마병으로 활약한다.

이렇게 마차를 끌게 시키는 경우는 거의 없다나?

게다가 두 마리나.

눈에 띈다.

그야, 흠흠, 엄청나게 눈에 띈다.

게다가 마차에 타고 있는 게 어린 여자애들 잔뜩이라면 더욱더 확 눈에 띈다.

우리 멤버 중 반수 이상이 유녀이고 어엿한 남자는 메라 한 사람밖에 없잖아.

아주 이색적인 멤버인 탓에 들르는 데 곳곳마다 이래저래 억측을 불러일으키는 듯싶었다.

나는 매번 도시에 도착해 봤자 숙소에서 털썩 뻗어버리니까 이런 정보를 모아서 오는 사람은 마왕이나 메라였지만…….

그나저나 이제 좀 숙소에 데려다줘, 죽겠네!

마차 진동이 진짜!

엉덩이랑 반고리관이랑 다이렉트 어택이라니 이게 웬 말이냐!

으아, 못 버티겠다고.

마차 진동 갖고 뭐 이렇게 유난이냐고? 으으, 직접 한번 타보게나.

콘크리트로 잘 포장된 도로하고 사정이 다르단 말야.

제법 큰길을 다니면 가끔 포장되어 있기도 한데, 이런 시골길에서는 아예 기대할 수가 없는걸.

울퉁불퉁 맨땅이 다 드러나 있는 흙길이라고.

이런 데를 마차로 다니면 그야 진동도 장난이 아니라는 거야.

응, 가만 앉아 있어도 몸이 튀어 오르거든…….

뭔 놀이 기구도 아니고, 이게 참.

전혀 안 즐겁지만 말이야!

덕분에 엉덩이를 중심으로 온몸이 아픈 데다가 상하좌우 뒤흔들리는 바람에 속이 메슥거린다.

보너스로 내 저질 체력이 더해지면 그로기랍니다~.

도시 안으로 들어온 덕에 마차 진동도 좀 나아졌지만 축적된 피로감과 통증과 메슥거리는 속이 세차게 나를 들볶는다.

이 마차는 마왕이 아낌없이 돈을 써서 구입한 제법 좋은 물건이건만 그럼에도 내 몸에는 버거웠다.

자기 힘으로 걷기보다는 마차가 훨씬 낫긴 한데, 그래도 역시 힘들단 말이야.

지금 나에게 가장 필요한 것은? 바로 흔들리지 않는 침대올시다!

나, 여관에 도착하면 정말 푹 잘 테야…….

"시로야? 시로야~? 여관 도착했거든~? 에고고. 안 되겠다, 애. 안색이 파란 걸 뛰어넘어서 하얗네. 시로(白)처럼 하얘졌어."

그 말은 평소랑 똑같다는 뜻이 되지 않아?

아니, 엄청나게 상태가 나쁘기는 한데.

"메라조피스. 이번에도 부탁 좀 할게!"

"알겠습니다."

마왕이 지시를 하자 메라가 쾌히 승낙한다.

그 순간 어디에서 날아드는지 모를 살기가 쏟아진 것 같긴 한데 분명히 착각일 거야.

그렇다고 치고 넘어가자.

축 늘어진 내 몸이 살며시 들려 올라간다.

눈을 뜰 기력도 없었지만 메라가 공주님 안기로 옮겨다주는 것 같았다.

뭐, 내가 뻗었을 때는 언제나 이런 수순이었으니까 적당히 익숙해지기도 했고…….

어디에서 날아드는지 모를 살기는 무시다, 무시.

에잇, 어쩔 수 없잖아!

내가 말이야, 제대로 일어서기도 버겁거든!

그러니까 메라가 공주님 안기로 안 옮겨다주면 움직일 방법이 없어!

왜냐하면 메라를 빼고 거의 다 유녀잖아?

능력치가 높으니까 겉모습이 유녀라도 힘은 세겠지.

다만! 그렇다고 해서 유녀가 다 큰 어른을 짊어지고 나르는 모습이 과연 눈에 띄지 않겠는가? 전혀!

마왕도 유녀라고 말할 정도는 아니지만 나보다는 조그맣잖아.

애당초 이렇게 여자애들이 잔뜩 있는 일행에 남자 혼자인데, 이 녀석이 안 옮겨주면 이게 또 메라한테 비난의 시선이 쏟아질 거 아냐.

따라서 필연적으로 내 운반 담당은 메라가 맡게 되는 거지.

그러니까 있잖니, 흡혈 양아, 이제 좀 나한테 살기 날리지 말고 자중하시게!

유녀 주제에 모자란 데 없는 얀데레의 파동에 눈을 뜨면 안 된단다.

지금 눈을 떴다가는 살짝 호러스럽게 표정을 짓는 흡혈 유녀와 눈이 마주칠까 봐 겁나니까 이대로 축 뻗어 있는 게 정답일 거야, 응응.

애당초 축 뻗어 있는 것은 연기가 아니니까.

진지하게 눈 뜨기도 귀찮을 지경.

그렇게 흔들흔들 이동한 끝에 침대로 짐작되는 장소에 몸이 내려앉았다.

오오~.

흔들리지 않아, 부드러워라, 여기가 천국인가.

말은 부드럽다고 했어도 조금 딱딱한 것 같은데, 여기는 시골 여관이니까 과한 요구는 못 한다.

지금은 침대에서 쉴 수 있다는 게 그저 행복하구나~.

응. 이제 손가락 하나 못 까딱하겠어.

그러니까 이대로 잘래!

안녕히 주무세요.

마물 도감
file.24 페네러시

LV.01

status [능력치]

평균 공격 능력 : 89
평균 방어 능력 : 88
평균 마법 능력 : 63
평균 저항 능력 : 65
평균 속도 능력 : 91

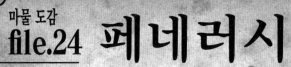

HP 120 / 120

MP 86 / 86

SP 132 / 132

132 / 132

skill
[기술]

「지룡 LV 1」「회피 LV 1」「SP 회복 속도 LV 1」「SP 소비 완화 LV 1」「대지 무효」

말에 가까운 체구를 지닌 하위 지룡(地竜). 온순한 성격을 갖고 있기에 사람을 공격하는 사례는 드물다. 또한 실력을 인정한 주인에게는 충성을 맹세하기 때문에 기마로서 인기가 높다. 그로 인하여 지룡의 알이 고가에 거래되고, 산란기에 야생 지룡의 둥지로 채집을 나가는 모험가들의 광경은 풍물시로 자리매김했다. 평소는 온순하지만 일단 전투가 벌어지면 준족으로 진정을 질주하면서 적을 치이 죽인다. 위험도 D.

鬼1 시작은 어린 오니

나는 옛날부터 비틀어진 것이 싫었다.

눈을 감으면 옛 마을의 풍경이 지금도 선명하게 떠오른다.

어린아이 걸음으로 한 바퀴 쭉 돌아도 별로 긴 시간이 걸리지 않는 몹시도 조그마한 마을이었다.

그러했기에 세세한 부분까지 또렷하게 기억이 난다.

맞은편 집의 문짝이 미묘하게 어긋나 있었다는 것, 뒷집의 벽에 난 얼룩이 새 비슷한 모양이었다는 것 등등.

이렇듯 아무래도 좋은 기억마저도 소중한 추억이 됐다.

내가 마을을 여기저기 걸어 다니면 작은 여동생이 열심히 발발 따라온다.

아직껏 말도 제대로 못하는 어린 여동생의 작은 몸 어디에 넘치는 체력이 숨어 있었는지, 한시라도 나와 떨어질세라 내내 따라다녔다.

이리도 기특한 태도를 보이는 데야 나 역시 귀여워할 수밖에.

설령 내 여동생이 인간이 아니라고 해도……

녹색 피부, 어디인가 원숭이를 연상케 하는 쭈글쭈글한 얼굴, 동그란 눈동자가 매력 포인트.

이러한 겉모습은 전세 때 창작물 속에 등장했던 고블린이라고 불리는 종족을 쏙 빼닮았다.

아니, 진짜 실물이 여기 있었다.

그리고 여동생이 고블린이라면 나 또한 마찬가지.

어쩌다가 이렇게 됐는지 이유는 모르겠으나 정신을 차리고 보니 나는 고블린이었다.

정신을 차리고 보니, 정말이지 달리 표현할 말이 없었다.

전세, 그렇게 말해도 되나 안 되나 확신마저 안 든다만 내게는 인간이었던 시절에 사사지마 쿄야로 살아갔던 기억이 있다.

그 기억은 고등학교 고전 문학 수업을 받는 장면에서 뚝 끊어졌다.

그랬건만 어째서 고블린이 된 기억으로 연결되는가 전혀 영문을 모르겠다.

다만 이것이 꿈은 아닐뿐더러 내가 앞으로 고블린으로 살아가야 한다는 현실만큼은 막연하게 이해할 수 있었다.

게다가 이 말을 하면 대부분의 사람은 의심쩍게 받아들이겠지만 나는 고블린으로 사는 생활이 꽤 마음에 들었다.

일본의 어수선한 거리 풍경이 보이지 않는 간결하면서 좁다란 마을.

이곳에는 귀찮은 인간관계도 없고 혹독한 환경 때문인지 마을 주민들의 결속이 단단했다.

또한 무엇보다도 고블린은 몹시 단순하고 올곧은 기질을 지닌 종족이었다.

전세 때 창작물 속의 고블린은 이른바 아인(亞人)이라고 불리는 종족 중에서도 약하고 머리 나쁜 이미지로 묘사되는 경우가 많았다.

거기에 다른 부분은 없다.

다만 실물을 보면 인상이 꽤나 달라진다.

마을이 있던 산맥에 서식하는 다수의 강력한 마물 틈바구니에서 고블린은 약했다.

그러나 이렇듯 강력한 마물 상대로 힘을 모으고, 서로를 도와서 싸울 만큼은 강했다.

종족 본연의 무력은 분명 변변찮지만 그 부분은 기술을 연마하고 동료와 힘을 모아 뭉침으로써 보완하는 강한 일면이 있었다.

또한 머리가 나쁘다는 말도 어디까지나 글자를 읽고 쓸 줄 아는 부류가 전무하다 뿐 대화를 나눠보면 평범한 인간과 별반 차이가 없었다.

일상생활을 하는 데 전혀 문제가 안 될 만한 지혜는 가지고 있었다.

오히려 모종의 도를 깨달은 수행승처럼 살아가는 그들을 보고 있으면 문득 신성함이 느껴지고는 했다.

머리 나쁜 종족이 어쩌고 하는 야유 따위로 차마 흠집을 낼 수 없는 숭고함이 존재했다.

이 부분은 고블린의 생활상을 관찰하면 더욱 분명해진다.

고블린의 하루는 기도와 함께 시작됐다.

세계에 감사하고, 세계를 지켜주는 여신에게 감사하고, 하루하루의 양식에 감사하고…….

이렇듯 감사의 기도를 올린 뒤 각자의 일에 나선다.

진화하지 않은 고블린은 자신을 연마하고, 진화해서 홉고블린이 된 자들은 후진 육성에 종사한다.

그리고 사냥에 나가도 될 만한 힘을 지닌 수렵조가 마을 밖으로 떠나간다.

마을이 위치하는 험준한 산맥 안쪽은 혹독한 자연환경은 물론 강력한 마물이 다수 서식하고 있는 위험한 장소였다.

떠나가는 수렵조 소속 고블린 중 무사히 귀환하는 수는 절반쯤.

그럼에도 고블린 마을이 존속할 수 있는 까닭은 그만큼 번식력이 높기 때문이었다.

이 부분만큼은 내가 전세 때 갖게 된 이미지와 같았다.

귀환한 고블린들을 맞이한 다음 희생자의 죽음을 애도했다.

또한 그들이 목숨을 바치며 가지고 돌아온 식량에 감사의 뜻을 담아 기도를 올린다.

고블린은 마을을 살리기 위해 사지에 몸을 던지기에…….

마을에 남는 자들은 그들에게 눌림 꽃을 건넨다.

수호부를 대신 삼아서.

그 꽃에는 무사히 돌아와주기를 기원하는 간절함이 담겨 있었다.

갸륵한 뜻을 가슴에 품고 그들은 목숨 바쳐서 사냥길을 떠났다가 돌아오기를 거듭한다.

살기 위하여.

살리기 위하여.

고블린의 생활은 한마디로 간추리자면 수렵을 생업으로 하는 원시적인 생활이라고 말할 수 있겠다.

그러나 여기에는 전세의 일본에서는 겪지 못했던 삶의 의미가 농후하게 반영되어 있는 듯 여겨졌다.

살기 위해 싸우고, 살리기 위해 죽는다.

정의도 악도 없다. 다만 생명의 광채가 홀로 빛났다.

나는 그들의 뒷모습을 보고 동경심을 품었다.

언젠가 수렵조의 저들처럼 나 또한 마을을 위해 싸우고 싶노라고…….

내 뒤를 따라다니는 조그만 여동생을 살리기 위해.

그렇게 소망했었다…….

비명도 못 내지르고 가슴에 칼날을 키워 낸 청년이 쓰러진다.

하얀 눈이 청년의 몸을 받아주었다가 곧 붉게 물들어 갔다.

출혈량을 봤을 때 청년의 죽음은 명백했다.

"젠장! 빌어먹을!"

다른 남자가 검을 잡아 쥐면서 소리쳤다.

남자는 모피 갑옷을 껴입고 만족(蠻族)과 같은 복장을 갖춘 모습이었다.

모험가라고 불리는 족속은 주로 자신이 해치운 마물의 소재를 써서 무기 및 방어구를 만든다고 했다.

마물의 소재를 써서 제작한 무기, 방어구는 그 마물이 살았을 때 지닌 힘을 얼마간 이어받는 경우가 있다.

기껏해야 모피인 만큼 방어력은 낮아 보이지만 분명 마물의 본래 방어력을 이어받았을 것이다.

결코 방한 목적이 전부는 아닐 테지.

그 증거로 남자의 자세는 꽤나 봐줄 만했다.

전투에 익숙한 인간의 분위기였다.

다만 숙련자도 때때로 실수를 한다.

조바심 때문에 무의식중에 튀어나온 고함.

그것이 전장에서는 큰 빈틈이 된다.

"꺼헉?!"

휙 날아가는 남자.

닥쳐드는 공격을 간신히 검으로 막는 데는 성공했다.

그러나 동요해서 버티는 발에 힘을 제대로 못 넣었는가, 혹은 단순히 상대의 힘이 지나치게 강했던 탓인가. 방어 동작은 별반 의미를 발휘하지 못했다.

남자는 충격을 미처 다 죽이지 못하고 날려 가서 근처에 서 있던 나무에다가 제 등을 세차게 부딪치고 말았다.

들이받은 충격으로 나무가 쩌걱 소리를 울리고 꺾여 쓰러진다.

남자는 핏덩어리를 토하는 한편 저에게 허물어지는 나무를 굴러서 피했다.

쓰러진 나무에서 잎이 흩날리고, 흙을 뒤덮고 있던 눈이 솟구친다.

빛을 반사하면서 휘날리는 눈은 바로 근처에 있던 남자의 시야를 일순간 가로막았다.

그 틈에 눈 커튼을 찢고 돌진을 개시한다.

"윽?!"

남자의 딱딱하게 굳은 얼굴이 시야에 비쳤다.

남자는 몸을 굴린 뒤 일어서려고 했던 엉거주춤한 자세 그대로였다.

한쪽 손을 지면에 짚고 있었기에 검을 쥔 다른 쪽 손은 자유로울지언정 무게중심상 도저히 힘을 실어서 휘두를 수는 없었다.

지금 타이밍에는 회피도 방어도 불가능.

조금 후에 남자는 목숨을 빼앗기리라.

그렇게 확신이 가능할 만큼 불가항력인 상황이었다.

다만 그리되지는 않았다.

직전에 몸을 멈췄다.

눈앞으로 바람 가르는 예리한 소리를 울리면서 화살이 지나쳐 갔다.

그 화살의 궤적을 눈으로 좇아가자 막 나무를 꿰뚫어서 큰 구멍을 뚫어 놓은 참이었다.

만약 직격당했다면 몸에 같은 크기의 구멍이 뚫렸을 수도 있겠지.

아쉽겠군.

화살 날리는 시점을 조금 더 늦췄다면 무난하게 적중시켰을 텐데.

물론 남자도 같이 희생됐겠지만⋯⋯.

남자를 살리자는 의의를 갖고 보면 최선의 시기였으나, 전체적인 상황을 감안했을 때 좋은 판단이라고 말하기는 어렵다.

담담하게 남의 일처럼 평가해본다.

저들이 상대하고 있는 적이란 바로 나 자신인데도⋯⋯.

"룩소! 도망쳐라!"

눈앞의 남자가 몸을 일으키면서 소리쳤다.

방금 진 소리치다가 빈틈을 찔러 놓고도 학습하지 못했단 말인가?

살짝 어이가 없었지만 남자를 엄호하려는 듯 또다시 화살이 날아들었다.

그 화살을 회피하려면 부득이하게도 남자에게서 거리를 벌릴 수밖에 없었다.

"룩소! 괜한 짓 말고 도망쳐라!"

남자가 화살을 쏘는 다른 한 명의 청년에게 부르짖는다.

그런 남자에게서 시선을 떼고 룩소라고 불린 활과 화살을 지닌 청년의 방향을 봤다.

떨어진 위치에 있던 룩소라고 불린 청년은 남자의 말을 듣고 갈등하는 내색을 보였다.

도망쳐야 하는가, 여기에 남아서 나와 싸워야 하는가.

"가라! 돌아가서 고트 씨든 레그 씨에게 전해라! 이놈은, 이놈은 평범한 오거가 아니라고!"

남자가 소리 지르자 룩소라고 불린 청년은 무엇인가 뿌리치는 분위기로 등을 돌려서 달려 나아갔다.

멀어져 가는 뒷모습을 응시한다.

어떻게 할까.

놓아줄까, 아니면—

"한 발짝도 못 간다!"

상념에 잠겼던 탓에 일순간 반응이 늦어졌다.

눈앞까지 닥쳐든 검 끝을 고개만 기울여서 회피했다.

그러나 남자의 공격은 한 번으로 그치지 않고 예리한 연속 공격이 휘몰아쳤다.

빠르지는 않다.

겨냥도 정확하다고 말하기는 어렵다.

그럼에도 기백이 담겨 있는 막무가내의 공격이었기에 무심코 후퇴해서 거리를 주고 말았다.

"헉! 헉헉!"

가쁘게 숨을 몰아쉬는 남자.

보아하니 방금 전 연속 공격은 상당히 무리해서 펼쳤음을 알 수 있었다.

그리고 거친 호흡을 토하는 저 입에서 피가 흘러 떨어졌다.

조금 전 나무에 충돌했을 때의 대미지가 미처 회복되지 않았다는 증거다.

"헉! 변변찮은 이류 모험가에 불과하다만, 나도 최후의 순간쯤은 멋 좀 부려서 후배가 안전하게 도망칠 시간을 벌어주겠다! 덤벼라, 이놈!"

남자가 기합을 넣는다.

슬금슬금 솟아나는 공포를 떨쳐 내려는 듯이.

사실 남자의 눈에는 다 숨기지 못한 공포의 일렁거림이 보였다.

검을 쥔 손은 추위 때문이 아닌 다른 이유로 떨리고 있다.

저런 남자의 모습을 나는 어디인가 남의 일처럼 관찰했다.

저자를 상대하는 것은 틀림없이 바로 나이고, 또한 이 몸은 제멋대로 남자를 죽이고자 움직였다.

마치 마음과 몸이 따로따로 작동하는 것처럼…….

어째서 이렇게 됐나?

나는 단지 고블린답게 온당한 생활을 누릴 수 있다면 달리 원하는 바가 없었건만…….

"에라!"

남자가 검을 휘두른다.

남자는 모험가라고 불리면서 마물 퇴치를 생업으로 하는 인간이었다.

이 세계에는 마물이라고 불리는 존재가 있고 그 녀석들은 인간의 위협으로 간주된다.

또한 마물과 싸우는 것이 모험가의 임무.

그렇다면 나와 싸우고 있는 이 남자는 지금이야말로 제 임무를 수행하려고 하는 셈이다.

왜냐하면 나 역시 인간이 보기에는 마물이니까.

그야 그렇겠지.

전세 때 봤던 창작물에도 고블린은 대부분의 이야기 속에서 악역을 맡아 등장했었다.

하물며 지금의 나는 고블린조차 아니었다.

나는 고블린에서 진화한 뒤 오거가 되었으니까.

고블린과 비교도 되지 않을 만큼 다부진 몸을 지니는 오거.

인간 모험가의 눈으로 봤을 때 발견하는 즉시 퇴치하는 것은 잘못된 행동이 아니었다.

그러나—.

"젠장맞을 놈!"

"젠장은 누가 할 소리일까?"

"뭐?!"

설마하니 내가 말을 할 줄은 생각을 못했는지 남자의 반응은 느지막했다.

그 틈을 놓치지 않고 남자의 가슴에 칼을 박아 넣었다.

"끅?!"

"젠장은 누가 할 소리일까. 우리의 마을을 그렇게 다 뒤집어 놓고. 더군다나, 나에게 그따위 짓을 시켜 놓고!"

과거의 영상이 플래시백된다.

불타오르는 마을의 집집.

허둥지둥 도망치는 고블린을 쫓아다니는 인간.

여동생의 손을 붙들고 도망치는 나.

끝끝내 따라붙어서 나를 붙잡았던 손.

그다음은 명령을 내렸다.

끔찍하기 짝이 없는 명령을…….

"뭐, 뭐라?"

"인간이야말로 훨씬 더 젠장맞을 족속이 아닌가!"

떠올린 탓에 또 격정이 복받쳤다.

나는 격정이 시키는 대로 남자에게 박아 넣은 채 빼내지 않은 칼에다가 MP를 주입했다.

칼은 MP를 받아들이고 내장되어 있는 효과를 발휘하면서 칼날에 화염을 휘둘렀다.

화염이 눈 깜짝할 사이에 남자를 집어삼킨 뒤 절명시킨다.

실수했다.

격정에 내몰려서 곧장 죽이고 말았다.

더욱더 고통을 준 다음에 죽이는 것이 좋았을까?

……아니, 그게 아니잖아. 정신 차리자.

이 남자는 우연히 이 주변을 지나다니다가 마주친 것이 전부인 관계없는 모험가였다.

선공은 저쪽에서 한 만큼 반격해서 물리치는 행위는 아직 정당방위다.

그러나 필요 이상으로 고통을 주는 짓은 좀 아니잖냐.

거기까지 생각하다가 자조의 웃음을 지었다.

아니기는 뭐가 아닌가. 죽인 시점에서 이미 정의의 부스러기라도 찾을 입장이 아니잖은가.

고블린의 마을에서 지낼 때는 정의든 악이든 고민할 필요가 없었다.

그랬건만…….

어쩌다가 이렇게 됐지?

고블린

LV.01 ~10

status 【능력치】

HP

40~80 / 40~80

MP

40~80 / 40~80

SP

40~80 / 40~80

40~80 / 40~80

평균 공격 능력 : 30~60

평균 방어 능력 : 30~60

평균 마법 능력 : 30~60

평균 저항 능력 : 30~60

평균 속도 능력 : 30~60

skill
【기술】

개체에 따라 제각각 다름.

조그마한 체구의 인간형 마물. 개개의 전투 능력 자체는 딱히 특출한 면이 없지만, 동료와 함께 협공을 펼친다. 개체마다 소지하고 있는 스킬이 상이하고, 인간과 가장 가깝다고 알려져 있는 마물. 결코 동료를 배반하지 않을뿐더러 어떤 상황에서도 용맹하게 싸우는 모습으로 인해 모험가들은 두려움을 갖는 동시에 경의를 보내고 있다. 동료애가 강하고 전투에 나서는 고블린에게는 반드시 꽃으로 만든 부적을 건넴으로써 무사를 기원한다. 위험도는 각각 개체에 따라, 무리의 규모에 따라 달라진다.

2 나, 틀어박히다

좋은 아침이에요.

창 너머에서 비쳐 들어오는 햇살이 정말이지 지긋지긋, 화창한 아침이네요.

요놈, 태양 녀석…….

다행히도 이 숙소는 내부 구조상 침대까지는 햇빛이 들어오지 않는다.

따라서 잠에서 깨어나자마자 직사광선과 맞닥뜨리는 불의의 사고는 안 일어나니까 안심이다.

하지만 직접 뒤집어쓰지 않았다고 해서 방심하면 안 된다.

태양의 위력을 얕봤다가는 봉변을 당한단 말이야.

요놈은 존재하기만 해도 다대한 영향을 미치니까.

정말이지 무시무시한 녀석이야.

왜 이렇게 태양 빛을 무서워하냐고?

대답, 내가 알비노이기 때문입니다.

아, 응.

이제 와서 뭔 소리냐고 태클을 거는 것은 사양입니다.

뭐, 온몸이 새하얗고 눈도 빨가니까 그야 알비노 비슷하다는 생각은 했거든?

그래도 따로 증상이 나타났던 게 아니니까 단지 색깔만 알비노 비슷하게 따온 줄 알았지.

그런데 진화하면서 이게 착각이었다는 걸 알게 됐다.

직사광선을 쏘이면 아파.

어~엄청 아파.

알비노는 멜라닌 색소 생성이 이루어지지 않는 질병으로, 그 때문에 피부색과 털색이 하얗다.

눈 색깔은 혈관의 색이 투과되기 때문에 빨갛고…….

그리고 요 멜라닌 색소가 말야, 자외선으로 인한 손상을 경감하는 역할을 맡고 있거든? 그런데 이게 없으면 자외선 때문에 발생하는 피해가 심각해지는 거지.

직사광선을 쏘이면 금방 피부 트러블 비슷한 증상이 나타나버려.

살갗 좀 탄다고 뭐가 그렇게 유난이냐는 생각을 할 수도 있는데, 이게 또 의외로 장난이 아니란 말야.

극단적인 경우를 들면 피부암으로 발전할 위험성이 높고, 그게 아니더라도 엄청나게 아파.

자외선 차단 선크림같이 편리한 제품은 이 세계에 없으니까 제법 심각한 문제라고.

뭐, 이 세계에는 치료 마법이라고 하는 훨씬 더 편리한 기술이 있는 덕분에 요러쿵저러쿵 해결이 되기야 되지만, 그래도 아프거나 괴롭다는 게 바뀌지는 않잖아~?

응응, 근 2년 동안 나는 거듭거듭 치료 마법의 신세를 졌단 말이지.

원래는 직사광선을 피해 행동하는 게 맞을 텐데 긴 여행 내내 그러고 다닐 수도 없고…….

그 밖에도 시력이 나빠진다든가 그런 얘기도 들은 적이 있는데,

별달리 눈이 안 좋아지지는 않았다.

신화하기 전과 비교하면 안 좋기는 해도 일반인과 비슷한 수준은 될 거야.

눈동자가 열 개나 있기 때문일까?

잘 모르겠다, 수수께끼다.

뭐, 눈 나빠서 고생하기보단 훨씬 낫지.

아무튼 알비노의 이런저런 특징이 신화하기 전에는 안 나타났던 이유란, 높은 능력치의 혜택을 받았기 때문이라는 결론에 도달했다.

능력치 중 방어력이 높으니까 자외선에 의한 악영향을 받지 않았을 것이라고…….

능력치는 굉장하구나~.

진짜 능력치만 올리면 뭐든 다 해결되는 거 아냐?

정작 능력치가 사라져버렸지만 말이지!

컴백, 능력치!

뭐라 소리친들 사라진 능력치는 돌아오지 않는다.

따라서 여태껏 능력치로 막아 냈던 자외선과는 이제부터 쭉 부대끼고 살아야 된다는 거지.

창 너머로 비쳐 들어오는 햇살에서 눈을 돌리고 방 안을 둘러봤다.

앗, 방구석에서 쪼그려 앉아 있는 인영을 발견!

흠칫 놀랐는데 잘 보니까 사엘이었다.

아마도 내 호위를 위해 여기에 남아줬나 보다.

방 안에는 다른 사람이 없고 바깥에도 인기척이 느껴지지 않아.

사엘을 남겨 놓고 다들 외출 중일까.

그나저나 흡혈귀 주종, 너희는 흡혈귀 주제에 왜 대낮부터 나돌아다니는 거야!

어째서 내가 흡혈귀보다 더 햇빛을 조심해야 되는 건데!?

이게 전부 다 두 녀석의 능력치가 높기 때문에 벌어진 사태!

그 능력치를 내놔라!

젠장!

괜히 흡혈귀 주종에게 화풀이한들 아무 소용이 없다.

흡혈 양과 메라도 높은 능력치를 공짜로 받아 챙긴 게 아니잖아.

본래는 젖먹이와 평범한 종자였는데 여행 도중 경험을 쌓고 자기 자신을 단련함으로써 지금에 이르렀으니까.

감정 스킬을 잃은 나는 흡혈 양과 메라의 현재 실력을 꿰뚫어 볼 수 없었다.

그래도 마왕의 말에 따르면 순조롭게 성장 중이라던가.

뭔가 단련이 일과로 자리 잡았다고 했다.

그런 식으로 버릇을 들인 게 나이기는 한데, 교관 역할을 맡았던 내가 신화하면서 남을 닦달할 겨를도 없는 처지가 됐건만 줄곧 변함없이 단련을 거듭한다는 게 대단하지.

파블로프의 개일까?

아니면 어디어디에 사는 전투 민족인가?

메라는 뭐, 그렇게 수행하는 이유도 대충 짐작이 간다.

메라에게는 흡혈 양의 부모님을 못 지켜줬다는 과거가 있다.

힘이 없어서 원통함을 겪어야 했던 만큼 무력을 추구하는 심리는 아주 잘 이해됐다.

나 또한 마이 홈에 불 질렀던 놈들을 놓아두고 못내 도망쳐야 했던 그때는 죽도록 원통했다.

메라도 나와 비슷하게, 소중한 사람들을 잃은 슬픔의 크기만큼 분명 더욱더 원통했을 것이다.

이번에야말로 끝까지 지키겠노라고 자기 자신을 갈고닦을 수밖에.

뭐, 정작 지켜야 하는 대상이 점점 괴물처럼 강해지고 있기는 한데, 음, 그 부분은 모르는 척 넘어가주자…….

아니, 뭐, 응.

흡혈 양 말이야.

요즘 들어서 성장 속도가 살짝 좀 이상하거든.

최근에 흡혈 양이 하는 수행을 말하자면 아엘이랑 모의전을 하고 있거든?

그 시점에서 이미 잠깐만 뭔 소리요.

왜냐하면 아엘은 로리로리 외모와 달리 능력치 1만을 넘는 초월급 마물이잖아.

걔 혼자 도시 하나는 물론이고 나라 하나를 거뜬히 멸망시키고도 남는 수준의 살아 있는 재해올시다.

걔랑 모의전이라니?

이상해. 진짜 좀 이상하다.

물론 아엘은 힘을 빼고 상대해준다.

아엘이 온 힘을 발휘한다면 그야말로 상위 용(龍)이라도 끌고 나오지 않는 한 대책이 없으니까.

다만 그렇다 해도 아엘이랑 모의전이라도 치를 수 있다는 게 충격적이다.

응, 이게 말이야, 말은 모의전인데 어찌나 요란뻑적지근한지 사람들 눈 있는 데서는 엄두를 못 낼 만큼 엄청나거든.

둘이서 마차 밖으로 휙 사라지고 조금 있다가 멀리서 쿠쿵~ 콰쾅~ 소리가 들려오니까.

어딘가의 만화 속 세계의 전투에서나 들릴 효과음이잖아.

아무튼 이리 요란하게 싸운다면야 아엘이 모의전 상대를 맡는 이유도 납득이 가네.

이미 근방의 어중간한 야생 마물은 상대가 안 되지 않을까?

정말이지 무시무시한 유녀일세.

덧붙이자면 아엘을 빼고 모의전 상대를 맡는 녀석은 없다.

왜냐고?

다른 인형 거미들은 힘 조절이 아예 안 되니까.

사엘, 깜빡 실수로 흡혈 양을 죽일까 봐 무섭다.

리엘, 깜빡 실수로 흡혈 양을 죽일까 봐 무섭다.

피엘, 깜빡 실수로 흡혈 양을 죽일까 봐 무섭다.

응, 소거법으로 아엘밖에 상대가 안 남아.

아엘을 빼면 깜빡 실수로 흡혈 양을 죽여버리는 미래밖에 안 보이는걸.

이렇게 깜빡 실수로 흡혈 양을 죽여버리는 미래밖에 안 보이는 인형 거미들 중 한 사람, 사엘은 방구석에 쪼그려 앉은 채 이쪽을 힐끔힐끔 쳐다보고 있었다.

사엘은 지시받지 않는 한 스스로 움직이는 경우가 거의 없었다.

주체성 없는 태도가 가끔은 짜증 날 때도 있지만 반대로 말하자면 지시받은 임무는 충실하게 수행한다는 뜻.

그러니까 이렇게 집 보기 임무를 맡는 경우가 많았다.

긴급 사태가 발생하지 않는 한 본인 위치만 잘 지키면 되니까.

뭐, 긴급 사태가 발생한다면 엄청나게 못 미덥겠지만……

사엘에게 고도의 유연성을 유지하면서 임기응변으로…… 그런 대응을 기대하면 안 된다.

일단 보디가드로서 최저한의 판단 정도는 할 수 있다, 아마도 할 수 있을 거야. 그래도 결국 사엘이니까 말이지~.

리엘처럼 예상 밖의 행동을 저지르지는 않을 테지만 슬금슬금 불안감이 솟는 현실은 어쩔 수가 없거든.

이래 봬도 전투 능력은 아엘과 거의 차이가 안 나지만 말이야.

능력이 높다고 반드시 유능하라는 법은 없다는 말에 딱 들어맞는 사례라고 할까.

이렇게 실례되는 생각을 하는 동안에 느릿느릿 침대에서 몸을 일으켰다.

눈뜬 다음에 침대 속에서 꾸물꾸물한 시간, 대략 5분.

이전에는 사고 초가속 스킬 덕분에 쓸데없는 생각을 해도 막상 실제로 지난 시간은 한순간이었지만 이제는 그것도 안 되니까 말이야.

잡생각에 빠져 있는 동안 시간은 칼같이 흘러간다.

즉 사엘에게 실례만 되는 쓸데없는 감상을 늘어놓았던 시간, 당사자 사엘은 줄곧 방구석에서 주뼛주뼛하고 있었다는 뜻이 되겠다.

어떤 의미에서 보자면 얘도 참 대단하다니까.

만약 피엘이었다면 못 기다리고 분명히 이쪽으로 돌격했을 텐데.

그런 의미로 보면 사엘은 대기 임무에 적합한 재목일지도?

평소에는 가만히 있음 되잖아.

리엘도 가만히 자리 지키는 것쯤 가능하겠지만, 걔는 가만히 멍하니 있다가 본래의 보디가드 임무는 잊어버릴 것 같아서 무섭거든.

적재적소란 이때 쓰는 말이네.

뭐, 사엘이 집 보기 역할을 담당하는 경우가 많은 이유는 또 한 가지 있지만…….

긴 소매에 가려져 있는 왼손, 그곳은 다른 부위와 달리 척 봐도 생김새가 인형과 똑같은 꼴이었다.

인형 거미들의 인형은 내게 마개조를 받아서 거의 분간이 되지 않을 만큼 사람을 쏙 빼닮았다.

겉모습뿐 아니라 피부 질감이라든가 이것저것 재현한 덕에 손대서 만져봐도 곧장은 못 알아채는 지경.

다만 사엘의 왼손은 2년 전 UFO 사건 때 적 전차의 공격을 받고 그만 파괴되고 말았다.

그리고 내가 신화하면서 실 생성을 못 하게 된 바람에 당연히 나의 실을 재료로 써서 만들어 냈던 인형도 제작이 불가능한 처지가 되고 말았지.

나랑 똑같이 신직사(神織絲) 스킬을 갖고 있는 마왕이라면 재현이 가능하지 않을까, 하고 별문제 아닐 줄 알았는데 아무래도 내가 상식을 벗어난 터무니없는 짓을 했었나 보다. 마왕이 「아니, 무리야」라고 두 손을 들었으니까.

마왕도 일단 노력은 했었는데 말이지.

사람 피부를 재현하는 경지에 이르지는 못했거든.

그런 까닭에 사엘의 왼손은 지금도 불완전한 상태를 못 벗어났다. 물론 기능에는 문제없지만 인간의 눈에 기이하게 보이는 것은 대책이 안 선다는 뜻.

내 눈과 마찬가지로 누군가가 봤을 때 최악의 경우 마물이라는 사실을 들킬 수도 있었다.

그런고로 나랑 함께 틀어박혀서 지내는 날이 많아졌다.

방에 설치되어 있는 화장대 앞으로 가서 섰다.

고개 돌려서 사엘에게 손을 흔들흔들.

주뼛주뼛 내게 다가온 사엘에게 차림새를 만져 달라고 손짓으로 전달했다.

사엘뿐 아니라 인형 거미들은 내 차림새 만지작거리기를 좋아하는지라 이렇게 떠맡기는 경우가 많았다.

후후, 솔선수범해서 유녀의 장난감이 되어주는 나는 어른스럽다.

절대로 직접 하는 게 귀찮다든가 그런 이유 때문이 아니다.

아니라면 아닌 줄 알아.

사엘이 짐을 뒤져서 의복을 골라 가지고 왔다.

사엘이 들고 온 옷은 반소매 미니스커트, 꽤 노출이 많은 옷이었다.

사엘은 의외로 내게 대담한 옷을 입히고 싶어 한다.

이런 때만 주체성을 발휘하는 녀석이랄까.

인형이니까 딱히 호흡을 하지 않을 텐데도 쉭쉭~ 콧김 소리가 들리는 느낌이다.

응, 뭐, 어차피 위에다가 로브를 껴입으니까 괜찮지만.

체념의 경지로 그저 몸을 내맡긴 채 옷을 갈아입는다. 마무리는 햇빛을 막아주는 효과가 있는 화장수를 피부에 바르는 것.

일본의 화장품 만큼의 효과는 없을 테지만 아예 안 바르는 것보다는 낫잖아.

이 세계 사람들은 미용에 별로 관심을 갖지 않는다. 아니, 능력치 덕분에 살이 찔 걱정을 군이 할 필요가 없는 까닭에 이런 종류의 미용품이 발전하지 않았다.

애당초 평범한 시민은 하루하루를 살아서 버티는 게 버거우니까 이런 사치품은 부유층밖에 안 사거든.

그런고로 화장품 종류는 전부 가격이 비싼 편.

마왕의 지갑에 적지 않은 부담을 떠안기고 말았다.

그래도 어쩔 수 없는걸!

미용을 위해 비싼 돈을 빼먹는 게 아니라 이게 없으면 진짜 고달프단 말이야!

혼자 마음속으로 변명을 하다가 옷 갈아입기가 끝나서 화장대 앞 의자에 앉았다.

머리카락을 빗겨주는 사엘이 어쩐지 기분 좋아 보인다.

까치집도 없고 찰랑찰랑하기에 몇 차례 빗질만 해서 머리 손질을 마친 뒤 평소처럼 세 가닥 땋기로 다듬어 마무리했다.

내가 직사광선에 약한데도 머리카락은 안 상하니까 참 신기하달까.

뭐, 바깥에 나갈 때는 후드를 뒤집어써서 직사광선을 안 쏘이도록 조심하고 있지만 말이야.

그렇다 해도 이 정도까지 찰랑찰랑 상태가 유지된다는 것은 신기하다는 말밖에 할 수가 없었다.

설마 싶기는 한데 하느님의 파워를 무의식중에 써서 머리카락을 최선의 상태로 관리하고 있는 걸까?

으음. 딱 잘라 부정을 못 하겠어서 뭐라고 말이 안 나오네.

뭐, 푸석푸석한 머리카락보단 훨씬 낫지만 말이야.

거기에 힘을 쓸 수 있다면 다른 부분도 어떻게 안 되는 걸까? 못내 아쉬움이 들잖아.

지난 2년, 힘을 잃어버린 뒤 이래저래 고생을 많이 했거든.

그때마다 이전의 힘이 그리워지더라.

사엘이 머리카락을 매만지고 있는 동안에 의식을 집중했다.

이미지하는 것은 실.

하얗고 가늘면서도 강인한 거미의 실.

그 실을 손가락 끝으로 뽑아내는 이미지.

그러나 아무리 이미지해도 손가락 끝에서 실이 나오지 않는다.

마찬가지로 어둠 마법을 머릿속에 떠올린들 눈에 힘을 실어서 사안을 발동하려고 시도한들 아무 일도 일어나지 않았다.

그렇게 이것저것 시험해보는 동안에 사엘이 어느 틈인가 작업을 끝냈다.

거울을 보면 깔끔하게 정돈된 차림새를 한 내가 보인다.

이미 잘 알고 있었지만 오늘도 성과는 없었다.

2년, 나는 본래의 힘을 되찾고자 시행착오를 거듭해 왔다.

마력의 흐름을 느끼기 위해 명상도 해보고, 체력을 기르기 위해 근육 트레이닝도 해보고.

어떤 시도든 전부 헛수고로 끝났다.

스킬 및 능력치란, 시스템이 이 세계의 주민에게 강제적으로 마술을 사용 가능케 하는 힘을 끌어내는 수단.

즉 시스템이란 힘을 올바르게 쓰기 위한 보조 장치.

그 보조가 지금의 내게는 없다.

그러니까 애당초 힘을 사용하지 못한다.

그렇지만 시스템은 보조다.

어디까지나 보조이지 힘을 사용하는 주체는 우리.

같은 논리로 말하자면 보조를 안 받고도 힘을 사용하는 길이 분명히 있다.

실제로 규리규리는 방법만 익힌다면 나도 과거와 비슷한 수준, 그 이상의 힘을 발휘할 수 있다고 장담했었다.

그런데도 정작 사용법을 전혀~ 모르겠다고!

일본의 남자에게 ㅇ네르기파 쏴보라는 말이랑 똑같다고!

뭘 어떻게 쏴보라는 건데!

쏠 줄을 알면 쏘고 싶다고!

후유. 진짜, 방법을 도통 모르겠어.

지금 나는 힘의 사용법을 맨 기초부터 하나도 몰라 좌절한 상태.

아예 출발선에 서지도 못했다는 느낌.

나도 신화하기 전에는 스킬을 마구마구 써 댔으니까 감각은 대강 알고 있다고 살짝 자신했었다.

그러니까 딱히 오랜 시간을 안 들여도 힘의 사용법을 익힐 수 있다고 낙관했던 게 벌써 2년이다.

조바심이 좀 나네.

어쩌면 이대로 쭉 힘의 사용법을 못 익혀서 끝내 약골 신세를 못 면하는 것이 아닐까?

설마 그렇게 되진 않기를 바랄 뿐이지만, 애당초 평범한 인간이란 힘을 가지고 있지 않은 게 표준이잖아.

이 세계에는 시스템이라는 장치가 있기 때문에 스킬로 초능력 같은 힘을 발휘할 수 있는 것이고, 지구에서는 초능력자가 어쩌고 해봤자 먼저 의구심이 들었는걸.

힘이 없는 게 보통.

나도 어쩌면 그렇게 될 수도 있었다.

그렇다 해도 내게는 분명 방대한 힘이 잠들어 있기는 한데…….

정작 힘의 사용법을 모르겠지만.

뭔가 계기가 있어서 힘의 사용법을 알게 되면 광명이 보일 것 같단 말이지.

쏟아지려고 하는 한숨을 되삼키고 일어섰다.

짐 더미 속에서 늘 입고 다니는 촌스러운 로브를 꺼내 걸쳤다.

사엘이 애써 몸단장을 해줬지만 살갗을 가능한 한 드러내고 싶지 않은 데다가 내 눈을 숨기기 위해서라도 후드를 깊숙이 뒤집어써야 했다.

뭐, 그 밖에도 얼굴을 숨길 이유는 있었지만.

그런고로 후드로 얼굴을 푹 가리고 방을 나섰다.

뒤쪽에서 사엘이 따라온다.

지금 묵고 있는 이 숙소는 3층 건물인데, 우리는 2층에 방을 잡았다.

  1층은 아마 식당으로 운영할 테니까 늦은 아침 식사를 먹자.

  그렇게 생각한 뒤 계단을 내려가서 식당에 발을 들여놓고 보니까 이런 시간인데도 식당 안에 선객이 있었다.

  두 명의 남성이 늦은 아침부터 술을 마시면서 담소를 나누는 모습.

  복장을 보면 모험가 같네.

  어쩐지 괜히~ 불길한 예감이 들었지만 공복감을 못 이기고 앞으로 나아가고자 결의.

  모험가 두 사람은 식당에 들어온 나와 사엘에게 시선을 보내면서 의아스러운 표정을 지었다.

  뭐, 실내인데도 온몸을 싹 덮어 가리고 있는 수상쩍은 차림의 인물이 들어오면 저런 표정을 지을 만하지.

  모험가들의 반응은 신경 쓰지 않으려고 외면하면서 옆을 지나갔다.

  가능하면 피해서 지나가고 싶었지만 식당 입구와 가장 가까운 탁자에 자리를 잡고 있단 말이야.

  피하고 싶어도 피할 길이 없었다.

  그대로 옆쪽을 지나치려고 했던 그 순간—.

  "어이쿠!"

  남자 한 명이 부자연스럽게 비틀대면서 내 후드를 벗겨버렸다.

  히죽거리는 남자 둘의 얼굴이 보였다.

  이놈들, 싸우자는 거냐!

  즉시 눈을 감아서 내 눈동자를 보이는 사태만큼은 피했다.

그런데 당연하게도 눈을 꼭 감으면 아무것도 안 보이게 된다.

다음으로 남자 놈들이 뭔 짓을 할지 모르겠다.

"오! 절색이로군!"

뜻밖에도 바로 곁에서 술 냄새 섞인 숨결이 와 닿았다.

흠칫 놀란 다음 순간, 턱 하고 목 주변으로 충격이 치달았다.

아주 강하지는 않았으나 아마도 남자가 내 어깨에 팔을 두른 것 같다고 눈이 안 보이는 상황에서 판단.

이 술주정뱅이가!

이래서 맨얼굴을 내보이는 게 싫었던 거야!

나는 스스로 말하기는 좀 뭣해도 아무튼 미인이다.

게다가 내 특수한 색채 때문에 쓸데없이 더한 주목이 쏠리게 된다.

그러니까 되도록 맨얼굴을 보이고 싶지 않았건만…….

그럼에도 이 술주정뱅이 놈들은 후드를 벗기는 데서 그치지 않고 더한 수작을 부렸다

여기까지는 아직 진정하고 넘길 수 있었다.

아니, 뭐랄까, 사태의 추이를 미처 머리가 따라가지 못한 거지만…….

그러나 곧이어 떨어진 충격이 내 사고를 저 너머 아득한 데로 휙 날려버리고 말았다.

"오호, 보기보다 꽤 크군."

어?

응?

엥?

주물럭주물럭하는 감촉.

어디에서? 그게, 음. 내 가슴에서.

경 찰 아 저 씨 !

지금 졸도하지 않은 내 정신력을 칭찬해주길 바란다.

아니, 조금만 더 늦었다면 의식을 놓아버렸을지도 몰라.

"엉? 뭐냐, 꼬맹이."

술주정뱅이의 목소리가 안 들렸더라면 말이지.

위험하다!

어느 예감에 휩싸여서 나는 사엘에게 손을 뻗었다.

여전히 눈을 감고 있었던지라 직감에 의지해서 뻗은 손은 다행히도 사엘의 작은 어깨를 붙잡는 데 성공.

손의 감촉 너머로 사엘이 움직임을 멈추는 게 느껴졌다.

후유, 아슬아슬했다.

한 발짝만 늦었다면 참극이 벌어질 뻔했잖아.

사엘은 자주적으로 행동에 나서지 않는다.

그러나 미리 규칙을 정해주면 그에 따라서 빈틈없이 움직인다.

또한 방금 전 경우에 사엘이 취할 행동은 하나.

즉 적의 섬멸.

그냥 주정뱅이를 적이라고 표현하는 것도 좀 우습기는 한데, 사엘이 이런 판단을 할 리가 없잖아.

사엘은 어려운 고민 따위는 하지 않고 시비 붙은 상대는 뭐가 어떻든 간에 적으로 봐서 처리한다.

여기 있는 게 아엘이었다면 요령껏 수습해서 술주정뱅이를 쫓아내는 정도로 처리했겠지만 물론 사엘은 그런 재주를 부릴 수 없었다.

미리 정해준 행동밖에 못하는 탓에 이런 상황에서는 주의해서 다뤄야 한다.

대단히 불쾌하기는 해도 성희롱의 대가가 목숨이어서는 너무 과중하잖아.

어째서 내가 성희롱이나 하는 술주정뱅이의 목숨을 구해줘야 하는 걸까.

맙소사~.

……어라, 잠깐만. 이 녀석들을 굳이 지켜줄 필요가 있나?

아침나절부터 술 마시고 성희롱이나 저지르는 몹쓸 인간은 차라리 죽는 게 낫지 않을까?

"예끼! 뭔 짓들이야?!"

내가 살짝 뒤숭숭한 생각을 떠올리면서 사엘을 풀어줄까 진지하게 고민하던 때에 식당의 안쪽에서 고함 소리가 울려 퍼졌다.

무심코 실눈을 살짝 뜨고 목소리의 주인을 확인해봤더니 식당 안쪽에서 풍채 좋은 아주머니가 저벅저벅 걸어 나오고 있는 참이었다.

체격 우람한 모험가 두 사람보다도 더욱 커다랬다.

주로 가로나비가…….

"다른 손님한테 민폐 끼치려거든 썩 나가버려!"

"아, 그게, 죄송합니다."

아주머니의 위세에 기가 눌렸을까, 모험가 두 사람은 단박에 취기가 가신 모습이었다.

"나한테 사과해서 어쩌자는 거야! 사과는 봉변을 당한 본인한테 해야지!"

"아, 예예! 죄송합니다!"

아주머니는 강하닷!

모험가 두 사람은 나를 돌아보면서 머리 숙이고 사죄한 뒤 곧장 허둥지둥 식당 밖으로 나가버렸다.

"도대체가, 이래서 모험가가 욕먹는 거야."

아주머니가 기막혀하면서 한숨 쉬었다.

"미안하게 됐어, 아가씨들."

아주머니가 괜히 사과를 한다. 그래도 아주머니가 사과할 일은 아닌 데다가 오히려 도와준 입장이니까 고마워해야지.

일단 몸짓으로 신경 쓰지 않는다는 뜻을 전했다.

"모험가가 전부 저렇게 몹쓸 놈들만 있진 않은데 말이야. 아가씨는 미인이니까 더 많이 조심해야 돼."

네. 그래서 후드를 뒤집어쓰고 눈에 안 띄도록 숙소에 틀어박혀 지낸답니다.

실내에서 후드를 뒤집어쓰고 다니면 오히려 눈에 띄는 것 같다는 기분도 조금 들지만.

"특히 지금은 타지의 모험가도 우리 도시에 와 있거든. 질 나쁜 놈들이 섞여 들었을지도 모르니까 조심하면서 다녀."

응?

왜 타지의 모험가가 왔을까?

이 세계의 모험가들은 대체로 도시 한 곳에 눌러앉는 주둔군의 성격을 띤다.

모험가의 주된 일거리는 마물 퇴치니까 말이야.

도시 가까운 곳의 마물을 매일매일 솎아 내야 하는 관계로 어지간히 중요한 용무가 아닌 한 도시에서 멀리 떨어지거나 하지 않는다.

그런데 모험가가 어째서 이 도시로 모여드는 거야?

"거 뭐냐, 우리 도시 가까운 곳에 오거가 나타났다던가? 게다가 모험가가 몇 사람이나 반격을 받아 죽었다나 봐. 그래서 근처의 도시나 마을에서도 모험가를 불러 모으게 된 거지. 무서워라."

흐음.

오거란 말이지.

퇴치에 나선 모험가를 몇 명이나 해쳤다니까 제법 강할 수도 있겠네.

이 세계의 마물 중에는 지구의 창작물 안에 등장하는 녀석들도 종종 있었다.

분명히 어딘가의 사신(邪神)이 장난삼아서 만들어 놓은 게 아니려나.

오거를 실제로 본 적은 없지만 여기저기에서 곧잘 출현하는 흔한 마물이라고 했다.

그리고 흔하게 나타난다는 것은 인간끼리 대처가 가능한 마물이라는 뜻.

즉 아주 강하지는 않은 마물일 텐데, 모험가가 오히려 반격을 받고 죽었다니까 이곳 근방에 출몰한 오거는 아마 특이한 개체겠네.

나도 남의 말을 할 처지는 안 되지만 마물은 때때로 묘하게 강한 녀석이 나타나는 경우도 있으니까 이번에도 분명 비슷한 패턴일 거야.

그래 봤자 우리 일행의 면면으로 보면 오거 따위야 잘 쳐줘도 잡몹이다.

아무리 강해 봐야 능력치 1만을 넘는 인형 거미들은 못 당할 테고, 혹시나 더한 강자라고 해도 우리에게는 마왕이라는 최강의 전력이 있잖아.

딱히 신경 쓸 필요는 없다는 말씀.

"자! 밥 먹으러 온 거지? 소란 피워서 미안하니까 싼값에 해줄게!"

와아!

오거 따위보다 나는 밥이 훨씬 더 신경 쓰여요!

여담 어느 모험가의 오니 퇴치

"잘들 모여주었네!"

길드 1층에 길드 마스터의 탁한 목소리가 울려 퍼졌다.

지금 길드의 로비에는 근방에서 소집한 모험가들이 잔뜩 들어차 있었다.

모두가 오거 퇴치에 참가하는 모험가들이다.

젊은 축의 모험가 룩소가 간신히 목숨만 건져 도망쳐 나온 것을 계기로 오거의 위험성이 널리 알려지게 됐었다.

우리 도시의 길드 마스터는 당장 행동에 나섰다.

근방의 길드에 지원을 요청해서 모험가들을 소집했다.

낚싯밥은 오거가 지니고 있다는 마검.

마검은 웬만한 모험가도 좀처럼 손에 넣을 방법이 없는 물품이다.

그 귀한 마검을 오거 토벌에 공헌하는 모험가에게 내주겠다고 선언했다.

그 덕분에 소식을 전해 들은 모험가들이 빠짐없이 이 도시에 몰려들었다는 사연이다.

뭐, 이리 말하는 나 또한 마검의 매력에 이끌려서 참가한 부류이다만……

"여, 고트. 웬일로 표정 한번 진지하군그래. 네 녀석 마음이야 안 봐도 알겠군. 죽은 녀석들의 원수를 갚겠다고 속이 꽤 부글거리지?"

치근치근하면서 내 어깨에 팔을 두르는 이 녀석은 나와 같은 A랭크의 모험가 레그.

우리 도시에서는 나와 나란히 서는 고랭크 모험가였다.

"그게 뭔 소리냐. 나는 단지 마검이 탐나서 참가하는 거다. 내가 누구 원수나 갚아주는 놈 같냐?"

"또 이러시네~."

레그의 팔을 거칠게 풀어내면서 부정했는데도 불구하고 이 녀석은 내 말을 전혀 안 믿는 눈치였다.

"이놈들아! 특별 의뢰다!"

레그에게 면박 좀 놓으려고 했는데 때마침 길드 마스터가 고함을 질러 대면서 내 말을 가로막았다.

"아는 바대로 이번 상대는 오거 특이 개체다! 능력치는 통상의 오거와 달리 꽤 높다고 추측되며, 스킬 역시 알려지지 않은 것을 포함하여 통상종을 넘어선다!"

평소에는 거칠게 구는 모험가들이 길드 마스터의 말을 잠자코 듣고 있었다.

나 역시 이런 상황에서 말소리를 내기는 꺼림칙했던 터라 결국은 입을 다물 수밖에 없었다.

"주목해야 하는 사안은 셋이다!"

선발대 중 살아남은 소수의 모험가들이 갖고 돌아온 정보였다.

"하나는 비정상적인 회복 능력! 기존의 스킬을 다 뒤져봐도 설명이 되지 않는 괴상한 방식으로 회복한다! 몸이 갑자기 빛에 감싸이더니 불현듯 모든 상처가 흔적도 없이 사라졌다고 했다! 게다가 MP와 SP까지 회복됐을 가능성마저 의심된다! 오거를 막바지까지 몰아붙였음에도 이러한 회복 때문에 되레 당하고 만 파티도 있다!"

길드 마스터의 말에 모험가들 틈에서 술렁거리는 소리가 퍼져 나갔다.

그런 가운데 입술을 깨물고 있는 청년 한 명의 모습이 보였다.

룩소라고 불리는 젊은 축의 유망주.

룩소는 선발대의 생존자였다.

또한 본인을 살려 보내기 위해 희생이 된 동료들의 원수를 갚고자 부상을 치료한 뒤 토벌 퀘스트에 참가했다.

룩소의 동료들은 나 역시 안면이 있는 면면이었다.

"둘! 급격한 전투 능력의 상승! 기투법과 비슷하면서도 명백하게 다르다! 발동 시간은 짧으나 이것이 발동하는 동안은 능력치가 대폭 상승된다! 겉모습에는 변화가 없기 때문에 감으로 대처하라!"

꽤나 맥 빠지는 대응법이다만 어쨌든 모험가의 전투 방법을 대변해주는 말이기도 했다.

임기응변.

시의적절한 즉각 행동이야말로 모험가의 기본이자 오의(奧義)이기도 하니까.

"셋! 오거는 마검을 소지하고 있다. 게다가 두 자루나!"

길드 마스터의 그 말에 모험가들이 또 술렁술렁 시끄러워졌다.

이놈이고 저놈이고 눈을 번뜩번뜩 빛내고 있잖은가.

뭐, 여기에 있는 녀석들 대부분은 마검을 목적으로 왔을 테니까 썩 마땅한 반응이기는 하군.

"조용히! 확인된 마검의 능력은 불과 벼락이다! 약속대로 오거 토벌에 가장 큰 공헌을 하는 두 명에게 마검을 넘겨주겠다!"

환성이 터져 나왔다.

모험가에게 마검은 동경의 대상이니까.

"좋다, 이놈들아! 다녀들 와라!"

길드 마스터의 독려에 호응해서 모험가 녀석들이 오거를 퇴치하고자 이동을 개시한다.

이 많은 인원수.

단지 숫자만 많은 게 아니라 마검을 노릴 만큼 경험과 실력을 쌓은 숙련가였다.

제아무리 오거가 대단하더라도 이 많은 실력자가 연합한 이상 속수무책일 테지.

"좋았어! 고트, 누가 마검을 주워 먹나 겨뤄보자고!"

"어림없지. 마검은 내가 받아 갈 테다."

레그와 서로 큰소리를 늘어놓으면서 우리도 오거 퇴치를 위해 움직였다.

뭐, 마검을 줍는 겸사겸사.

오거에게 당한 놈들의 원통함도 풀어주도록 할까.

"말이 되나."

그렇게 의기양양하면서 출진했거늘 이게 어찌 된 사태인가?

우왕좌왕 도망쳐 다니는 모험가들.

그들의 발 주변에서 폭발이 일어나 일면식 없는 모험가의 하반신을 날려버린다.

횡액을 면한 모험가도 투척된 검에 꿰뚫리든가 날아드는 검의 폭발에 휘말려서 휙 날아갔다.

검이 폭발하다니 어찌 된 영문인가?

이곳저곳에서 똑같은 광경이 펼쳐지고 있다.

"이딴 얘기는 못 들었다고, 젠장!"

마검은 전부 두 자루가 아니었나?

폭발하는 마검 이야기는 들은 적조차 없다.

게다가 이렇게 많은 수량일 줄 누가 예상하겠나?

이곳에 지옥도를 만들어 낸 오거는 무엇을 하고 있느냐. 숲속 깊숙한 곳에 자리를 잡고 지면에 꽂아 놓았던 마검을 차례차례 뽑아서 투척하고 있었다.

그 검이 날아들 때마다 폭음이 울려 퍼지고 모험가들의 숫자가 줄어든다.

유린이다.

그야말로 유린이었다.

"아아아아아아!"

우렁찬 외침이 들려 그쪽으로 눈을 돌렸더니 룩소가 활을 붙든 채 화살을 날리고 있는 참이었다.

"젠장, 바보 자식!"

내 입에서 저절로 악담이 쏟아졌다.

룩소가 감당할 만한 상대가 아님은 불을 보듯 뻔하다.

룩소의 활 솜씨가 먹힐 상대가 아니란 말이다.

애당초 기껏 화살을 날리려는데 왜 소리를 질러서 지금 공격하겠다고 알려주는 악수를 둔단 말이냐!

룩소가 시위를 놓았다.

그러나 아니나 다를까, 적은 아무렇지도 않게 피해버렸다.

오거가 지면에서 검을 뽑아 들고 답례를 전하겠다는 듯이 룩소에게 냅다 던졌다.

"쳇!"

혀를 차면서 나는 룩소와 허공을 가르는 검의 사이로 비집고 들어갔다.

날아드는 검을 내 검으로 막아 낸다.

"꺽?!"

막아 낸 검이 그 자리에서 폭발했다.

아프잖아!

충격으로 휙 날려 가고 말았다.

젠장!

역시 막아 내도 폭발하는군!

팔은? 붙어 있다.

온몸이 피투성이가 됐음에도 간신히 목숨은 건졌군.

"으, ㄲ흑."

다만 나는 괜찮아도 바로 곁에서 폭발의 여파를 뒤집어썼던 룩소는 그렇지 않았다.

룩소는 나보다 능력치가 낮기 때문에 직격을 당한 나보다도 오히려 큰 피해를 받은 듯싶었다.

"괜찮냐?!"

말한 다음에 괜찮을 리가 없지 않냐고 자기 자신을 꾸짖었다.

땅바닥에 쓰러져 있는 룩소는 확실히 어디를 봐도 괜찮지 않았다.

당장 치료하지 않으면 죽는다.

"젠장맞을!"

다만 오거가 재차 검을 휙 쳐들었기에 내 걸음은 가로막혔다.

다시 한 번 폭발하는 검이 날아든다면 나는 견딘다 해도 룩소가
못 버틴다!

"오오오오오!"

그러나 이번에 투척된 검은 우리에게 와 닿지 못하고 저지됐다.

"레그!"

"고트! 룩소를 짊어지고 도망쳐라!"

레그는 나와 마찬가지로 폭발하는 검을 막아 낸 다음 온몸이 상처
투성이가 되고도 소리를 질렀다.

"내가 시간을 벌어주마! 가라!"

"레그! 멈춰라, 레그!"

내가 말릴 틈도 없이 레그가 오거에게 돌진을 감행한다.

레그를 노리고 재차 검이 날아들었고 잇따라 터진 폭발이 레그의
모습을 지워 없앴다.

"레, 레그!"

나는 부르짖으면서도 룩소의 어깨를 붙들어다가 뒤쪽으로 물러
났다.

마지막에 단 한 번 고개 돌려서 본 저편으로 오거의 검에 레그의
목이 달아나는 광경이 비쳤다.

"젠장! 젠장맞을!"

이날 우리는 속절없는 패배를 맛봤다.

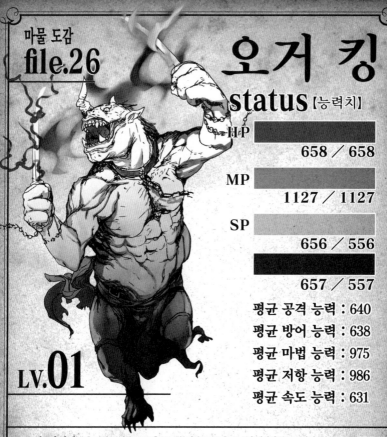

마물 도감
file.26

오거 킹

status 【능력치】

HP

658 / 658

MP

1127 / 1127

SP

656 / 556

657 / 557

평균 공격 능력 : 640

평균 방어 능력 : 638

평균 마법 능력 : 975

평균 저항 능력 : 986

평균 속도 능력 : 631

LV.01

skill
【기술】

「HP 자동 회복 LV 9」「MP 고속 회복 LV 3」「MP 소비 대완화 LV 3」「마력 감지 LV 10」「마력 조작 LV 7」「마투법 LV 2」「마력 부여 LV 6」「마력격 LV 1」「SP 회복 속도 LV 2」「SP 소비 완화 LV 2」「투신법 LV 10」「기력 부여 LV 1」「기력격 LV 1」「검의 재능 LV 1」「참격 강화 LV 3」「관통 강화 LV 1」「불 강화 LV 1」「벼락 강화 LV 1」「외도 공격 LV 1」「불 공격 LV 1」「벼락 공격 LV 1」「투척 LV 3」「집중 LV 10」「사고 가속 LV 1」「예측 LV 1」「병렬 사고 LV 1」「연산 처리 LV 1」「기억 LV 2」「명중 LV 4」「회피 LV 4」「위압 LV 1」「감정 LV 1」「기척 감지 LV 1」「염마」「저주 LV 8」「불 마법 LV 5」「벼락 마법 LV 5」「치료 마법 LV 3」「외도 마법 LV 6」「마왕 LV 1」「금지 LV 1」「분노」「기도 LV 3」「파괴 내성 LV 1」「참격 내성 LV 1」「타격 내성 LV 1」「관통 내성 LV 1」「충격 내성 LV 1」「불 내성 LV 1」「얼음 내성 LV 1」「바람 내성 LV 1」「벼락 내성 LV 1」「상태 이상 내성 LV 1」「기절 내성 LV 1」「공포 내성 LV 3」「외도 내성 LV 5」「고통 내성 LV 8」「천리안 LV 2」「오감 강화 LV 1」「신성 영역 확장 LV 1」「신명 LV 1」「마력 기관 LV 1」「순발력 LV 1」「지구력 LV 1」「강화 LV 3」「견고 LV 3」「도사 LV 1」「호부 LV 1」「질주 LV 1」「금기 LV 6」「명명 LV 7」「환상 무기 연성 LV 10」「n%I=W」

제국의 북서 지방에 출현한 특이 오거. 통칭 검마. 마검을 생성하는 전대미문의 스킬을 보유했을 뿐 아니라 단독임에도 불구하고 토벌에 나선 수많은 모험가를 도리어 해침으로써 큰 피해를 입혔다. 오거의 거구, 마검 활용 및 근접전을 수행하는 모습 때문에 곧잘 오해받으나 마검을 생성하는 데 대량의 MP를 소비하기 때문에 능력치는 마법 계열이 더욱 높다. 또한 마물보다 경험치 효율이 더 높은 인간을 주로 해치우면서 활동하기 때문에 레벨 및 능력치에 비해 스킬의 성장이 더디다. 위험도는 훗날 제국의 견해에 따라 A로 지정되었다.

鬼2 오니의 마검

나는 무엇인가를 이루었을까? 이루어 낼 수는 있을까?

전세의 내 인생을 한마디로 표현하라고 누가 묻는다 해도 곧바로 떠오르는 말은 없었다.

누구든 비슷비슷한 신세 아닐까?

나는 세상 사람들의 일반적인 기준으로 봤을 때 상당히 젊은 나이에 생애를 마치게 된 편일 텐데, 그럼에도 내 일생은 한마디로 표현이 가능할 만큼 짧지는 않았다고 여긴다.

다만 좋은 인생이었냐고 묻는다면 솔직히 고개를 끄덕거리지는 못하겠다.

"쿄야는 타협이 없는 성격이잖아. 왠지 살면서 자꾸 손해 볼 것 같아."

그렇게 내게 말했던 녀석은 고등학생 시절의 친구 중 한 명, 슌이었다.

고등학교에 입학한 뒤 만든 이 친구는 때때로 본질을 꿰뚫어 보는 예리한 말을 꺼내고는 했다.

굳이 비교하자면 평소 분위기 파악을 더 잘하는 녀석은 또 다른 친구였던 카나타였다. 그러나 슌은 표면을 지나쳐서 깊숙한 곳을 무자각으로 꿰뚫어 보는 힘을 갖고 있었다.

고등학교에서는 내숭 좀 부리면서 얌전히 지냈는데 말이지……

나는 고등학교에 입학하기 전까지 꽤 난폭한 나날을 보냈었다.

맨 처음 계기는 유치원 시절.

나이 많은 아이들이 놀이 기구를 독차지하려고 들었기에 혼자 싸움을 벌여서 막으려고 했다.

처음에는 나와 친구들이 놀고 있었는데도 나중에 와서 우리를 쫓아내려고 했기 때문이었다.

나는 죽을힘을 다해 저항한 끝에 더 나이가 많았던 남자아이를 울렸다.

결국 보육사 누나가 말리러 오고 나서야 싸움이 수습됐다.

당연하게도 나는 혼이 났었지.

어째서 바른 행동을 했던 내가 혼나야 하는가?

당시의 나는 미처 이해가 되지 않았었다.

물론 이제는 안다. 내가 쌈박질을 벌였던 탓에 함께 놀았던 아이들도 휘말려서 다쳤으니까.

울음을 터뜨리고 만 아이도 있었다.

잘못한 쪽은 뒤늦게 와서 놀이 기구를 빼앗으려고 했던 손위 아이들이다.

분명 틀리지는 않았다.

그러나 내가 그 아이들과 벌인 싸움질을 올바르다고 말할 수 있는가?

나는 아직껏 답을 내지 못했다.

다만 바른 행동이 꼭 절대적인 올바름이 되지는 못한다는 사실을 이때 막연하게나마 이해할 수 있었다.

당시의 나는 막연하게 알았던 것이 고작이었지만…….

그 이후로도 나는 무슨 일이 있을 때마다 스스로의 올바름을 내세웠다.

글자 그대로 주먹을 내세워서.

초등학교 때는 왕따를 중단시켰다.

중학교 때는 돈이나 뺏고 다니는 불량배와 맞닥뜨려서 때려눕혔다.

작은 사례를 일일이 언급하자면 끝이 안 난다.

내가 올바르다고 믿는 행동을 관철하면 할수록 주위 사람들은 점점 더 나를 경원시했다.

내 편은 줄어들고 적만 자꾸자꾸 늘어난다.

중학교를 졸업했을 때는 지역 근방에서 작은 오니(小鬼)라는 별명이 붙어 두려움의 대상이 됐다.

아마도 키가 작았던 것이 별명의 유래였다.

나는 자신이 올바르다고 판단한 바를 관철했을 뿐인데 주위에서는 그렇게 봐주지 않았다.

오히려 나를 악으로 간주했다.

그래서 고등학교는 조금 떨어져 있는 외지로 진학한 뒤 얌전하게 지내기로 마음먹었다.

그랬더니 실소가 나올 만큼 평온한 나날이 시작됐다.

이런저런 부조리를 외면한 채 모르는 척을 하고 지내면 평범한 고등학생처럼 생활할 수 있었다.

다만 때때로 불현듯 떠올리고는 했다.

너는 이대로 정말 괜찮겠느냐고……

친구와 게임을 하면서 놀고, 시험 때문에 끙끙 앓고, 진로를 고민한다.

그렇게 평범한 고등학생이 되어 생활하는 중 어째서인지 답답한 기분이 마음 깊숙한 곳에 내리쌓이는 감각.

슌의 말대로 나는 융통성이 없는 까닭에 삶을 손해 봤을지도 모르겠다.

올바름이란 과연 무엇일까?

내가 어떻게 해야 진정한 올바름이었을까?

이제 와서는 옛 고민도 단지 과분한 호사였다고 절감하게 된다.

모든 모험가를 다 해치운 뒤에 후유, 숨을 토했다.

그와 동시에 온몸에서 힘이 빠져나갔다.

스스로도 알아차리지 못하는 동안 피로가 상당히 쌓인 듯했다.

전세 때 했던 싸움질과 비교도 되지 않는 진짜 목숨을 걸고 벌이는 전투였기에, 역시 막대한 긴장감이 동반된다.

거기에서 해방된 순간, 이렇듯 맥이 딱 풀려서 주저앉게 될 만큼.

지면에 풀썩 앉아서 길게 숨을 내뱉었다.

주위에는 화염의 연기와 다른 탄내가 섞인 고약한 냄새가 감돌고 있었다.

그와 함께 피의 녹슨 쇳내도…….

쓱 훑었을 때 보이는 것은 여기저기에 자빠져 있는 모험가들의 시체.

폭발이 지면에 만들어 놓은 요철은 전투의 격렬함을 대변해준다.

수중에 있던 마검은 전부 다 소모했다.

다시 생성해서 보충해야 한다.

무기 연성.

나의 고유 스킬이다.

날 때부터 갖고 있었다는 이 스킬은 MP를 소비해서 무기를 만들어 내는 효과를 발휘했다.

게다가 추가로 MP를 주입함으로써 생성된 무기에 특수 효과를 부여할 수 있었다.

그렇게 생성된 것이 마검이라고 불리는 특수 효과가 딸린 무기였다.

처음 이 스킬의 존재를 자각한 것은 고블린 마을에서 식사를 하던 때였다.

고블린 마을에서는 나이프도 포크도 없었기에 기본적으로 손으로 집어 식사를 했다.

계기는 사냥으로 얻은 고기가 식탁에 올라왔던 것.

너무나도 딱딱한 고기 때문에 나이프가 필요하다고 마음속으로 바랐을 때.

좁은 집 안에서 섬광이 터져 나왔고, 그다음은 내 손에 나이프가 쥐여 있었다.

내 상상보다 훨씬 초라한 품질이었으나 분명 나이프였다.

아무것도 없는 곳에서 나이프가 출현하는 신기한 현상.

그 원인은 촌장님이 갖고 온 마을 유일의 감정석으로 판명됐다.

감정 결과, 나에게 무기 연성이라는 스킬의 존재가 확인되었기 때문이다.

그 사실이 확인되고 나서 내 생활은 조금 변화했다.

MP가 허용하는 한, 무기 연성으로 무기를 만들어 냈다.

조금이라도 마을에 도움이 되고 싶었다.

유감스럽게도 당시 내 MP는 양이 적었기 때문에 연성 가능한 무기는 기껏해야 초라한 나이프가 고작.

게다가 달랑 한 자루를 만들어 내면 MP가 바닥났던지라 회복될 때까지 내내 시간을 보내야 했다.

그럼에도 이제껏 손으로 집어 먹어야 했던 요리를 자를 수 있게 되었기에 마을의 모두가 고마워했던가.

그게 기뻐서 나도 한껏 분발하여 나이프를 만들고는 했다.

그렇게 나이프를 거듭 만드는 중에 스킬 레벨이 오르거나 MP의 총량이 늘어나거나 한 결과, 다음에는 식칼을 만들 수 있었다.

가능하면 포크도 만들고 싶었지만 무기 연성이라는 이름대로 제작 가능한 범주는 무기뿐이었다.

나이프와 식칼은 일단 무기로 사용할 수가 있으니까 연성도 가능했다고 여겨진다.

나이프, 식칼, 그리고 다음은 수렵물을 해체하는 데 쓰는 큼직한 나이프.

게다가 그다음은 쇼트 소드.

또 다음은 드디어 제대로 된 롱 소드.

단계를 밟아 더욱 좋은 무기를, 더욱 강력한 무기를……

이제껏 물자가 변변찮았던 탓에 제대로 된 무기를 보유하지 못했던 고블린들.

그러나 나의 무기 연성 덕분에 극적으로 변화가 일어났다.

이제껏 못 당해 냈었던 마물도 토벌이 가능해지면서 행동반경은 더욱 넓어졌다.

덕분에 공급되는 고기의 양이 많아졌고 탐색으로 얻는 물품도 늘어났다.

내 힘은 마을 주민 모두에게 도움이 된다.

그게 기쁘고 또한 자랑스러워서 나는 더욱더 무기 연성에 매진했다.

돌이켜보면 그때가 가장 충실했던 시기였다.

힘을 쏟으면 쏟는 만큼 스킬 레벨이 성장하면서 보다 좋은 무기를 만들어 낼 수 있었다.

또한 더 좋은 무기가 만들어지면 주민 모두에게 보탬이 된다.

이토록 보람 넘치는 일은 또 없었다.

지금은 그때보다 현격하게 스킬 레벨도 MP의 총량도 올랐을 뿐 아니라, 생성 가능한 무기의 질은 비교도 되지 않을 만큼 향상됐다.

그 당시는 무기에 특수 효과를 부여하지 못했다.

나는 성장했다.

그러나 충실감은 느껴지지 않는다.

인간을 죽이기 위해 무기를 생성하면서 어찌 충실감 따위를 얻을 수 있단 말인가.

삶 때문에 마물을 쓰러뜨리는 데 쓰는 무기와 인간을 죽이기 위한 무기.

같은 무기여도 본질이 전혀 다르다.

아니, 무기는 역시 무기인가?

무기라는 사실에 변함은 없으니까.

다만 사용자가 어떻게 쓰는가, 그에 따라서 무기의 성질이 달라질 뿐.

나는 인간을 죽이기 위해 무기를 쓴다.

단지 그뿐이 아니겠는가.

이따위 짓을 하기 위해서 애써 연마했던 스킬이 아닌데도 말이지.

새삼 주위의 상황을 둘러봤다.

도려져 나간 지면.

거기에 쓰러져서 죽음을 맞은 모험가들의 처참한 말로.

생전의 모습을 유지하고 있는 부류는 그나마 나은 편이고, 차마 못 봐줄 꼴이 된 모험가도 많았다.

그들을 저러한 꼴로 몰아붙인 것은 내가 생성한 마검의 힘.

지뢰검(地雷劍).

이름 그대로 지뢰의 효과를 발휘하는 마검이다.

본래 마검이라는 물건은 소유주의 MP를 소비해서 효과를 발휘하기 때문에 파괴되기 전까지 영구적으로 사용 가능하다.

내가 주로 쓰는 두 자루 칼, 염도(炎刀)와 뇌도(雷刀) 역시 마찬가지였다.

그러나 지뢰검은 달랐다.

내 MP를 잔뜩 들이부어서 생성하는 마검.

그 마검의 힘을 단 한 차례, 폭발을 일으킴으로써 발현시킨다.

영구적으로 사용할 수도 있는 마검의 힘을 단 한 차례의 공격으로 모조리 소비한다는 점을 감안하면, 과연 얼마나 큰 위력이 될지 미루어 헤아리고도 남음이 있을 터.

그렇다 해도 실제로는 아주 무시무시한 위력을 발휘하지는 않는다.

마검의 힘은 소유주의 MP를 소비해서 발동하는 것이 기본인데, MP의 소비가 없는 대신에 소모품이 되면서 위력은 약간 오르는 정도일까.

제작 때 소비되는 MP의 양을 감안하면 비용 대 효과의 측면으로 봤을 때, 평범한 마검에 손을 들어주는 것이 맞겠다.

그럼에도 위력이 올라가는 것은 사실인 데다가 MP의 소비 없이 발동 가능한 점도 매력적임은 변함이 없었다.

팔이 둘밖에 없으니까 쥐고 휘두르는 마검의 숫자는 두 자루가 한계라는 것도 지뢰검의 유용성에 박차를 가하는 요소이다.

지뢰검은 설치만 해 두면 그다음은 걸려든 상대에게 저절로 발동하니까.

내가 신경 쓸 부분은 지뢰검의 생성 및 설치뿐.

내 몸이 하나밖에 없는 이상 중과부적의 상황에 처할 때는 부득이하게도 빈틈이 생긴다.

바로 그 때문에 개발한 것이 지뢰검이다.

설치만 하면 함정으로 기능하기에 내 부담을 줄여준다.

무기 연성이라는 내 스킬의 특성상 마검을 만들면 만들수록 내 스킬 레벨이 올라갔다.

스킬 레벨이 올라가면 그만큼 더욱 좋은 마검을 만들 수 있다.

그러려면 보다 많은 마검을 거듭 제작하는 수련 과정이 꼭 필요한

데, 내가 한 번에 휘두를 수 있는 마검은 두 자루까지.

만화나 게임처럼 더 많은 숫자의 마검을 억지로 장비한들 실용적이지 않았다.

기껏 제작한 마검을 썩히지 않고 활용하기 위해서라도 원격 사용이 가능한 소모품이라는 특성은 제법 합리적이었다.

이러한 이념하에서 지뢰검에 뒤이어 제작한 것이 투척용 작렬검 (炸裂劍).

구조는 지뢰검과 거의 다를 바 없으나 이쪽은 내 의사에 따라 공격 상대를 선택 가능하다는 이점이 있다.

맨 처음에는 총이라도 만들어볼까 시도했었다. 그러나 아무래도 나의 무기 연성은 근대 병기 부류의 제작이 불가능한 듯했다.

날붙이 및 타격 무기 따위는 문제없이 만들 수 있는데도 화약을 사용하는 무기 종류는 제작이 되지 않았으니까.

그래서 대용품 삼아 제작한 것이 작렬검인데, 이게 의외로 강력했다.

검에 속하기 때문에 검의 재능 스킬이 작용하면서 추가 공격력 효과를 받는 데다가, 투척 스킬에 따른 추가 명중률 및 공격력 증가 효과까지 받는 관계로 맞히기만 해도 상당한 위력을 발휘했다.

그뿐 아니라 폭발을 일으키기에 위력 면에서는 지뢰검보다 오히려 뛰어났다.

총 한 자루보다 훨씬 더한 살상력이었다.

문제점을 꼽자면 지뢰검과 달리 자신이 직접 투척하는 동작을 필요로 한다는 것, 일단 간격을 내주게 되면 못 쓴다는 것.

그럼에도 지뢰검과 함께 운용한다면 어느 정도는 완화되는 문제다.

지뢰검을 주위에 설치해서 상대의 접근을 방해하는 한편 작렬검을 투척하면 되니까.

지뢰검으로 구축하는 보이지 않는 방벽.

또한 작렬검의 고화력 포대.

어떻게 보면 나 한 사람이 요새와 다름없이 기능하는군.

그렇다 해도 지뢰검과 작렬검은 모두 소모품이다.

한 번 쓰면 사라져버린다.

지뢰검의 방벽도, 작렬검의 포대도…….

마지막 최후의 순간을 맞아 의지할 수 있는 수단은 나 자신과 내가 휘두르는 마검.

염도와 뇌도.

지뢰검 및 작렬검과 달리 소모품이 아닌 제대로 된 마검이다.

도(刀)의 형태를 띠고 있기에 마도(魔刀)라는 명칭이 보다 적합할지도 모르겠다.

이름 그대로 각각 화염과 벼락의 힘이 깃들어 있는 마검이다.

MP를 주입하면 칼몸에 화염과 벼락이 감돌면서 폭발적으로 공격력을 높일 수 있었다.

그 화염과 벼락을 발출할 수도 있기에 어느 정도의 중거리도 견제가 가능.

게다가 장비만 해도 소유주의 방어력과 화염 및 벼락 내성을 각각 올려줄 뿐 아니라 HP와 MP를 미량이나마 회복시켜줬다.

효과는 스킬에 비해 떨어질지언정 받는 대미지를 줄여주는 데다가 회복까지 해주니까 장기전에도 강하다.

또한 손상 부분을 자동 수복하는 기능까지 딸려 있는지라, 한 차례의 전투에서 완전히 파손되지 않는 한 사용에 문제가 생기지도 않았다.

이만한 효과를 지닌 마검을 제작하려면 지금 내 실력으로도 고생을 한다.

자랑할 만한 걸작이었다.

명명 스킬을 써서 이름도 붙이고 더욱 효과를 높이기도 했다.

명명 스킬은 물건이나 생물에 이름을 붙임으로써 대상이 지니고 있는 효과를 높이거나 대상의 능력치를 끌어올릴 수 있었다.

생물의 경우는 이름을 붙일 경우 작명을 해준 부모에게 영향을 받기도 한다.

명명에 의한 종속.

이름 하나만 지어줬다고 아주 대단한 효과는 없지만 다른 스킬과 조합하면 어느 생물을 완전하게 꼭두각시로 만들 수도 있다.

그래서 나는…….

끔찍한 기억을 떠올렸다.

마음을 다잡고 나아가자.

이렇게 대규모 토벌 부대까지 편성해서 보낸 인간들이 순순히 포기할 것 같지는 않았다.

도리어 아주 위험한 마물이 있다고 판단한 뒤 기를 쓰면서 나를 해치우려고 들지 않을까.

내가 인간에게 위험한 존재라는 인식이 아주 틀리지는 않는 만큼 그들의 판단을 탓할 수는 없겠다.

탓할 수 없다 뿐이지 성가시냐고 묻는다면 물론 긍정하겠다.

누구든 공격당한다면 울컥하지 않겠는가.

저쪽에서 작정하고 치려 든다면 나 역시 요격할 작정으로 준비하겠다.

이제 와서 인간과 대화를 시도하자는 기분은 들지 않았다.

인간 따위는 신용할 수 없다.

오히려 모든 인간을 뿌리째 뽑아버리고 싶은 심정이다.

마음 깊숙한 곳에서 끓어오르는 거무칙칙한 감정.

어느 틈인가 입속으로 피의 녹슨 쇳내가 퍼져 나가고 있었다.

이빨을 너무나 세게 악문 까닭에 입속 어디가 찢어진 줄 여겼으나 모험가의 시체를 물어뜯었나 보다.

입속에 퍼져 나가는 피와 살점의 맛은 거부하려고 해도 내 기억을 자극해서 그때의 분노를 떠올리게 했다.

그 분노에 의식이 온통 뒤덮이는 감각에 빠져들다가 나는 퍼뜩 놀라서 고개를 흔들었다.

안 돼, 안 된다.

평정을 유지해야지.

괜찮아. 아직 괜찮다.

나는 아직 냉정하다.

냉정하게, 인간 놈들이 또 쳐들어올 때를 대비해서 준비를 하자.

나는 모험가의 시체를 뜯어 먹으면서 다음번 들이닥칠 인간 놈들을 죽이기 위한 작전을 궁리했다.

R1 할아범, 문상을 하다

흔들리는 마차 안에 내려앉는 무거운 침묵.

아무리 내가 거침없는 사람이어도 이런 분위기에서 농담을 꺼낼 기분은 들지 않는군.

마차 바깥으로 눈을 돌리면 제도의 휘한 정경이 펼쳐지건만 안쪽의 분위기는 그와 정반대의 음울함으로 가득 차 있으니……

뭐, 지금 향하는 장소를 떠올리면 이런 분위기도 어쩔 수 없음이로다.

나의 정면에 앉아 있는 티바는 침울한 얼굴로 눈을 꾹 감은 채 고개 숙일 뿐.

일찍이 오우츠 국을 지원하기 위해 제국군을 이끌고 사리엘라 국 공략에 나선 티바는, 나 역시 관련되어 있는 예의 거미들이 케렌 령 습격 사건을 일으키면서 더 이상의 침공이 불가능하게 된 까닭으로 이렇듯 본국에 귀환했다.

그리고 그 이후 이 녀석은 어느 사건의 조사를 담당했다.

최근 들어서 빈발하게 된 아동 유괴 사건.

제국 내부뿐 아니라 각국에서 잇따르고 있는 아동 유괴 사건, 티바는 그 조사의 최고 책임자로서 지휘를 맡았다.

과거에도 아동을 유괴하여 노예로 팔아넘기는 작자는 물론 존재했다.

다만 최근 발생한 사건은 규모가 전과 달랐다.

어지간히 거대한 조직이 계획적으로 범행을 저질렀다고 판단할
수 있는 여러 동향이 관찰됐다.

그 조직을 소탕하기 위해, 유괴된 아이들을 되찾기 위해 티바는
제국의 부대 하나를 맡아서 매일매일 유괴범의 종적을 쫓아다니고
있는 셈이다.

그러나 별반 성과는 거두지 못했다.

조직의 아지트를 급습했건만 포박에 성공한 것은 말단 불량배뿐.

정작 조직의 주요 인물은 흔적도 남기지 않고 사라진 터라 놈들의
전모를 제대로 알아내지 못했다.

이토록 큰 규모로 활동하면서도 꼬리를 잡히지 않았다.

실로 만만치 않을지니.

그리고 지금 향하는 곳은 일련의 유괴 사건을 겪은 피해자의 저택.

3년쯤 전에 젖먹이를 유괴당했던 부인이 사는 곳.

지금 마차 안쪽의 분위기로 알 수 있듯이 부인에게 전할 소식은
낭보가 아니다.

즉 부보(訃報).

다만 유괴되었던 아이의 소식 또한 아니었다.

"로난트 님, 당신은 역시 방문하지 않는 게 좋겠습니다."

티바가 침묵을 더는 못 견디겠다는 얼굴로 입을 열었다.

이 요구는 마차에 탑승하기 전부터 쭉 되풀이되었던가.

그러나 내가 돌려줄 대답은 매한가지로다.

"몇 번 똑같은 답을 해야 하는가. 이 소식은 내가 직접 전해야 할
사안이니라."

"그러나……."

"끈질기군!"

말투를 다소 강하게 하여 티바의 입을 다물렸다.

애당초 이 정보를 제도에 갖고 돌아온 사람은 내가 아니었던가.

누구에게도 이 역할을 양보할 의향은 없다.

나의 굳은 의지를 느꼈는지, 그 이후 티바는 아무 말을 하지 않았다.

마차는 고요한 귀족 거리를 나아가다가 이윽고 한 채의 저택 앞에서 멈췄다.

귀족의 주거치고는 조그마한 저택.

그렇다 해도 규모가 작을 뿐이라면 특별히 드문 사례는 아니다.

다만 이 저택의 분위기는 주위와 완전히 겉돌고 있었다.

바깥에서 보이는 뜰은 황폐해졌고 저택 자체에도 얼룩 따위가 눈에 띈다.

연 단위로 손질을 하지 않았음을 한눈에 보고 알 만한 황폐함이었다.

한낮인데도 불구하고 저택의 부지 전체가 온통 어둑하게 보일 만큼 심각한 꼴이로다.

이 쇠퇴한 저택의 문 앞에서 패기 없는 집사가 대기하고 있었다.

"방문을 환영합니다."

집사가 공손하게 인사를 한다.

나와 티바는 가볍게 답례하고 앞서 나가는 집사의 뒤를 따라서 저택으로 발을 들였다.

저택 안은 바깥과 달리 최저한의 관리가 이루어지고 있는 듯싶군.

세간의 숫자가 적어 다소 살풍경스레 보이기는 하나 청소는 깔끔하게 해 뒀다.

청결감이 느껴진다.

그럼에도 불구하고 적막하고 어두운 분위기.

안내를 받아 들어간 응접실에는 이 저택의 현재 주인이 기다리고 있었다.

"방문을 환영합니다."

물 흐르는 듯한 동작으로 머리 숙이는 여성.

세련된 예법은 기억 속의 형상과 같은 데 반하여 여성의 면모는 기억 속의 모습과 꽤 달라졌다.

……여위었군.

본래는 제도에 소문이 자자한 미인이었거늘 옛 모습은 온데간데없이 여위고 말았다.

피부에 윤기가 없고 비쩍 말라서 축난 몸은 생명력이 쇠하였기에 실제 연령보다 오히려 확 늙어버렸다.

옛 미모를 알고 있는 만큼 더욱더 충격적인 변모일지니.

이렇듯 쇠약하기 짝이 없는 부인에게 재차 격동에 시달리게 될 소식을 전해야 한다는 것이, 그리 굳건했던 내 결심을 무디어지게 만들려고 했다.

티바가 거듭거듭 내게 같은 소리를 늘어놓았던 까닭이 이해되는군.

나를 위하기에 앞서 부인에게 더 이상의 불필요한 심로를 끼치고 싶지 않았기 때문에 이곳으로 방문하겠다는 내 뜻을 막으려고 했던가.

그러나 내가 감당할 업이로다.

내가 직접 부인에게 전해야 하는 말.

"로난트 님, 오랜만에 뵙습니다."

"으음."

평소였다면 무탈한 듯하여 다행이라고 했을 터이나, 언뜻 보아도 무탈하지 않은 부인에게 건넬 말이 아니었다.

나의 심상치 않은 태도와 티바의 침울한 표정에서 부인도 이번 방문이 좋지 않은 소식을 동반하고 있음을 눈치챘으리라.

축난 안색이 더한층 핼쑥해졌다.

"그래, 어서 본론으로 들어가지."

인사를 마치고 시녀가 차를 준비하여 차린 직후에, 나는 방문 목적에 대해 말문을 뗐다.

"로난트 님."

"티바, 구태여 둘러 말한들 사실은 바뀌지 않네."

너무 급하다고 티바는 비난의 뜻을 담아 내 이름을 불렀으나 이 경우에는 재빨리 전하는 것이 좋다.

부인은 현명하다.

우리가 나란히 이곳에 온 이유를 어렴풋이 짐작하고 있을 터.

괜히 말을 지체한들 무슨 소용이겠는가. 그만큼 부인에게 불안을 가져다줄 따름.

결국에 가면 소식을 전할 수밖에 없거늘.

그러하다면 일찌감치 사실을 알리는 것이 좋겠다.

"뷔림스가 죽었네."

전혀 돌려 말하지 않는 내 통보에 부인은 잠시 반응을 나타내지 못했다.

반응을 나타낼 수가 없었다고 해야 하는가.

부인은 눈 한 번 깜빡이지 못한 채 뻣뻣이 굳었고, 나는 아무 말을 건네지 않았으며 티바 또한 숨을 멈추고 얼어붙었다.

그대로 시간만 흘러가다가 이윽고 부인의 눈동자가 조금씩 떨리기 시작했다.

이제야 내가 한 말의 의미를 이해했는가, 그다음부터 일어났던 변화는 고요했으나 폭발적이었다.

시선을 위쪽으로 향한 부인이 두 손으로 얼굴을 덮고 소리 죽여서 눈물 흘린다.

나와 티바는 아무 말도 하지 않은 채 그저 흐느끼는 부인을 조용하게 지켜봤다.

그동안 나는 뷔림스에 대하여 떠올렸다.

뷔림스라는 남자와 나의 접점은 적다.

우수한 소환사이고 제국에서도 손꼽히는 실력자였다.

그런 까닭에 이전부터 다소의 친교는 나누었을지언정 그렇게 보면 제국의 유력자 대부분이 나와 친교를 나누지 않았던가.

친구라 부를 만큼 스스럼없지 않았고, 뷔림스 역시 나를 윗사람 대하듯 존중하는 태도를 보일 뿐 친근감을 느끼지는 않았으리라.

친구 미만의 지인 비슷한 관계였던가.

그 사건만 일어나지 않았더라면 이토록 마음에 둘 사이가 아니었다.

그 사건, 엘로 대미궁에서 그분과 함께 대치했던 사이가 아니었더라면······.

지금으로부터 4년 전, 나와 뷔림스 두 사람은 부대 하나를 이끌고 엘로 대미궁에 진입했었다.

이유인즉 엘로 대미궁에서 수수께끼의 마물이 목격되었기 때문.

목격자의 증언에 따르면 언뜻 보기만 해도 위험함을 직감할 만큼 거대한 악의 존재감이 느껴졌다고 했다.

동시에 그 마물이 아무래도 지혜를 지닌 행동을 취하는 듯 여겨진 다는 증언도 나왔기에 잘하면 길들일 수도 있지 않겠느냐고 눈독을 들였던 자가 소환사 뷔림스였다.

한편 혹여나 소문대로 거대한 악의를 지닌 마물이었을 경우는 즉각 토벌에 나서기 위한 전투 요원으로서, 내가 뷔림스와 동행을 하게 되었다.

결과는 나와 뷔림스를 제외한 모든 부대가 그분께 괴멸당하는 처참한 꼴이었다.

당시의 나는 스스로의 힘을 과신했었다.

어떤 마물일지라도 내 힘을 발휘하면 이길 수 있노라고 믿어 의심치 않았다.

신화급이라고 대표되듯이 인족의 손으로는 속수무책이라고 일컬어지는 마물이 존재하고 있음을 뻔히 알았는데도 불구하고······.

그 현실을 인식하지 않은 대가가 엘로 대미궁의 비극을 낳았음이로다.

내가 경솔하게도 그분의 집을 불태우지 않았더라면 어쩌면 그러한 참극을 피할 수 있었을 텐데.

후회한들 엎지른 물이지만 끝내 떨치지 못할 회한이다.

다만 여기에서 끝났다면 후회는 할지라도 뷔림스에게 이토록 큰 죄책감을 느끼지는 않았을 터이다.

부대를 괴멸시키고 말았다는 죄책감은 물론 느꼈지만, 상황이 수습된 이후에는 함께 살아남은 동료끼리 때때로 술을 주고받는 사이가 되지 않았을까.

하나 그리되지는 못하였다.

제국의 상층부가 부대 손실의 책임을 전부 뷔림스에게 전가하였기에⋯⋯.

훗날 미궁의 악몽이라고 불리게 된 그분께서 사건 이후 미궁의 바깥으로 나와 활동을 개시했던 것이 안 좋게 작용했다.

우리가 뭣도 모르고 그분을 자극하였기에 미궁 바깥으로 빠져나온 것이 아니겠냐고 뒷소문이 돌았을지니.

그분께서 진정 우리들 탓에 미궁 바깥으로 나왔는가, 진위는 알 도리가 없다.

하나 너무나도 시기가 나쁘게 맞물렸다.

그분께서는 미궁의 바깥으로 나오자마자 오우츠 국의 요새를 파괴했고, 그 후 오우츠 국의 적대국에 해당하는 사리엘라 국에 자리를 잡은 채 원조 비슷한 행동을 벌였다.

오우츠 국은 제국의 동맹국.

제국의 행동이 동맹국에 악영향을 초래했다는 말은 가만히 무시할 수가 없었다.

어떠한 형태로 누군가가 책임질 필요가 있었다.

그 역할을 뷔림스가 떠맡았다.

예의 사건에서 살아남은 자는 나와 뷔림스 둘뿐.

상층부 녀석들 중에 몸소 책임지겠다고 나설 기개를 지닌 자는 없을지니.

그리되면 보통은 나와 뷔림스가 책임지는 것이 마땅한 흐름이겠으나 이때 내 지위가 문제시되었다.

이 몸은 명색이 제국의 필두 궁정 마도사.

요컨대 제국에서 첫째가는 마도사라는 뜻이며 마도사로서 지닌 기량은 제국을 뛰어넘어 세계 제일의 실력자라는 말까지 듣고 있었다.

그분과 대면하기 이전이면 또 모르겠으나, 이제 와서 부질없는 찬사를 듣는다 한들 티끌만큼도 기쁘지 아니하다만…….

또한 제국의 입장에서 나의 명성은 큰 의미가 있었다.

타국을 견제하는 데 충분히 이용 가능할 만한 의미가…….

마족이 침묵을 지키고 있을지언정 제국의 위신은 거듭 흔들리는 상황.

걸출한 검법을 지녀 검신(劍神)의 현현이라고 뭇 찬사를 한 몸에 받았던 선대 검제가 홀연히 실종되었을뿐더러, 제국 내부는 마족의 위협이 사그라든 탓에 서서히 부패하였다.

변변찮은 귀족이 활개를 치고, 제대로 된 녀석들도 당대 검제에게 선대의 면모를 겹쳐 보다가 제멋대로 실망하는 판국.

그렇게 내부에서 옥신각신하면 타국에 대한 신용도 떨어지기 마련.

또한 타국에 더 이상 틈을 보일 수 없었기에 나라는 패를 버리는 짓은 어불성설이었을 테지.

상충부 녀석들의 이러한 꿍꿍이속이 있어서 나는 엘로 대미궁에서 벌어졌던 사건에 관여하지 않은 것으로 처리되고 말았다.

이러한 연고 때문에 본래는 나와 뷔림스 두 사람이서 짊어져야 했을 책임이, 뷔림스 한 사람의 등을 덮쳐누르게 되었으니 한심할 따름이로다.

내가 자택 근신이라는 벌 같지도 않은 처벌을 받은 데 반하여 뷔림스에게는 서북방에 위치한 마의 산맥으로 좌천이라는 엄격한 조치가 떨어졌다.

마의 산맥은 그 이름이 나타내는 대로 가혹한 환경에 더해 강력한 마물이 서식하는 마경(魔境).

엘로 대미궁에 필적하는 전인미답의 험지인 터라, 그곳으로 파견되었다 함은 사실상 시체가 되어 돌아오라는 말과 별다를 바가 없었다.

뷔림스는, 그 녀석은 어떤 불만도 내색하지 않고 부조리한 결정을 순순히 받아들인 채 길을 떠났다.

그때 마침 부인이 간절히 기다리던 첫째 아이를 출산한 직후였음에도 불구하고.

"운이 없다는 말이 딱 이런 경우 아니겠습니까. 제 아이가 태어났다는 소식을 듣고도 정작 얼굴 볼 틈조차 없이 이렇게 어두운 동굴 속을 돌아다녀야 하니까 말입니다."

엘로 대미궁 탐색 중 뷔림스가 그렇게 쓴웃음을 머금고 투덜거렸던 말을 떠올린다.

씁쓸히 웃으면서도 못내 기쁨이 배어나는 얼굴이었다.

어서 제 아이의 얼굴을 보고 싶다는 아버지의 얼굴.

그분께서 펼치는 격한 공격을 막았을 뿐 아니라 내가 전이를 발동하여 도망칠 시간까지 벌었던 그 녀석의 집념은, 분명 아이의 얼굴도 못 보고 죽을 수는 없다는 절박함이었을 테지.

그렇게 가까스로 살아남았음에도 또 사지로 떠나야 하는 처지라니.

게다가 요양을 마친 뒤 곧바로…….

즉 제 아이는 만나보지도 못하였다.

그토록 기대했었던 제 아이와 대면을 이루지도 못한 채, 게다가다시 돌아올 수 있는 시기는 최소한 지금 떠안게 된 책임에 뒤지지않는 성과를 거둔 이후.

돌아올 수 있다는 기약조차 없이.

부인의 처지에서 보면 남편이 빈사의 중상을 입은 데다가 재회조차 이루지 못한 채 또다시 죽을 땅으로 떠밀려 간 셈이었다.

거대한 심로에 시달렸음을 짐작하고도 남음이 있으렷다.

그 책임의 한 부분은 내게도 있었으니.

모든 책임을 뷔림스 한 사람에게 떠넘기고 나는 지금도 이렇듯 태연자약하게 삶을 누리고 있으니까 말이다.

물론 적잖은 죄책감을 품었기에 나는 홀로 남겨진 부인에게 최대한 많은 원조를 제안했었다.

그러나—.

"신경 써주신 마음만으로 족합니다."

근신 명령을 무시하고 방문한 이 저택에서 나는 부인에게 완곡한거절의 말을 들어야 했다.

"저도 군인의 아내입니다. 언제든 남편에게 변고가 생길 수 있다는 각오를 갖고 살아왔습니다."

이어서 쓸쓸하게 미소 지었던 부인.

허세에서 나온 말임은 화장을 해도 다 감추지 못하도록 부어오른 눈자위를 보고 곧바로 알아차렸다.

"그이는 그이가 지닌 최대한의 힘을 다하였습니다. 그렇게 살아 목숨을 부지하다가 분명 또다시 돌아와주겠지요."

방금 전 말했던 각오와 모순되는 작은 희망.

그때 나는, 무엇이라고 말해야 하나, 그래, 부끄러웠더랬지.

원망의 말이라든가 욕설을 듣게 되지는 않을까 마음의 준비를 하고 간 자리였다.

한데 상대조차 안 해줌은 천만뜻밖이었지.

부인의 머릿속에는 남편 한 사람뿐이었다.

나 따위는 머릿속 한쪽 구석에도 없었다.

나 혼자 제멋대로 부인의 내면에서 나의 존재가 크게 인식되어 있을 거라고 착각했다.

내가 뷔림스에게 그토록 큰일을 저질렀노라고…….

하나 막상 대화를 나눠보니 부인의 심중에 나는 아예 없었다.

무어라 해야 하는가, 먼젓번에 그분과 맞닥뜨렸던 건도 포함하여 나는 자신이 더없이 방자했음을 절감했다.

남편 뷔림스를 걱정하는 마음이며 이제 막 태어난 아이의 안위 때문에 나 따위를 거들떠볼 여유가 없었을지도 모르겠다.

그러나 어찌 되었든 당시 부인의 안중에 나의 존재가 없었던 것은 사실.

인족 최강의 마법사라고 불린다 한들 나 따위야 보잘것없는 존재에 지나지 않는다는 현실과 직면하게 된 기분이었다.

또한 주제도 모른 채 잘난 체했던 자기 자신을 깨닫고 꽤나 부끄러웠더랬지.

결국 그때는 부인에게 거절당했을지언정 나는 다소 막무가내로 원조를 감행했다.

아무것도 하지 않으면 내 마음이 진정될 수가 없었다.

부인이나 뷔림스를 위함이라기보다는 나 자신의 죄책감을 덜기 위해서였군.

그리고 뷔림스가 떠밀려 가게 된 마의 산맥에 있는 부대에도 어찌어찌 연줄을 동원하여 가능한 한 많은 지원이 이루어지도록 조처했다.

뒷일은 뷔림스의 수완에 달려 있었다.

한데도 정작 당사자와 관계없는 곳에서 비극이 일어났다.

아이가 유괴당함으로써…….

항간을 떠들썩하게 만든 아동 유괴 사건, 뷔림스의 아이가 그 피해자가 되고 말았을지니.

티바가 총지휘를 맡아 유괴범 및 아이들의 행방을 쫓고 있음에도 아직껏 놈들의 족적을 발견하지 못했다.

"못난 꼴을 보여드려 송구합니다."

아직 떨림이 남아 있지만 그럼에도 의젓한 목소리로 우리에게 사죄하는 부인.

그에 따라서 나도 티바도 신경 쓸 필요 없다고 사양했다.

거듭되는 불행으로 인해 부인의 심로도 한계에 달하였음이라.

그런 처지에 재차 부보가 닥쳐들었으니 부인의 심정을 어찌 헤아릴 수 있으랴.

"그이는, 어찌하다가……?"

"자세한 사정은 알지 못하네. 다만 내가 안부를 묻고자 갔을 때에는 이미 부대와 함께 변을 당한 상황이었네."

나는 어느 사건 때문에 현재 북쪽의 요새에 좌천되어 있는 몸.

뷔림스가 머무르고 있었던 마의 산맥과 위치가 가까웠기에 빠짐없이 정보를 입수할 수 있었다.

그리고 뷔림스가 있던 거점에서 정시 보고가 끊겨졌음을 알고 나 자신의 걸음으로 현장을 찾아갔더니 그곳은 이미 괴멸된 상황이었다.

"내가 짐작하기에 원인은 같은 시기에 나타났다고 하는 특이 오거에게 습격당했기 때문이 아닐까 싶네."

뷔림스 만한 실력자가 있는 부대를 모조리 괴멸시키는 힘을 지니는 존재.

그러한 마물이 흔히 출현하지는 않으니까.

또한 그와 같은 시기에 출현했을 뿐 아니라 다수의 모험가를 되레 격퇴할 만큼 강력한 오거.

무관계할 리가 없음이로다.

"조만간에 나 스스로 지휘를 맡아 그 오거의 토벌에 나서기로 결정되었네. 위안이 되지는 않을 터이나 원수는 갚고 오도록 하지."

"저 역시 자녀분을 한시라도 빨리 되찾기 위해 전심전력하겠습니다."

나와 티바가 각자의 계획을 입에 담았다.

"아무쪼록, 잘 부탁드리겠습니다."

그러자 부인은 힘없이 머리 숙였다.

"괜찮겠습니까?"

저택을 나와 돌아오는 길에 흔들리는 마차 안에서 티바가 입을 열었다.

주어가 빠졌으나 부인을 염려하여 하는 말임은 짐작이 된다.

"글쎄."

나로서도 차마 헤아릴 수가 없는 사안이었다.

남편을 잃고 아이를 유괴당한 부인의 심정을 감히 상상은 할지라도 진정 이해하기란 불가능할지니.

괜찮으리라는 말을 타인에 불과한 내가 섣불리 입에 담을 수도 없음이렷다.

"네 녀석의 수완에 따라 달라질 수도 있겠군."

납치된 아이가 집에 돌아온다면 어머니는 강하다고도 말하는 만큼, 부인 역시 다시 일어설 힘이 솟아날지도 모르겠군.

"전력으로 임할 따름입니다."

티바가 무겁게 고개를 끄덕였다.

애당초 이 녀석은 제 임무를 설렁설렁 때울 인간이 못 된다.

본바탕이 착실한 데다가 이 녀석에게는 유괴 사건을 진지하게 추적할 만한 이유가 있었기에.

"기필코, 살려서 아이를 되찾겠습니다. 기필코."

티바의 언사에서 미처 숨기지 못한 분노가 배어났다.

유괴범에 대한 의분 말고도 차마 억누를 길 없는 원한도 섞여 있기 때문이로다.

티바에게는 아들이 있다.

있었다고 해야 하는가.

그 아들에게는 처가 있었고, 둘의 사이에서 또한 손주가 태어났었다.

마침 뷔림스의 아이와 비슷한 시기에 태어났던 아이가…….

아들 부부가 처음으로 낳았던 아이.

티바도 처음으로 본 손주였다.

행복의 절정.

그러나 아들 부부와 아이는 저세상 사람이 되고 말았다.

세 사람을 태운 마차가 사고를 당하였기에.

한데 추후의 조사 결과로 사고가 아닌 누군가의 손에 의하여 일어난 고의적인 범행이었음이 밝혀졌다.

그런데 수법이 비슷하였다.

예의 유괴 조직과…….

티바의 손주를 노리려다가 뭔가 그르친 탓에 실수로 죽인 것인가.

혹은 다른 이유가 있었는가.

이제 와서는 알 도리가 없으나 티바는 아들 부부와 손주를 한꺼번에 잃는 처지가 됐다.

그러니까 이 사내에게도 유괴 조직을 쫓을 확고한 의지와 사연이 있었다.

그 심정은 뷔림스의 부인에게도 뒤지지 않을 터이다.

"나도 최대한 힘을 보태어 거들도록 하지."

이리된 이상 나 역시 잠자코 있을 수는 없었다.

그 조직에서 견딜 수 없는 불길한 예감이 느껴진다.

방치했다가는 터무니없는 재앙이 벌어질 것 같은 불길한 예감이…….

"……좌천당한 처지에 말입니까?"

티바가 기막혀하면서 내게 시선을 보내온다.

끄응!

속이 참 답답해지는 지적이군.

나는 현재 별 시답잖은 이유 때문에 북방 지역으로 좌천된 신세였다.

오늘도 실은 무단으로 이렇듯 제도에 돌아와 있는 몸.

그 덕분에 자유롭게 행동할 수가 없다.

"에잇! 그딴 이유로 나를 좌천하는 게 웃기잖은가!"

"아니요, 그럴 리가요. 용사님을 반죽음으로 만든 만큼 당연한 결과겠지요. 오히려 처형당하지 않고 좌천으로 끝났던 것을 감지덕지로 여기셔야 합니다."

"허튼소리! 가볍게 수행을 했을 뿐이다! 반죽음이 어쩌고 뒤숭숭한 소리를 늘어놓지 마라!"

내가 좌천당한 이유란 실은 용사이자 제자 1호로 거뒀던 율리우스에게 수행을 시킨 탓이었다.

제자 입문을 간청했던 율리우스에게 나는 가르침을 베풀어줬다.

그 가르침의 내용에 신언교 및 율리우스의 모국 따위가 항의를 보냈고, 거기에 제국마저도 동의한 결과 나는 아무런 잘못을 저지르지 않았는데도 불구하고 북방으로 좌천되는 신세가 되었다.

제국도 타국에서 용사 관련으로 내 이름을 지명하여 비난이 날아드는 상황에서는 감싸줄 도리가 없었을 테지.

그러나 어째서 몸소 가르침을 좀 베풀었다고 비난을 받아야 한단 말인가!

"아니요, 아닙니다. 세상 사람들은 그러한 소행을 두고 수행이 아닌 고문이라고 말을 하잖습니까? 로난트 님의 상식을 세상 사람들은 비상식으로 받아들인다는 사실을 깨달아주십시오."

"헹!"

납득이 가지 않는군!

내성을 좀 단련시키고자 마법을 퍼부은 것이 전부 아닌가!

그 탓에 좌천당하다니 사리에 맞지 않을지어다!

"뭐, 되었다. 내 힘이 닿는 한 뭐든 해야겠지. 우선 뷔림스의 원수부터 갚아야겠다."

나는 마차 안에서 아직 만나지 못한 뷔림스의 원수, 오거를 머릿속에 떠올렸다.

3 나, 배부름

나는 지금 고전 중이다.

더할 나위가 없는 위기였다.

이런 궁지는 오랜만이다.

그러나! 그렇다고 해서 포기할 수는 없도다!

나는 이긴다!

어떤 수단을 동원해서라도 이겨 내겠다!

"흑, 끄윽!"

"아가씨, 그렇게 무리해서 먹지 않아도 괜찮아. 배 많이 부르면 남겨도 괜찮으니까."

아주머니는 괜찮다는 말을 해주지만 당치도 않다!

잔반은 용납할 수 없다!

그래, 나는 지금 숙소 식당에서 밥을 먹고 있다.

먹고, 먹고, 먹는다!

"윽!"

"거봐. 이제 한계잖아? 벌써 한 시간이 다 됐잖니. 들어갈 데가 없으면 못 들어가는 거야."

내 눈앞에는 맛있는 밥이 한가득.

이 여관은 모험가 떨거지랑 맞닥뜨렸던 데서 알 수 있듯이 일반인 대상으로 영업하는 가게이고, 귀족님들을 상대하는 그런 고급스러운 곳과 다르게 서민적이었다.

그리고 차려주는 식사도 질보다는 양! 그렇게 전력으로 주장하는 듯한 메뉴뿐.

빵! 두둥~!

야채! 두둥~!

고기! 두둥~!

이런 느낌이랄까.

다만 아주머니의 솜씨가 좋아서 서민적이면서도 대범하고 딱 알맞게 간을 맞춘 덕분에 맛깔스럽다.

맛있다고…….

맛있기는 한데 다 먹을 수가 없어!

"끄그극!"

저절로 신음이 새어 나온다.

도대체가 이런 맛있는 식사를 남겨도 되는 걸까?

아니! 아니! 절대로 아니 된다!

그럼에도 불구하고 위장은 한계를 호소하고, 목에서는 구역질이 나고, 입은 더 이상 음식을 집어넣지 말라고 거부 중이다.

내 의사와 달리 몸은 시키는 대로 따라주지 않았다.

어떻게 이럴 수가!

이런 비극이 벌어져도 된단 말인가!

결단코 안 된다!

"으으."

"헉!? 아가씨, 왜 울고 그래! 자, 괜찮으니까. 응?"

아주머니가 달래줘도 누가 달래준다고 해서 눈앞에 있는 식사를 다 못먹는다는 사실은 변하지 않을 테니까.

신화하면서 겪게 된 최대의 불행이란 이렇듯 먹을 수 있는 식사의 양이 팍팍 줄어들었다는 것.

전투력?

그따위 것보다는 밥이 먼저야!

예전에는 마물 몸과 포식 스킬로 위장 크기 이상의 양을 먹어 치울 수 있었다.

그 덕분에 나는 배불러서 더는 못 먹는다는 감각을 오래도록 느낀 적이 없었다.

그러니까 마음껏 먹고 마실 수 있었고…….

그런데 신화하고 나서는 지금 이처럼 얼마 안 되는 양을 먹어도 금방 배가 차버린다고!

생각해보면 이게 당연하기는 해. 포식 스킬이 없어졌으니까 기껏해야 평범한 인간과 비슷한 양을 먹는 게 당연하지.

아니지, 비슷하기는커녕 와카바 히이로의 몸이 애당초 소식을 했던 탓에 대체로 보통 사람의 절반쯤 먹으면 만복감이 차오른다.

응. 확실히 기억을 더듬으면 컵라면이라든가 편의점 도시락만 먹고도 배불렀어.

게다가 편의점 도시락은 종류에 따라 전부 못 먹고 남기기도 했고 말이지~.

그때를 기준으로 하는 지금의 몸도 당연하지만 소식을 기본으로 한다는 거네.

심정 같아서는 더 먹고 싶었다.

그럼에도 불구하고 몸이 음식을 받아들이지 않는다.

이해할 수 있겠는가! 본인의 괴로움을!

지금 이 순간에도 눈앞의 음식을 먹고 싶다고 머릿속에서는 아우성치건만 보기만 해도 욕지기가 치밀어 오르는 이 모순된 상태란 대체!

으으, 너무하잖아~.

내가 무슨 짓을 했다는 건가요, 하느님~.

흠흠, 이것저것 저지르기는 했지만 말야.

아, 맞다. 이 세계의 하느님이라고 해 봐야 그 성질 고약한 사신이었지.

망했어요~.

진짜 망했어요…….

나는 창자가 끊어지는 심정으로 이미 전부 다 식어버린 밥을 건너편 자리에 앉아 있는 사엘에게 밀어줬다.

사엘도 나와 같은 메뉴를 주문했는데, 이 녀석은 여느 거미 계열 마물과 마찬가지로 포식 스킬을 갖고 있기 때문에 겉보기와 달리 먹을 수 있는 양은 많았다.

설령 본체가 작은 거미라고 해도 스킬만 있다면 자기 몸의 부피를 넘는 양이 들어가니까.

이리도 부러울 수가.

나와 같은 메뉴를 다 먹어 치운 다음에도 내가 남긴 밥쯤이야 충분히 더 먹고도 남아.

뭐랄까, 애당초 사엘은 식사를 다 마치고 이미 꽤 시간이 흘렀고…….

그동안 배가 또 꺼졌겠지, 뭐.

큭, 이 몸께서 남에게 밥을 양보해야 한다니!

사엘은 내 얼굴과 접시에 담긴 요리를 번갈아 바라보다가 아주머니에게 시선을 한 번 옮긴 다음은, 또 내 얼굴과 접시의 요리를 번갈아 바라보더니 아주머니에게 시선을 옮기…….

무한 루프는 참 무섭지 않아?

미적대지 말고 후딱 갖다가 먹어랏!

아무리 시간이 흘러도 무한 루프에서 자력으로 빠져나오지 못할 것 같은 사엘의 입에 억지로 요리를 집어넣었다.

어째서 이리도 우리 유녀들은 개성 강한 녀석이 많은 걸까?

마왕은 어미인데도 그런 의미에서는 비교적 싱겁지 않아?

산란 스킬로 낳는다는 건 어떤 의미로 어미의 분신이 되는 셈이니까 적당히 닮을 법도 한데 말이지.

어째서 마왕한테 이렇게 별난 녀석들이 잔뜩 태어났는가 모를 일이다.

앗, 별난 녀석들이라고 말해버렸다.

응. 별나기는 별난데 말이야.

다만 아엘만큼은 빼고…….

아엘이 없으면 인형 거미들은 통솔이 안 되니까 말이야.

아엘이 있어서 다행이다.

문득 과거에 내가 죽였던 인형 거미들 중에 아엘과 비슷한 역할을 맡은 녀석이 있었을까 하고 의문이 들었다.

아직 나와 마왕이 적대하던 때, 나는 인형 거미를 일곱 마리나 해치웠다.

지금 같이 다니는 인형 거미들은 그때 치렀던 전투의 생존자다.

이렇듯 과거를 떠올려보면 마치 아무 생각도 없다는 얼굴로 요리를 볼이 미어지도록 욱여넣고 있는 눈앞의 바보, 흠흠, 사엘과 내 관계도 꽤 복잡하겠다.

다행히도 아엘을 제외한 셋은 바보, 흠흠, 과거에 연연하지 않는 성격인 듯 허물없이 지내는 데 시간이 많이 안 걸렸지만, 반대로 마왕이나 아엘은 여러모로 마음에 맺혔던 바가 있었을 것이 분명하다.

뭐, 아엘은 이런저런 타산이라든가 다 고려한 끝에 스스럼없이 지내는 게 낫겠다는 판단을 내린 듯싶지만…….

그런 쪽에서 인형 거미의 장녀는 우수하다.

내가 죽였던 인형 거미 중에서도 아엘과 비슷하거나 더욱 우수한 개체가 있었을 가능성은 부정하지 못한다.

더욱 원만하게 손을 잡았다면 이 바보 녀석들을 더 편하게 통제할 수도 있었을 텐데.

잠시 상상해보자.

도합 열한 명의 유녀가 우글우글 뭉쳐 다니는 광경이 머릿속에 떠올랐다.

각자가 자기 마음대로 행동하는 와중에 아엘은 에잇, 될 대로 되라~ 요런 느낌으로 생글생글 웃음 지으면서 전부 털썩 놓아버리는 광경이ㅡ.

탁아소냐!

……응.

이런 말은 좀 뭐하지만 넷이라 다행이다.

문제아가 셋이니까 아엘도 어떻게든 감당하고 있는 거야.

그래, 긍정적으로 생각하자.

상념에 빠진 내 얼굴을 보면서 이상하다는 표정을 지은 채 요리를 먹어 치우는 사엘.

뭐, 말이 그렇다는 뜻이고 인형 거미니까 표정은 안 바뀌었지만.

비록 표정 변화는 없어도 이제는 그때그때의 감정을 어렴풋이나마 읽을 수 있었다.

뭐라 표현할 수 없는 사엘의 넋 놓은 얼굴을 보면서 일단 머리를 쓰다듬어줬다.

그날 저녁, 마왕이 못마땅한 얼굴을 하고 돌아왔다.

마왕뿐 아니라 흡혈 양도 살기등등한 분위기고.

뭔 일이 났었나 보네.

"안 좋은 소식이 두 개."

방 안에 멤버 전원을 집합시켜서 마왕이 입을 열었다.

마왕은 흡혈 양과 달리 살기를 드러내지는 않았는데, 그래도 미간은 주름지도록 찌푸리고 있었다.

평소에 늘 유유자적하게 처신하는 마왕이 이렇듯 못마땅한 얼굴을 보이는 때는 귀찮은 안건이 생긴 경우가 많았다.

"먼저 첫 번째. 아무래도 며칠 동안 이 도시에서 발이 묶일 것 같아."

마왕의 말에 고개를 갸웃거렸다.

예정대로 가려면 이 도시는 마의 산맥 공략을 위한 물자를 매입한 뒤 곧 떠나야 했으니까.

이유인즉 이 시기가 마의 산맥을 공략하기에 가장 적절하기 때문이었다.

일본처럼 두드러지지는 않지만 이 세계에도 일단 사계절이 존재한다.

지금은 계절적으로 여름.

바깥에 나가면 살갗이 살짝 썰렁하기는 하지만 어쨌든 여름이다.

마의 산맥은 1년 내내 눈에 뒤덮여 있는 극한(極寒)의 땅.

그나마 기온이 조금 높은 여름이 아니면 공략은 더욱 버겁다.

내가 신화하기 전이었다면 겨울에도 막 들이밀어서 돌파할 수도 있었겠지만 지금은 내가 이동 속도를 꽤나 늦추는 걸림돌 신세가 된 탓에 그 방법도 무리였다.

그런고로 걸림돌 신세가 된 내가 일행에 있어서 당초 예정했었던 마의 산맥 최단 공략 루트, 마왕이 이쪽으로 넘어올 때처럼 일직선을 쭉 긋고 가로지르는 루트는 지날 수 없었다.

그야 수천 킬로미터급 산이 연달아 뻗쳐오른 지역이니까.

그 험한 곳을 평지만 다녀도 픽픽 쓰러지는 내가 돌파할 도리가 없지 않겠어?

따라서 높은 고도를 최대한 피하는 한편 산과 산의 사이를 마구 우회하며 이동하기로 결정.

물론 결국은 버겁다는 게 변함은 없을 테지만 여기에서 더 편한 길을 바랄 수는 없으니까.

아무튼 우회해서 가면 그만큼 공략에 시간이 더 걸린다는 의미이기도 한지라, 불의의 사태라든가 이것저것 감안하면 되도록 일찌감치 출발하는 게 현명하다.

이 기회를 놓치면 다시 1년을 이 도시에서 대기해야 하는 처지를 못 면하니까.

그런데 이 도시에서 발이 묶일 것 같다는 말은 무슨 뜻이지?

"여기서 앞길로 가는 가도가 봉쇄돼버렸거든. 뭐라더라, 무슨 흉악한 마물이 출현했다던가? 오거 같다고 말하던데 토벌에 나선 모험가가 몇 명이나 죽어 나갔다고 위험하니까 가도는 봉쇄 중이래. 어휴, 하필 이때에 웬 난리람."

설명을 듣고 납득.

그러고 보니 식당의 아주머니도 지나가던 말로 오거가 나타났다는 소리를 했었던가.

뭐, 시민의 안전을 지키려면 위험한 마물이 나타났으니까 그쪽으로 못 다니게 하는 조치는 틀리지 않았지만 말이야.

그렇다 해도 오거 따위야 원 펀치로 잠재워버릴 무력을 갖고 있는, 마왕이 함께하는 우리 일행에게는 달갑지 않게 친절한 권고였다.

"그런고로 그 오거가 토벌당하기 전까지는 이 도시를 떠날 수 없어. 뭐, 조만간 제국군이 출동해서 대규모 토벌 부대를 꾸린다니까 잠깐만 기다리면 될 거야."

오호라~.

그 오거가 토벌되기 전까지 며칠 동안은 이 도시 안에서 가만 기다려야 된다는 거네.

그나저나 군대까지 출동할 사안이야?

의외로 그 오거가 많이 강한가 봐?

그래 봤자 마왕한테 걸리면 원 펀치로 끝날 테지만.

맞다, 아예 마왕이 나서면 간단하게 끝나지 않을까?

마왕도 일단 모험가 신분을 갖고 있다고 했으니까 모험가 자격으로 오거를 토벌하면 괜찮을 것 같은데.

"아리엘 씨가 그 오거를 해치우면 되지 않아요?"

오, 나랑 같은 생각을 흡혈 양도 했는가 보다.

"으음. 그건 최종 수단이려나. 여기에서 사람들 눈에 띄면 별로 안 좋아. 제국군 중에 꽤 유명한 마법사랑 검사가 같이 온다나 봐. 만에 하나라도 시비 붙으면 귀찮고."

마왕은 오거 퇴치에 나설 의향이 없는 듯했다.

마왕이 오거를 해치운다고 제국군과 시비가 붙는 불상사는 딱히 안 일어날 텐데. 설령 시비가 붙는다 한들 마왕이 힘 좀 써주면 어떻게든 처리할 수 있고…….

그래도 귀찮아진다는 데 변함은 없고 자칫하다간 마의 산맥 공략이 더욱 늦어질 수도 있겠다.

마왕이 굳이 안 움직여도 제국군이 먼저 나서서 오거를 처리해준다니까 그때까지 얌전히 기다리는 방침을 취하려는가 보다.

뭐, 발이 묶인다 해도 고작 며칠이니까.

며칠뿐이라면 마의 산맥 공략에 영향은 없지.

혹시 몇 주였다면 얘기가 달라졌겠지만.

"그런고로 오거가 퇴치될 때까지 여기에서 얌전히 지내자. 메라조피스도 되도록 눈에 띄는 행동은 피해주면 좋겠네. 괜찮을까?"

"예."

마왕이 묻자 메라는 고개를 끄덕였다.

우리 중 문제를 일으킬 만한 인원을 꼽자면 메라.

나랑 사엘은 외모상의 특징 때문에 마물로 간주될 위험이 있기는 한데, 그냥 사람들 눈이 닿는 곳을 되도록 나다니지 않으면 끝나는 문제니까.

본래 은둔형 외톨이였던 나는 바깥에 안 나돌아도 괴롭지 않고, 아니, 햇살이 닿는 바깥에 나가고 싶지도 않은 관계로 만사 오케이.

사엘도 바깥에 나가라는 지시를 듣지 않는 한 스스로 나가려고 하지는 않는다.

반면에 메라는 사정이 달랐다.

메라와 흡혈 양은 흡혈귀다.

흡혈 양은 진조이고 칭호의 효과 덕분에 흡혈귀의 약점, 즉 햇빛이라든가 정기적으로 꼭 피를 섭취해야 된다든가 그런 약점을 극복했다.

다만 메라는 그렇지 않았다.

햇빛을 쬐면 조금이나마 대미지를 받는 데다가 정기적으로 필히 혈액을 마셔야 했다.

정기적으로 피를 섭취해야 한다는 게 꽤 난감해서 메라는 이 조건을 만족시키기 위해 인간을 덮쳐 피를 빨아 마신다.

듣자 하니까 피는 아무거나 다 마셔도 되는 게 아니라 인간의 피가 가장 적합하다고 했다.

우리의 피를 마셔 봤자 임시변통일 뿐 활력은 얻지 못한다나.

본래는 메라가 인간이었기 때문에 인간의 피를 섭취함으로써 회복이 어쩌고저쩌고.

뭐, 어려운 이야기는 잘 모르겠는데 인간의 피가 아니면 효과가 별로라는 거야.

그런 관계로 메라는 이제까지 들른 도시에서 매일 밤마다 인간을 덮쳐다가 피를 섭취하는 게 일과였는데, 당분간은 삼가하라는 말이다.

제국군의 눈이 따라붙으면 귀찮잖아.

"다행히도 예비가 있기에 괜찮습니다."

메라가 말한 예비란 피를 밀봉한 병에다가 들고 다닌다든가 그런 게 아니다.

흡혈귀 스킬 레벨이 올라가면서 익힌 효과로, 섭취한 피를 몸속에 비축할 수 있다고 했다.

이 효과로 여유분을 조금씩 모아 두었던 덕에 한동안 흡혈을 하지 않아도 문제없다는 뜻이었다.

"뭐, 아무튼 이게 첫 번째 문제인데 말이야. 별로 심각하지는 않잖아? 그런데 다른 문제 하나가 좀 많이 심각해."

마왕이 못마땅한 표정을 지은 채 팔짱을 꼈다.

심각한 문제라고 말하면서도 뭔가 납득이 가지 않는다는 묘한 분위기였다.

도대체 무슨 일이 있었던 걸까?

"결론부터 말하면 방금 전에 엘프 떼한테 습격당했어."

마왕의 입에서 나온 말은 우리가 가장 경계하는 상대, 엘프의 습격을 받았다는 소식이었다.

지난 2년간 쭉 불길한 침묵을 지켜 왔었던 포티머스가 보낸 자객
이 나타났다고.

血1 인연과의 해후

이야기는 오늘 정오 무렵으로 거슬러 올라간다.

"응? 가도 봉쇄?"

길드 안에 아리엘 씨의 목소리가 울려 퍼졌다.

사람이 별로 없는 이 길드에서는 딱히 크지도 않은 아리엘 씨의 목소리가 꽤히 메아리친다.

"그렇습니다. 대단히 위험한 마물이 이 앞쪽 가도 부근에 출현한지라. 토벌 완료까지 가도를 봉쇄하게 되었습니다. 다소 불편하시더라도 아무쪼록 양해 부탁드립니다."

접수처의 언니가 정중하게 머리 숙였다.

이곳은 모험가 길드.

이름 그대로 모험가를 통솔하는 길드야.

모험가란 달리 말하면 마물 퇴치를 일거리로 삼는 직업이라고 할까?

마물은 인간을 적극적으로 습격하는 습성을 갖고 있으니까.

따라서 도시 주변 및 가도의 안전을 확보하기 위해서라도 마물과 싸울 사람이 반드시 필요하다.

그들이 바로 모험가.

이 세계에서는 도시뿐 아니라 작은 마을 단위로도 안전상 필히 보유하고 있어야 하는 존재.

그러니까 어느 도시에 가도 이렇게 모험가 길드가 설립되어 있고,

사회적으로도 상당한 입지를 인정받는다.

도시 바깥으로 한 걸음 나서면 그곳은 이미 마물의 영역이니까.

마물을 사냥할 뿐 아니라 외부에서 활동하는 사람들의 호위도 역시 모험가의 업무.

모험가는 아무리 많아도 부족하다고 보면 되겠네.

"아, 그래서 사람이 이렇게 없었구나."

아리엘 씨가 납득된다는 듯이 고개를 끄덕였다.

이만한 규모의 도시라면 제법 많은 숫자의 모험가가 있어야 할 텐데.

그런데도 모험가의 대기실 역할을 하는 이곳에는 드문드문 몇 사람밖에 없었다.

그 마물을 토벌하기 위해 나가 있었기 때문이구나.

"아니요, 실은……."

접수처의 언니가 애매하게 말을 흐렸다.

아리엘 씨는 미심쩍어하는 눈빛으로 쳐다보다가 이내 뭔가 떠올렸는지 얼굴을 찡그렸다.

"혹시 모험가들이 거의 전멸한 거야?"

"“앗?”"

아리엘 씨의 말을 듣고 나와 접수처 언니가 함께 소리를 냈다.

무심코 접수처 언니 쪽을 돌아봤지만 그쪽은 내 반응 따위야 안중에도 없다는 듯이 아리엘 씨를 핼쑥한 얼굴로 빤히 쳐다보고 있었다.

저 표정을 보면 아리엘 씨의 말이 틀리지 않았다는 사실을 짐작하게 된다.

나와 접수처 언니는 함께 소리를 내서 반응했지만 각자의 이유는 꽤나 달랐다.

나는 아리엘 씨가 뜻밖의 말을 꺼냈기 때문에 놀랐고, 접수처 언니는 실상을 딱 알아맞혔기 때문에 놀랐고…….

같은 놀라움이어도 방향성이 전혀 다르구나.

"그렇구나~. 그야 위험하겠네."

어쩐지 남의 일처럼 귀찮아하면서 아리엘 씨는 투덜거렸다.

"사정이 급하니 가도를 봉쇄해도 어쩔 수 없지. 그래, 그 마물을 해치울 가망은 좀 있고?"

"아, 네. 조만간에 군이 파견될 예정입니다."

"군대? 다른 도시의 모험가가 아니라?"

접수처 언니에게 계속 질문하는 아리엘 씨.

"에이~ 무리다, 무리. 웬만한 모험가들 데리고 와 봤자 그놈은 못 당한다고. 거 뭐냐, 지금 여기에 어슬렁거리는 놈들이 바로 그 다른 도시에서 온 모험가다. 오거를 퇴치하러 갔던 토벌대에 합류하는 게 늦은 덕분에 운 좋게도 살아남은 녀석들이지."

아리엘 씨의 질문에 대답한 사람은 접수처 언니가 아니라 어느 모험가였다.

이 한산한 길드에 있는 몇 안 되는 모험가 중 한 사람.

"고트 씨."

실실 웃으면서 이쪽으로 다가온 남자의 이름은 아마도 고트, 접수처의 언니가 어쩐지 안타까움이 묻어나는 목소리로 중얼거렸기에 알 수 있었다.

그리고 접수처 언니의 태도 및 예의 마물과 조우한 적이 있다는 듯한 말투로 추측하면, 이 남자가 거의 전멸했다는 모험가들의 몇 안 되는 생존자임이 짐작됐다.

"만나서 반갑군, 아름다운 아가씨들. 나는 고트라는 놈일세. 이래 봬도 A랭크의 모험가지. 뭐, 그 오거를 만나 뻔뻔스럽게 목숨만 건져 도망친 패배자가 된 지금은 전부 부질없는 등급이지만 말이야."

고트는 자조하면서 어깨를 으쓱였다.

유심히 보면 눈자위가 살짝 빨갛다.

전멸한 모험가들 중에 이 남자와 사이좋았던 친구도 있었나 보네.

"그래서? 대단하신 A랭크 모험가님이 무슨 용무야?"

아리엘 씨는 고트 씨의 자조적인 태도를 무시한 채 말을 이어 나갔다.

냉정하구나.

상심한 사내에게 위로의 한마디도 건네지 않아.

뭐, 갑자기 튀어나온 일면식도 없는 남자에게 위로의 말을 건네는 것도 이상하지만…….

"아니, 뭘. 살짝 친절을 베풀어주려고."

아리엘 씨의 쌀쌀맞은 태도에 쓴웃음 짓고 고트가 말을 꺼냈다.

"겉보기와 달리 상당한 실력자 같다만 그 오거를 건드리려거든 그만두는 게 좋겠다. 그 녀석은 아주 괴물이거든. 그냥 오거인 줄 알고 방심했다가는 쓴맛을 볼 거다. 실제로 우리가 아주 쓴맛을 보고 왔잖나. 그 녀석은 상위 용(竜), 어쩌면 더한 수준의 살아 있는 재앙이니까."

고트가 이제껏 실실거리던 미소를 거둔 뒤 진지한 표정으로 말했다.

아무래도 이번에 나타났다는 위험한 마물은 오거인가 보네.

그래도 그 이상으로 신경 쓰이는 부분은 고트가 아리엘 씨의 무력을 눈치껏 조금이나마 꿰뚫어 봤다는 것.

아리엘 씨의 겉모습은 어린아이니까 전혀 강해 보이지 않는다.

그래도 감각이 있는 사람이라면 미세하게 새어 나오는 위압감 때문에 여간내기가 아니라는 걸 짐작할 수 있거든.

위압 스킬을 오프로 설정해도 칭호 따위의 효과가 있어서 완전하게 억제할 수는 없다나 봐.

물론 높은 레벨의 은폐로 그 부분도 거의 다 감추고 있기 때문에 어지간히 감이 좋은 사람이 아닌 한 간파하기는 어려울 텐데.

그럼에도 간파한 만큼 고트는 그에 걸맞은 실력자라고 봐야겠지.

A랭크 어쩌고는 겉멋이 아니네.

"이리로 파견되는 군을 지휘하는 사람은 로난트 님과 뉴도즈 님이라더군. 그러니까 두 분께 맡기면 된다. 괴물과 무모한 싸움을 벌일 필요는 없어."

고트가 언급한 이름은 모르겠지만 말하는 투로 짐작하면 꽤 강한 실력자겠네.

상위 용 수준의 마물이 상대여도 감당할 만큼.

"흐음. 알았어. 그 오거가 퇴치될 때까지 얌전히 기다릴게. 뭐, 어차피 그 오거를 건드리고 싶은 마음도 없었지만 말야."

아리엘 씨는 시큰둥하게 받아넘겼다.

솔직히 말해서 아리엘 씨의 입장을 감안하면 별로 달갑지 않은 호의이기는 해.

오거든 상위 용이든, 그뿐 아니라 상위 용(龍)이라 해도 아리엘 씨의 적수가 못 되는걸.

아리엘 씨가 마음먹기만 하면 오거 토벌이야 간단하다.

다만 대화를 맞춰주기 위해서일까, 아니면 눈에 띄는 상황을 꺼려서일까. 잘은 모르겠지만 아리엘 씨는 행동에 나설 의향이 없나 봐.

"거 현명한 선택이군. 그나저나 그쪽에 대체 뭔 용무인가? 그 길을 가 봤자 마의 산맥밖에 안 나올 텐데?"

일순간 고트의 눈이 예리하게 빛을 머금은 듯 보였다.

어쩌면 아리엘 씨의 정체를 알아차린 걸까?

아니, 아무러면 아리엘 씨가 마왕이라는 사실을 알 도리가 없잖아.

그래도 아리엘 씨가 인간이 아니라는 건 눈치챘을지도…….

아리엘 씨가 강하다는 것을 얼마간이나마 간파했다면 겉모습과 무력의 균형이 맞지 않는다고 알 수 있을 테니까.

그런 데다가 데리고 있는 일행은 나도 포함해서 어린 여자애들이 잔뜩이고.

지금 이 자리에 있는 인원은 나와 아리엘 씨, 그리고 메라조피스에 아엘과 리엘과 피엘.

메라조피스를 제외하고 모두가 다 아직 나이도 차지 않은 앳된 여자아이뿐이잖아.

아리엘 씨는 간신히 소녀라고 말할 만한 연령에 도달했다고 봐도 될 테지만, 나머지는 나도 포함해서 전부 다 유녀.

옆에서 보면 묘한 집단으로 보이겠지.

메라조피스가 보호자로 보이기는 할까?

아무튼 간에 이 묘한 집단을 주도하는 게 겉모습과 상반된 무력을 지닌 아리엘 씨라는 걸 알아봤다면 당연히 수상쩍게 여기겠지.

　"그야 마의 산맥밖에 없는데 마의 산맥에 용무가 있는 게 당연하잖아."

　아리엘 씨는 뭘 당연한 소리를 하냐는 듯이 받아쳤다.

　그렇게 솔직하게 얘기해버려도 되는 걸까?

　"무엇을 하러?"

　"내가 왜 속속들이 전부 가르쳐줘야 할까? 더 대답을 듣고 싶다면 하다못해 침대에서 대화를 나눌 만큼 각별한 사이가 된 다음 그때 물어보도록 해."

　……천연덕스럽게 19금 농담을 꺼내 놓지 않았으면 좋겠네.

　여기에 있는 유녀들의 정서 교육에 해로운걸.

　나를 포함해서 나이는 겉모습보다 더 많이 먹었지만…….

　아엘과 리엘과 피엘 셋은 아리엘 씨와 마찬가지로 마물이라 겉모습처럼 나이가 어리지 않다.

　나는 신체 나이는 겉모습처럼 어리기는 해도 정신 연령은 전세의 삶만큼 높으니까.

　으음, 높겠지?

　왠지 신체가 어려진 만큼 자제심 발휘하기가 힘들어진 것 같은데 어쨌든 높을 거야, 아마도…….

　그리고 보면 나는 전세의 나이를 더해서 이미 성인이 되었구나.

　스무 살을 넘기면 자연스레 성품이 차분해지면서 어른이 되는 줄 알았건만 막상 현실은 상상도 못한 유녀 생활의 되풀이라니.

뭐, 나이 좀 먹는다고 어른이 된다는 것은 내 희망 사항이었겠지만.

나를 깔보는 녀석들도 어른이 되면 조금이나마 나아지지 않을까 하고…….

그렇지만 지금 나 자신을 돌이켜보면 역시 희망 사항에 불과했다는 생각이 드네.

……잠깐만.

그럼 요컨대 나는 정신적으로 어른이 못 됐다는 것을 스스로도 자각한다고 에둘러 인정해버린 거야?

안 돼, 그래서는 안 되잖아.

나는 어엿한 레이디.

비록 겉모습이 유녀라고는 해도 하다못해 나이에 맞는 사람 됨됨이는 갖고 있어야지!

나는 어른이야.

나는 어른이야.

응응.

"거 옳은 말이군. 괜히 캐물은 것은 사과하지."

내 사고가 엉뚱한 방향으로 날아가 있는 동안에 고트는 대화를 마무리 짓고 물러났다.

고트를 떨쳐 냈으니까 이제 쓸데없는 소동이 일어날 걱정은 안 해도 되겠네.

더 끈질기게 들러붙었다면 아리엘 씨의 정체가 정체인 만큼 별로 안 좋은 사태가 일어났을 거야.

음, 뭐랄까, 최악의 경우는 아리엘 씨와 다른 아이들이 유린을 벌였을 가능성도 있는걸.

아리엘 씨와 인형 거미들이 마음먹기만 하면 이 도시를 통째로 괴멸시키는 것도 순식간이니까.

고트는 물러날 때를 잘 판단한 덕에 목숨을 건졌어.

"또 뭔가 쓸 만한 정보는 있고?"

"아, 아니요. 딱히 없습니다."

갑자기 질문을 받은 접수처의 언니가 화들짝 놀라 대답했다.

"맞아, 그랬지. 마의 산맥 기슭에 새 마을을 지었는데, 거기가 얼마 전 폐허가 되었다더군."

접수처 언니는 없다는데도 고트가 새 정보를 건네줬다.

"소문에 따르면 예의 오거에게 당한 게 아니겠느냐고 말들 하더군. 혹시 그 마을에 아는 사람이 있었다면, 뭐, 명복을 빌어드리지."

"흠. 뭐, 딱히 알고 지내던 사람은 없으니까 무관계하네."

아리엘 씨의 대답을 듣고 고트가 또 예리하게 눈을 빛내는 듯 보였다.

"고트 씨, 그 정보는 일단 극비인데요…….."

"아차, 그랬지! 미안, 미안해. 방금 한 말은 못 들은 걸로 해줘."

고트의 부탁에 아리엘 씨는 귀찮은 기색으로 어깨를 으쓱여서 답했다.

"그러면 이만 갈까?"

어차피 여기에 더 머물러 봤자 별 소용이 없었다. 아리엘 씨는 우리를 재촉해서 길드 바깥으로 나왔다.

나는 길드 바깥으로 나올 때 남몰래 어느 스킬을 사용했다.

흡혈귀 스킬을 써서 사역마를 만들어 내는 능력.

그럼으로써 생쥐 사역마를 만든 뒤 길드에 남겨 두었다.

사역마와 나는 감각을 서로 연결할 수 있었다.

안 들키도록 조심하면서 사역마를 고트에게 접근시켰다.

그리고 귀를 기울인다.

"군은 언제쯤 도착하지?"

사역마의 귀를 통하여 방금 전까지 실실거리던 인상은 온데간데 없이 진지한 음색으로 묻는 고트의 목소리가 들려왔다.

"네? 그게, 아직, 자세히는⋯⋯."

접수처의 언니가 말을 머뭇거렸다.

방금 전하고 분위기가 너무나도 달라진 고트를 보고 위축된 걸까?

"난처하군. 도대체 어떻게 된 거야? 우리 도시가 저주라도 받은 게 아닌가?"

"무, 무슨 말씀이세요?"

진정 난처하다는 듯이 불평하는 고트를 접수처 언니가 의아한 표정을 짓고 쳐다봤다.

그 광경을 사역마의 눈으로 보고 있으려니까 고트는 땅이 꺼지도록 한숨을 토하더니 말을 이어 나갔다.

"십중팔구, 방금 전 녀석들은 마족이다."

"네?!"

고트의 호언장담에 접수처 언니가 깜짝 놀란다.

"쉿! 목소리 줄여! 아직 확실하다고 결정 난 것은 아니지만, 저 나이에 저 말투가 인간일 리 없잖아. 마족은 겉모습과 나이가 들어맞지 않는 경우가 있지. 아마도 방금 전 녀석들은 어린 외모를 이용해서 인족의 정보를 수집하기 위해 파견을 나온 마족의 첩병이야. 그 녀석들, 활동을 마친 뒤 마의 산맥을 지나서 마족령으로 철수하려는 참이 아니겠나?"

와아.

정답은 아니어도 얼추 다 맞힌 셈이네.

"네엣?! 세상에, 어떡해요?!"

"거참, 목소리 좀 줄이라니까! 일단 지금 우리 도시의 전력으로 대처 가능하다는 보장이 없어. 우리 모험가들은 꼴이 이렇잖아. 녀석들이 얌전히 이 도시를 떠나준다면 이쪽에서 섣불리 손을 쓰지는 않는 게 좋겠군."

어머?

귀찮은 일이 벌어질 줄 알았더니 가만 지켜볼 작정인가 봐.

"네? 그래도 되는 건가요?"

"한심한 놈이라고 생각할 수도 있을 텐데 저 아가씨들을 보면 도저히 승리의 이미지가 떠오르지 않아. 분명히 꽤 훈련을 받은 마족이다. 저리 외모가 앳된데도 나를 보는 눈빛이 아예 무감동했다고. 나 따위는 어떻게든 요리할 수 있다고 자신하는 거야."

뭐, 확실히 그렇기는 하네.

"후유, 나도 모험가 은퇴해야겠군! 자신감이 싹 달아났어."

진심으로 풀 죽은 고트를 위로해야 하나 어떡해야 하나 몰라서 접수처의 언니가 머뭇머뭇 바라보기만 했다.

"아무튼. 이 건은 길드 마스터한테 보고해줘라. 아니지, 내가 직접 말하는 게 빠르겠어."

"저, 저기요! 교회에도 보고하는 게 좋지 않을까요?"

"맞아, 그쪽은 부탁 좀 하지. 나는 곧바로 길드 마스터에게 가서 이 이야기를 하고 오겠어."

고트는 그렇게 말한 뒤 접수처의 안쪽, 위층으로 이어지는 계단을 올라갔다.

접수처 언니는 잠시 동안 더 머뭇머뭇하다가 길드에 남아 있는 소수의 모험가에게 잠깐 자리를 비우겠다는 말을 전한 뒤 길드 바깥으로 나갔다.

아마도 교회 쪽으로 열심히 달려가고 있겠네.

교회라면 신언교의 교회겠지?

그렇다면 헛걸음이 될 거야.

왜냐하면 신언교는 벌써 전부터 우리가 이 도시에 들어왔다는 사실을 파악했을 테니까.

여행을 하는 도중에 알게 됐는데, 신언교라는 조직은 무서운 곳이야.

대부분의 도시 및 마을에 교회가 있는 데다가 각각 은밀하게 연락을 나누면서 정보를 공유하는걸.

정보의 중요성을 이 세계에 전생하고 나서 몸서리나도록 실감했거든.

어느 도시에서는 누구나 다 아는 사실인데도 이웃 마을에 가면 전혀 알려져 있지 않은 사례가 제법 흔하니까.

인터넷을 통해서 어떤 소식이든 금방금방 퍼져 나가는 일본과 달라도 많이 달라.

극단적인 예를 들자면 어느 도시가 식량난 때문에 곤경을 겪고 있을 때 이웃 마을에서는 풍작이라고 잔치를 벌인다든가.

이 세계에서 정보를 전달하려면 직접 걸음을 움직여야 하는 게 대부분이다.

그러니까 거리가 멀어지면 그만큼 정보 전달이 늦어진다.

전이처럼 특수한 방법도 있기는 한데, 사용 가능한 인물은 극히 일부뿐이니까.

공간 마법을 쓸 줄 아는 술사라든가, 전이진을 보유하고 있는 권력자라든가.

양쪽 다 일반인과 연이 없잖아.

그러니까 이 세계에서는 정보의 가치가 별로 알려지지 않았다.

어디에서 무슨 사건이 일어나든 그 사실을 알 방법이 없으니까 아예 모르는 일로 치고 고민하지도 않는다.

그런데 신언교는 각지에 교회를 두고, 그 교회에 어느 스킬을 갖고 있는 인물을 필히 배치함으로써 세계 각지의 정보를 수집했다.

어느 스킬이란 즉 원화(遠話).

염화(念話)의 상위 스킬이고 먼 곳에 있는 인물하고도 염화로 대화가 가능한 스킬.

나도 말소리를 잘 못냈던 젖먹이 시기에는 염화 스킬을 꽤나 의지했었지.

다만 이 스킬을 세상 사람들은 보통 꽝 취급하거든.

염화로 대화를 나눌 바에야 직접 입으로 말하면 되는 데다가 무엇보다도 이 스킬은 습득하는 데 반드시 스킬 포인트를 소모해야 하니까.

스킬은 관련되는 행동을 하면 점점 숙련도가 쌓여서 자연스럽게 습득이 가능한데, 유독 염화는 관련되는 행동이 딱히 없거든.

어쩌면 뭔가 있을지도 모르겠지만 평범하게 생활하면 평생이 지나도록 염화는 습득을 못 하는 게 일반적이지.

그러니까 염화 스킬을 습득하려면 스킬 포인트를 쓰는 방법밖에 없는 셈인데, 스킬 포인트에는 제한이 있다.

나는 전생자여서인지 태어날 때부터 스킬 포인트를 잔뜩 갖고 있었지만 보통 사람들은 스킬 포인트를 갖고 태어나는 경우가 없고…….

또한 스킬 포인트를 획득하려면 레벨 업, 혹은 세월을 보내는 방법뿐이다.

게다가 획득 수치도 매우 적기 때문에 사람들은 스킬 포인트를 스킬에 할당할 때면 신중에 신중을 기한다나 봐.

그러니까 굳이 염화처럼 엉뚱한 스킬에다가 스킬 포인트를 쓰는 경우는 드물 수밖에…….

갖고 있으면 여러모로 편리한 스킬이 맞기는 한데.

다만 조금 편리하다는 이유로 소중한 스킬 포인트를 쓰겠냐고 물어보면 보통은 안 쓸 거잖아.

그 염화 스킬을 정말로 쓸모 있게 활용하는 조직이 신언교.

단련해서 염화를 원화로 진화시키고 먼 곳과 대화할 수 있는 능력을 갖춘 뒤, 각지에 그런 인재를 파견함으로써 해당 지방의 정보를 신속하게 보고받는다.

그렇게 구축된 정보망은 신언교의 큰 힘이 됐다.

이웃 마을의 소식조차 제대로 전달되지 않는 세계에서 교회가 어느 지방에 있다면 즉각 정보가 들어온다.

분명히 말하겠는데 이 세계에서 신언교를 정보전으로 이길 수 있는 조직은 아예 존재하지 않아.

신언교가 마음먹으면 가짜 정보를 흘리든 불리한 정보를 숨기든 전부 다 자유자재.

그리고 이렇듯 정보의 힘을 가지고 신언교는 세력을 유지하고 있다.

그 교황이 만만치 않은 이유를 고스란히 나타내주는 것 같네.

또한 이러한 정보망을 갖고 있는 신언교가 우리의 위치를 모를 리가 없잖아.

그 교황에게도 우리, 특히 아리엘 씨는 무시하지 못할 존재인걸.

도시의 정보망뿐 아니라 감시의 눈이 번뜩이고 있을 거야.

2년 전 일어났던 그 사건 때도 분명히 사람들 눈을 피해 행동했던 우리의 앞에 휙 모습을 드러냈었고.

그러니까 접수처 언니가 교회에 달려가 봤자 이미 다 아는 정보를 또 전달하는 셈이지.

그리고 신언교는 이런 곳에서 아리엘 씨를 적대시하는 우행은 저지르고 싶지 않을 거야.

분명히 잘 둘러대주겠지.

그런 부분만큼은 교황을 신뢰할 수 있어.

……부모님의 원수 중 한 사람에게 신뢰할 수 있는 부분이 있다는 게 꽤나 복잡한 기분이기는 하네.

나는 이때 길드에 두고 온 사역마와 감각을 연결 중이었고, 또한 아리엘 씨에 인형 거미들과 함께 거리를 걷고 있었다.

사역마에게 의식을 집중시킨 데다가 딴생각을 하는 탓에 주의가 소홀해졌던 거야.

"―시!"

그러니까 반응이 늦고 말았다.

뭐라고 말을 외치면서 갑자기 팔을 붙잡는다.

"어?!"

놀라서 돌아봤더니 보인 것은 조그만 여자아이.

나와 비슷한, 아니, 더 작은 여자아이.

그 아이가 골목길에서 손을 뻗어 내 팔을 붙잡고 있었다.

평소의 나였다면 갑작스러운 사태에 머리가 돌아가지 않아서 경직됐을지도 몰라.

그렇지만 이때의 나는 반사적으로 움직였다.

왜냐하면 아이의 귀가 엘프 특유의 기다란 모양새였으니까.

"엘프 따위가! 나한테 손대지 마!"

엘프 여자아이의 손을 뿌리치고 곧바로 온 힘을 다해서 날려버렸다.

거기에서 그치지 않고 마법을 날린다.

엘프 여자아이가 날려 간 방향의 골목길이 내가 쏜 얼음 마법을 맞아 빙결되었다.

다만 엘프 여자아이는 얼어붙기 전에 자취를 감췄다.

날려버렸을 때 위화감을 느끼기도 했는데, 아마 저 여자아이는 누군가와 손을 붙잡고 있었나 보다.

그 누군가가 공간 마법을 써서 여자아이와 함께 전이했다.

만약 내 팔을 붙잡고 있도록 가만뒀다면?

나도 함께 전이로 끌려갔겠지.

그게 이번 습격의 목적이었던 거네.

나를 납치하기 위해서 어린 여자애까지 써서 방심을 부추겼던 거야.

"괜찮아?"

"네."

"일단은 시끄러워지기 전에 여기를 떠나도록 할까?"

아리엘 씨의 제안에 따라 우리는 그곳을 벗어났다.

있는 힘껏 마법을 써버렸기 때문에 골목길 전체가 다 얼어붙어서 눈에 띄는걸.

방금 전 고트의 건도 있고, 여기에서 우리가 소란을 일으켰다고 알려지면 귀찮은 일이 벌어질지도 몰라.

"네기시. 그렇게 불렀던가?"

빠른 걸음으로 숙소에 돌아가는 도중 아리엘 씨가 불쑥 뭔가 말했다.

"네?"

"아냐. 아무것도 아니야. 내가 뭘 잘못 들었겠지."

잘못 들었다고 말하면서도 아리엘 씨는 심각한 표정을 짓고 있었다.

R2 할아범, 오니를 퇴치하다

"으음."

"사부, 왜 또 끙끙거림까? 슬슬 수명 다해서 뻗을 때가 됐슴까?"

내 옆에서 무례하기 짝이 없는 소리를 지껄이는 제자 2호의 머리에 말없이 주먹을 떨어뜨렸다.

"아야앗~?! 뭔 짓임까?! 다 큰 영감이 소녀의 머리에 전력으로 꿀밤을 먹이다니 제정신임까? 앗, 죄송함다. 스승님은 원래 제정신이 아니었는데 괜한 질문이었슴다."

요 녀석, 얻어맞고도 주둥이는 아주 쌩쌩하군그래.

본디 입버릇은 나쁜 녀석이었으나 해마다 더 악화되는 듯한데 나의 착각인 겐가?

제자 2호, 오렐은 원래 내 수발꾼 삼아 고용한 녀석인데 어느 사건을 계기로 하여 마법의 재능이 발견되었던 터라 내 제자로 들였다.

어느 사건이란, 으음, 제자 1호 율리우스가 수행 중 반죽음이 되었을 때에 치료 마법으로 회복시켰던 것이 계기가 되었지.

오렐이 질질 짜면서 엉성한 흉내질로 치료 마법을 행사하던 꼴을 보았을 때의 충격을 어찌 표현할꼬.

놀랍게도 오렐이 한 짓은 그분과 마찬가지로 스킬 없이 마법을 발동시키는 기막힌 재주였으니까 말이다.

아주 짧은 시간이었을지언정 「용사님이 죽는다?!」라고 울면서 마법을 성공시킨 것은 경탄하여야 마땅하다.

잘 단련하면 나와 비슷한, 아니, 더한 실력자가 될 소질이 있음이야.

하여 기대를 갖고 다소 강압적으로 제자 입문을 시켰다만 애석하게도 요 녀석은 뭔가 의욕이 없다는 게 옥에 티였다.

그럼에도 이 나이에 어지간한 마술사와 비교해서 훨씬 소질이 뛰어나니까 내 눈은 역시 틀리지 않았군.

"아이고, 이러니까 머리속이 죄다 마법으로 꽉 들어찬 할아범은 대책이 없습다. 머리뿐 아니라 몸도 마법이 돼서 빵 터져버리면 세상이 살짝은 평화로워지지 않겠슴까?"

……해가 바뀔수록 이 몸에게 퍼붓는 악다구니가 점점 더 다채로움을 더하는 것은 달갑지 않지만 쿵.

말없이 주먹을 다시 한 번 쥐어 잡자 제자 2호는 「빡!」하고 묘한 비명을 지르면서 도망쳤다.

도망친 방향에 있던 금속 갑옷으로 온몸을 두른 노기사의 등 뒤로 돌아 들어갔다.

"로난트 공! 어린아이에게 손을 대는 행동은 기사로서 가만 볼 수가 없소만?!"

그 전신 갑옷이 아예 귀청이 떨어지도록 큰 목소리로 소리쳤다.

"나는 기사가 아니니까 문제없네. 게다가 이는 교육적 지도잖은가. 이른바 사랑의 매가 이것이지. 스승의 손을 피하여 도망치는 제자 2호야말로 잘못을 저지르는 게 아니겠는가."

"으음! 그런 뜻이 있었군!"

나의 사탕발림에 간단히 속아 넘어가는 이 노기사, 이름은 뉴도즈라고 한다.

뭐, 보는 바대로 근육 바보일세.

오렐의 말버릇을 빌려 말하자면 머릿속 온통 근육이고 몸까지 죄다 근육으로 이루어져 있는 전신 근육이로다.

요컨대 바보일세.

다만 본신의 실력만큼은 정평이 났을지니.

예전에는 선대 검제와 함께 전장을 주름잡았던 역전의 무인이다.

이자의 무예는 선대 검제와 아울러서 검성이라고 불렸을 만큼 높은 경지에 다다랐다.

나와 거의 엇비슷한 나이를 먹었음에도 아직껏 현역으로 북방의 요새를 지키고 있다.

뭐, 사실은 평민 출신의 뉴도즈를 중앙에 오지 못하게 하려는 귀족 놈들이 부린 수작이지만, 어쨌든 머리가 나쁜 녀석인 터라 현장에서 검을 휘두르는 게 차라리 성질에 맞기도 하지.

이번에는 오거 토벌의 책임자로 발탁되어 나와 함께 지휘를 맡아 이곳에 오게 되었는데 바보이기에 지휘관 노릇은 어림없을 터이다.

"그럼! 얌전히 꿀밤을 먹을지어다!"

"그게 뭔 억지 소립까?!"

뉴도즈가 등 뒤에 숨어 있는 제자 2호를 붙잡아다가 내 앞에 내민다.

으음. 바보로군.

"에잇, 되었다. 그리고 뉴도즈여, 조금만 목소리의 음량을 낮출 순 없겠나? 귀가 아파서 못 견디겠군."

"음?! 목소리의 음량을 어찌해야 낮출 수 있단 말이오?!"

……에라, 되었다.

이런 바보에게도 현장의 병사들은 성원을 아끼지 않으니 세상 이치란 참 묘하도다.

내가 기막혀서 가만있자 전령병이 달려와서 병사들의 배치가 완료되었음을 보고했다.

"음. 준비가 다 갖춰졌다는군."

"알겠소! 본인의 검술과 로난트 공의 마법이 한데 모였으니 오거 따위가 두려우랴! 스러져 떠난 동포를 위해서라도 기필코 내 검으로 놈의 목숨을 거두겠소이다!"

넘치는 열기가 조금 부담스럽기는 하나 이번만큼은 이 녀석의 의견에 전면적으로 동의하고 싶군.

뉴도즈가 전위를 맡고 내가 후위에서 공격에 전념한다면 어지간한 상대에게는 이길 수 있을 터…….

문제는 그 오거가 어지간한 상대라는 보장이 없다는 것인데.

"제자 2호. 오거의 특징은 기억하고 있느냐?"

"그럼은요. 꼭꼭 기억하고 있슴다."

"하면 복습 삼아서 일반 오거의 특징과 이번 오거의 특징을 읊어보거라."

내가 이리 말하자 제자 2호에게서 수상쩍어하는 눈빛이 날아들었다.

"뭐냐?"

"설마 싶기는 한데 말임다. 사부, 길드에서 들은 이야기를 다 까먹어서 다시 묻슴까?"

"바보 녀석아. 아무러면 벌써 잊어버렸을까. 까먹은 놈은 내가 아니라 이 녀석이다."

내가 뉴도즈를 가리키자 제자 2호도 납득했다는 표정을 지었다.

정작 뉴도즈는 팔짱을 낀 채 진지한 얼굴이로군.

진지한 것은 얼굴뿐이고 길드에서 들은 정보를 다 까먹었음은 명백하군그래.

이 녀석의 머리는 정녕 근육으로 만들어진 게야.

설명을 듣는 즉시 한쪽 귓구멍으로 새어 나갈 테지.

모험가 길드에서 많은 희생을 치른 끝에 어렵게 확보해준 정보이건만…….

"음. 우선 일반 오거의 특징인데 말임다, 딱히 특별한 게 없슴다. 인간형의 마물이고 지능은 개체마다 각각 다르고. 다만 대부분의 개체는 사람으로 보면 세 살배기 어린애 정도의 지능을 갖고 있다니까 간단한 말을 한다거나 무기를 쥐고 휘두르는 게 고작임다. 체격은 하위종이면 성인 남성쯤. 거기에서 진화를 거칠 때마다 거대화되면서 상위종에 속하는 킹이 되면 인간 신장의 곱절은 된다고 함다. 능력은 우락부락한 외견처럼 완력 위주이고 속도는 별로 대단할 게 없슴다만, 일격의 파괴력은 장난 아님다. 인간형 마물의 공통 특징으로 개체에 따라 마법이라든가 전혀 뜻밖의 스킬을 습득하고 있는 경우도 있슴다만 역시나 극히 드문 예외라고 해야겠슴다. 대부분의 오거는 무리를 짓고 생활하는데 일정 세력권에서 나오는 건 드묾다. 으음. 이쯤 설명하면 됐슴까? 얼추 간단하게 읊어봤슴다."

"흠, 그래."

제자 2호의 오거 해설을 긍정했다.

대강 다 맞는 말이군.

"그러면 앞서 언급한 말을 전제로 하여 이번에 출현한 오거의 특징을 다시 읊어보거라."

"전제로 다시 말임까? 음, 고놈이 오거가 맞긴 맞슴까? 이미 오거의 특징이 아무것도 없지 않슴까?"

으음. 나 또한 같은 생각을 했다만 어쨌거나 설명을 해보거라.

"이 오거 말임다. 아무래도 특수한 스킬을 복수 소지한 데다 머리가 제법 잘 돌아가는 듯함. 이미 확인된 특수 스킬의 효과는 갑작스러운 완전 회복. 부상뿐 아니라 마력 및 기력까지 회복된다고 함다. 다음은 순간적이고 폭발적인 능력치 향상. 지속 시간은 짧지만 방금 전 말한 회복이랑 같이 섞어서 쓴다니까 골치 좀 썩이겠슴. 음, 또 마지막으로 중요한데 말임다. 고놈, 마검을 만들어 내는 스킬을 갖고 있는 게 아닌가 추측됨."

"마검이라고 했는가?!"

마검 얘기가 나오니까 힘차게 반응하는 뉴도즈.

그나저나 길드에서 똑같은 설명을 들었잖은가.

그때도 같은 반응을 보였던 것은 다 잊었나 보군.

"오거가 마검을 지니고 다닌다니! 하면 본인의 애검과 좋은 승부가 되겠군!"

뉴도즈가 소지한 무구 또한 마검.

그래서 경쟁심을 불태우는 것일 터이나…….

"상황이 그리 단순하지가 않다네. 마검을 지니고 다니는 것이 아니라 그 마검을 만들어 내는 스킬을 보유하고 있을 가능성이 있다

말하지 않았는가?"

오거가 마검을 갖고 있다는 소식 하나도 족히 놀랍건만 마검을 만들어 내는 스킬의 가능성이 제기되었다는 것은 전대미문일지니.

"으음?! 하면 그것이 어찌 다른 게요?!"

"아주 많이 다르지."

단지 마검을 소지했는가, 혹은 마검을 만들어 내는 스킬을 지녔는가. 각각에 따라 대응 방법이 전혀 달라진다.

먼저 마검을 소지만 하고 있을 경우는 놈이 들고 다니는 마검의 능력만 경계하면 되겠다.

마검이라는 것은 강력한 무기임이 틀림없으나 그 능력은 일률적이니.

그러나 마검을 자유롭게 만들어 낼 뿐 아니라 능력마저도 자유롭게 개변이 가능하다면 기껏 확보한 정보가 무용지물이다.

미리 파악한 정보를 듣자 하니 화염과 벼락의 마검을 이도류로 구사한다던데, 그 또한 바뀌었을 우려가 있지 않겠는가.

상대가 어떤 수단을 써서 공격에 나서는가 예측이 난해할 수밖에 없음이로다.

그리고 마검을 만들어 내는 스킬을 정녕 보유했다면 복수의 마검을 소지하고 있다고 봐야 할 테지.

한 자루여도 골치 아픈 마검을 복수 갖추고 있다면 이미 충분한 위협이 된다.

또한 골치 아프기 짝이 없는 마검을 소모품으로 쓰고 버리는 짓마저 가능하다.

그야 얼마든지 만들어 낼 수 있으니…….

실제로 앞서 오거와 전투를 치른 모험가들은 폭발하는 마검 때문에 괴멸당했다.

마검, 본래는 귀중하게 취급하는 것이 마땅한 무기를 소모품으로 쓰는 수지가 맞지 않는 전법을 구사한들 스스로 만들어 낼 수 있다면 문제가 되지 않음이지.

마검의 다양함에 더하여 그 마검을 아낌없이 소모함으로써 구사하는 전략.

실로 난적이로다.

"그래, 알겠는가? 으음, 역시 모르겠는가."

마검을 만들어 내는 스킬이 어찌하여 위험한가 설명해주었다만 정작 내 말을 듣고 이해해야 하는 뉴도즈는 머리로 김을 뿜으면서 신음할 따름이다.

딱히 어려운 말을 하지는 않았다 여긴다만 그럼에도 바보에게는 안 되었는가.

"뭐, 요컨대 상대가 강하다는 말일세."

"오오! 아주 잘 알아들었소!"

뭘 알아들었다는 게야…….

"자, 작전을 확인하세."

나는 뉴도즈를 가만두고 제자 2호에게 시선을 옮겼다.

제자 2호는 내 눈짓의 의미를 알아차리고 작전의 개요에 대해 설명했다.

"넷, 이번 작전은 단순함다. 오거가 도망 못 치도록 병사를 주위에 배치. 마법으로 한 방 커다란 놈을 쾅 날린 다음에 포위를 좁혀서 뭇매질임다."

음, 음음. 뭐, 대강 맞는 말이군.

맞는 말이기는 한데 표현을 조금 달리해도 좋으련만…….

선제 광범위 마법 공격을 날리는 의미는 앞선 전투에서 모험가들의 대부분이 당했다고 하는 폭발 마검을 처리하기 위함이지.

그 마검, 지면에 파묻혀 있고 밟으면 폭발한다던가.

아마도 일정 이상의 부하를 받을 시 폭발하는 구조로 추측된다.

모험가들이 많은 희생을 치러서 얻은 귀중한 정보였다.

상대의 수법이 얼마나 더 많은가 미지수이기는 하나 그중 하나를 확실하게 결판내기 위한 포석.

모험가들의 희생에 비하면 딱히 대단하지도 않은 작전이나 그럼에도 그들이 목숨을 걸고 얻은 정보 덕분이었다.

기꺼이 보람차게 활용하도록 할까.

"들은 바 대로임다. 사부. 잘 부탁드림다."

"뭔 소리를 하는 게냐? 처음 한 방은 네 녀석의 몫이잖느냐?"

"엥?"

제자 2호는 잠시 동안 가만 굳어 있다가 얼마 뒤 느릿느릿한 동작으로 자기 자신을 가리켰다.

거기에 나는 말없이 고개를 끄덕여줬고.

"에엥?! 제가 말임까?!"

왜 이리 호들갑을 떠는가.

고작해야 주위 일대를 마법으로 싹 쓸어버리면 끝나는 역할 아닌가.

"무리임다! 무리, 무리!"

"욘석아! 하기도 전에 빼지 말거라! 아주 나쁜 버릇이야. 그래 갖고는 능력이 충분한들 뭐든 못 한단 말이다!"

웬일로 뉴도즈가 제대로 된 말을 하는군.

뉴도즈의 말대로 나는 버거운 임무를 떠넘긴 것이 아니다.

제자 2호의 실력이라면 충분히 된다고 판단했기에 말을 꺼냈다.

"힘닿는 대로 시도나 해보거라. 뭘, 실패해 봤자 내가 배꼽 좀 잡고 웃으면 끝날 일이잖느냐."

"사부, 진짜 못됐슴다!"

"음? 진짜 관대하다고?"

제자 2호는 그 후 한동안 으~으~ 신음했으나 내가 말을 거둘 뜻이 없음을 깨달았는지 투덜투덜 불평을 늘어놓으면서 마법 구축에 착수했다.

흠흠. 제자 2호가 선택한 것은 폭풍 마법의 공락(空落)이군.

공기 덩어리를 내동댕이치는 광범위 공격 마법.

살상력은 낮고 대군의 진격을 조금 늦추는 효과밖에 없어서 별로 인기가 없는 마법이다.

다만 내 수준의 경지에 다다르면 상대를 압살할 만한 위력을 발휘할 수 있다.

또한 이 마법의 가장 뛰어난 점은 효과 범위에 비하여 소비 MP의 양이 적다는 것.

아직 성장 도중에 있는 제자 2호의 역량으로 오거가 숨어 있는 숲 전체를 장악하고자 한다면 이 마법만큼 적합한 수단이 달리 없겠다.

괜찮은 판단이군.

다만 뭐, 느릿한 구축 속도와 거친 솜씨는 아직껏 미숙하다는 증거일 테지.

잔뜩 시간을 들여서 제자 2호가 마법을 완성했고, 곧이어 발동시켰다.

압축된 공기 덩어리가 지면을 강타한 뒤 국소적으로 지면을 뒤흔든다.

범위 안쪽에 있는 나무들의 가지가 꺾였고 쌓여 있던 눈은 드높이 솟구쳤다.

직후, 공략 마법에 의한 충격과는 다른 거대한 진동이 발생했다.

뉴도즈의 고함 소리와 비교도 되지 않을뿐더러 귀가 멀어버릴 것 같은 거대한 음향.

제자 2호의 공략을 맞고도 부러지지 않았던 여러 나뭇가지가 하늘을 날았고, 눈이 폭염에 휩싸여서 사라졌다.

마치 불 계열의 대형 마법을 발동한 듯한 광경이 눈앞에서 발생했다.

"어이구, 이런"

나는 기막힘과 감탄을 한데 섞어서 무심코 중얼거리고 말았다.

제자 2호의 공략은 노림수대로 오거가 설치했을 폭발하는 마검의 유폭을 멋지게 성공시켰군.

다만 이렇듯 장관일 줄은 미처 상상을 못 하였구나.

얼마나 많은 마검을 폭발시켜야 이런 대참사를 일으킬 수 있단 말인가?

대책 없이 쳐들어갔다면 모험가들의 전철을 밟을 뻔했구먼.

아주 단단히 긴장을 하고 돌입해야겠군.

제자 2호는 저 광경을 목격하다가 기력이 다한 듯 털썩 주저앉았다.

뭐, 주저앉게 된 이유의 절반은 마력 소모에 의한 피로일 테지.

"보아라, 때가 왔도다! 전군 돌격!"

폭발이 멎은 그 순간, 뉴도즈의 고함 소리가 울려 퍼졌다.

앞선 폭음에는 미치지 못할지언정 주위에 전개되어 있는 병사들에게는 충분히 들릴 목소리였다.

곧장 병사들이 행동에 나섰다.

그렇다 해도 병사들에게 들렸다 함은 오거에게도 역시 들렸음을 의미할저니.

상대 또한 행동에 나섰다고 보는 게 틀림없겠다.

"뉴도즈, 우리도 앞에 나가세. 제자 2호는 후방으로 물러나거라."

"알겠소!"

"알겠슴다."

뉴도즈와 나는 병사들과 함께 전방으로, 제자 2호는 마력을 다 소모했기에 전선 이탈을 위하여 후방으로 물렸다.

기척을 좇아 오거가 있을 것으로 짐작되는 지점을 향해 나아간다.

방금 전 폭발에 의해 발아래의 지면은 뒤집어졌고 꺾여 쓰러진 나무가 앞길을 가로막았다.

갖은 장애물을 신중하게 넘어서 천천히, 그러나 확실하게 거리를 좁혀 갔다.

"음?!"

그러나 상대 또한 우리의 접근을 단지 묵묵히 지켜보고 있을 셈은 아니었으니.

휙 날아든 뭔가가 우리의 앞쪽 지면에 내리박혔다.

"마검인가?!"

뉴도즈가 외치는 대로 그것은 한 자루의 마검.

"폭발한다! 비켜서 지나가도록!"

뉴도즈가 주위에 지시 내리고, 그 말을 들은 병사들은 지면에 박힌 마검을 우회하여 앞으로 나아가려고 했다.

그러나 나는 불길한 예감에 사로잡혀서 꽂혀 있는 마검을 감정했다.

"아뿔싸! 물러나라!"

내 고함 소리와 또 한 자루의 마검이 날아들어서 지면에 꽂힌 순간은 거의 동 시각.

그리고 병사들이 반응할 틈도 없이 눈부신 빛이 작렬했다.

"늦었는가?!"

털썩 쓰러지는 최전열의 병사들을 보고 경고의 시기가 늦었음을 깨달았다.

지면에 꽂혀 있었던 마검은 폭발하는 것이 아니었다.

그 마검의 효과는 벼락.

두 자루 마검의 사이에서 강력한 전격(電擊)을 용솟음치게 하는 것.

최전열을 맡아 나아가던 병사들은 전격에 휩쓸려서 쓰러졌다.

사람 몸을 태우는 역한 냄새가 주위에 퍼져 나갔다.

보아하니 직격을 맞은 병사들은 즉사했겠군.

실로 두려운 경지에 달한 위력이로다.

그리고 이 마검이 두려운 까닭은 이게 전부가 아니었다.

우리의 앞을 가로막으면서 두 자루 마검을 기점으로 하는 벼락의 장벽이 솟구쳤다.

병사들을 일순간에 절명시키도록 강한 위력의 전격이 지속되고 있다니…….

게다가 또 새로운 마검이 날아든다.

처음 한 자루와 조금 떨어진 위치에 꽂혀 들면서 기존의 벽과 연결되는 벼락의 장벽을 새로이 만들어 냈다.

그 후에도 잇따라 날아드는 마검에 의해 즉석 방벽이 완성되고 말았다.

닿은 병사가 즉사할 만큼 강한 위력의 벼락을 두른 방벽.

섣불리 돌파를 시도한들 헛되이 희생자를 늘릴 뿐이겠군.

그렇다 해도 아무 시도를 아니하고 수수방관할 수도 없는 노릇이지.

"으음. 이리된 이상 본인이 저 검을 잡아 뽑겠소!"

"헛소리. 아무리 자네가 튼튼해도 저것에 닿으면 멀쩡하지는 못할 것이야."

전류를 뿜는 마검에 달려가려고 하는 뉴도즈를 붙들어 놓는 사이에 벼락의 방벽을 넘어 새로운 마검이 날아들었다.

이전의 공격과 달리 명확하게 이쪽을 노리고 있는 마검이었다.

"이런!"

나는 즉각 마법을 구축하여 마검을 향해 날렸다.

내가 으뜸가는 장기로 삼는 불 마법의 발동에 따라 생성된 불덩어리가 마검과 충돌하여 공중에서 대폭발을 일으킨다.

그 충격으로 병사 몇 명이 지면에 쓰러졌다.

다행히도 비틀거리다가 쓰러졌을 뿐이라 별반 부상을 당하지는 않았으나, 혹여 저 폭발이 직격했다면 과연 누가 목숨을 부지했겠는가.

이번에 날아들었던 마검은 땅에 묻어 놓은 것과 마찬가지로 폭발하는 부류였나 보군.

위기 상황이로다.

벼락의 방벽에 막혀 발이 묶이고 만 지금, 폭발하는 마검에 의한 공격을 일방적으로 받게 된다면 위력을 감안했을 때 아군의 피해는 다대하게 누적되리라.

뭐든 수를 내야 할 터인데.

벼락의 방벽, 그 너머를 내다본다.

맨눈으로 본들 포착이 되지 않기에 만리안을 구사하여 본 저편에 오거가 서 있었다.

오거는 지금 막 마검을 한 손에 쥐고 이쪽으로 집어 던지려는 모습이었다.

음, 큼지막하군.

손에 든 마검은 일반적인 크기의 장검.

한데도 마치 단검으로 보일 만큼 오거는 거구였다.

진화를 거듭함에 따라 오거종(種)은 덩치를 더욱 불린다.

지난 사례를 떠올리자면 저 오거는 상당한 횟수의 진화를 거듭하였다고 봐야 할 테지.

그야말로 오거종의 정점이라고 일컬어지는 킹으로 진화했으리라.

오거가 마검을 크게 쳐들었다가 집어 던진다.

내가 또다시 마법으로 요격하자 폭발을 목격한 병사들이 비명을 내질렀다.

"허둥대지 마라!"

뉴도즈가 병사들을 질타해준 덕분에 전선 붕괴에 이르지는 않았다.

다만 이렇듯 일방적인 공격을 내내 허용한다면 도주하는 병사도 나올 터이다.

그때까지 얌전히 기다려줄 작정은 아니다만.

"저놈이 아주 신이 났는가 보군. 어디 보자, 살짝 놀래주도록 할까."

지금의 나는 분명 심술궂은 표정을 짓고 있으리라.

"그런고로 다녀오시게, 뉴도즈."

"으음?!"

나는 뉴도즈의 어깨에 손을 얹었다.

직후 뉴도즈의 모습이 이 자리에서 완전히 사라졌다.

그리고 곧이어서 모습을 나타낸 곳은 오거의 눈앞.

"음?!"

"뭣?!"

뉴도즈와 오거가 동시에 놀라서 소리 높였다.

공간 마법에 의한 전이.

그 수법을 써서 나는 벼락의 방벽은 무시한 채 뉴도즈를 오거의 곁에다가 보내버렸다.

미리 뉴도즈에게 알려줘도 괜찮았을 터이나 청각 강화 따위로 말소리가 새어 나갈 우려가 있는 만큼, 누설을 피하고 오거의 허를 찌르기 위해서는 이리하는 것이 최선일 테지.

어쨌든 뉴도즈는 야생의 감을 따르며 살지 않는가.

따라서 머리로 고민하기보다 신속하게 가장 합당한 행동을 취할 수 있다.

이러한 나의 예측대로 놀라는 것은 일순간뿐, 뉴도즈는 곧장 오거에게 검을 휘둘렀다.

뉴도즈의 검이 들이닥치자 오거는 손을 내뻗고 있던 투척용 마검에서 방향을 바꿔 허리에 꽂아 놓았던 마검을 뽑아 들고 방어에 나섰다.

급박한 순간, 투척용 마검에 손을 뻗지 않았던 까닭은 충돌 시 폭발을 일으키는 검을 잡아서 막았다가는 스스로도 피해를 모면하지 못함을 알기 때문이었는가.

그 짧은 순간에 판단한 뒤 냉철하게 대처하였다니.

역시 얕볼 수 없군.

뉴도즈의 검과 오거의 검이 뿌득뿌득 맞버티다가 잠시 후 양측은 약속한 듯이 동시에 후퇴했다.

그리고 뉴도즈와 오거의 검극이 개전되었다.

오거는 두 자루 검을 다뤄서 뉴도즈의 공격을 막는다.

오거가 지닌 무기는 완만하게 굽은 낯선 모양의 외날 검.

비록 오거의 거구 때문에 작아 보일지언정 한창 맞부딪치고 있는 뉴도즈의 장검과 비교하면 서로 비슷한 길이였다.

저 큼지막한 몸집에 다소 부적합하기는 하나 치명적인 허점을 낳을 만큼 문제 되지도 않았다.

아마 급격한 진화를 거치면서 체격이 확 바뀌어버린 탓에 무기의 크기가 갑자기 맞지 않게 되었음이리라.

반면에 뉴도즈는 검성이라고 칭송받기까지 했던 능숙한 검법으로 오거의 두 자루 검을 족히 감당해 냈다.

공격 수단은 더 많이 보유하고 있는 오거가 뉴도즈의 탁월한 검법에 농락당하는 터라 제대로 된 공세를 펼치지 못하는 꼴이었다.

흐음.

한 손에 쥔 검으로 뉴도즈와 맞붙는 모습을 보니 단순한 완력은 오거가 앞서는군.

쌍검을 다루기에 공격의 횟수 또한 오거가 우위.

그러나 기교 측면에서 뉴도즈가 큰 우위를 점하고 있군.

오거의 움직임에는 군데군데 어색한 부분이 있다.

정식 훈련을 받지 않은 초보자가 반사 신경에 의지하여 검을 휘둘러 싸우는 듯 추측된다.

아니, 추측이 아니라 정녕 그러한가.

아무러면 오거가 정식 훈련을 쌓았을 리가 없거늘.

그럼에도 뉴도즈와 호각이라니 어찌 두렵지 않겠는가.

뉴도즈와 호각이란 말이다.

뉴도즈는 검성이라고 칭송받을 만큼 강력한 검사.

나이를 먹어 늙었음에도 쇠할 줄을 모르는 검법은 물론이고 선대 검제가 행방을 감춘 지금은 틀림없이 제국 최강의 검사일 테지.

그러한 뉴도즈와 호각인가.

지금 이 자리에서 무슨 수를 써서라도 해치워야겠군. 더한 성장을 허용한다면 손쓸 도리가 없어질 수도 있겠다.

게다가 모험가 길드에서 넘겨준 정보에는 급격한 능력치 향상과 완전 회복이라는 미지의 능력도 있으렷다.

당장 뉴도즈가 호각으로 대적한다 하여 방심해서는 안 되는군.

나는 흙 마법을 발동시켰다.

땅속으로부터 흙으로 된 창이 뻗어 나오면서 위쪽 지면에 박혀 있었던 벼락의 마검을 밀어 올린다.

마침 흙 창의 끝부분에 마검이 딱 꽂혀 있는 상태이군.

마검이 흙 창에 밀려서 올라가는 동시에 마검을 기점으로 하는 벼락의 방벽 또한 위쪽으로 위치가 어긋났다.

"지금이다! 빈틈을 지나 진격하라!"

나는 소리치면서 다른 마검도 같은 방법으로 하나둘 처리했다.

이렇게 하면 직접 손대지 않아도 벼락의 마검이 무력화된다.

다른 마검에도 똑같은 처치를 하여 병사들이 지나갈 만한 길을 만들어 냈다.

그곳을 지나 오거가 있는 방향으로 달려 나가는 병사들.

제아무리 강력한 오거일지라도 숫자에서 턱없이 밀리는 이상 어디 대처할 도리가 있겠는가.

그분처럼 상식의 틀을 초월한 무력을 보유했다면 말이 달라지겠으나 고작 뉴도즈와 호각으로 겨루는 수준인 데야 병사들의 조력도 큰 몫을 하리라.

물론 나 또한 힘을 보탠다.

불과 벼락은 오거도 사용하는 속성인 까닭에 피해를 주기 어려우리라고 예상한다.

그러하다면 원거리 공격 능력이 우수한 다른 속성은 빛이 좋겠군.

마법을 구축.

선택한 것은 빛 계열의 하급 마법.

본래는 낮은 위력 및 낮은 소모에 불과한 그 마법에다가 과도한 마력을 냅다 들이붓는다.

예의 거미들이 보여주었던 마력의 초과 주입.

이 기술을 나의 것으로 만드는 데 2년 이상의 세월을 들였다만 고생한 보람이 있어서 내 마법 실력은 비약적으로 향상됐다.

하급 마법일지라도 소비하는 마력의 양에 따라서 위력 또한 증폭시키는 기예를 몸소 습득했음이니.

한편 발동에 걸리는 시간은 종전과 거의 다를 바 없음.

그분께서 이룬 경지에 비하면 아직 멀고 멀었지만 그럼에도 나는 한 걸음 더 마도의 극의에 다가섰다.

마력을 초과 주입함에 따라 위력을 불린 빛 마법을 발사.

빛 마법의 이점은 발사와 착탄이 거의 동시에 이루어질 뿐 아니라 저격하는 지점을 한정 짓기가 쉽다는 점이겠군.

그 덕분에 격렬하게 몸을 움직이고 있는 뉴도즈는 피하여 오거에게 딱 마법을 직격시키는 묘기도 가능함이로다.

빛 마법은 노린 대로 오거의 다리를 꿰뚫었다.

마법에 직격당하여 오거의 움직임이 둔해진다.

뉴도즈도 그 틈을 놓치지 않고 과감하게 공세에 나섰다.

오거가 오른손에 쥔 검을 휘두르자 검의 끝에서 화염이 솟구쳤다.

거친 불길임에도 뉴도즈에게 미처 닿지는 못하였다.

뉴도즈가 지니고 있는 검 또한 바람 마법이 깃들어 있는 마검.

휘몰아치는 바람이 화염의 침공을 막아 흩어뜨린다.

그뿐 아니라 뉴도즈는 곧장 화염을 뚫고 나가면서 오거에게 검을 휘둘렀다.

오거가 왼손에 쥔 마검으로 막는다.

그 왼손에 들린 마검에서 벼락이 용솟음쳤다.

뉴도즈의 몸이 휙 날아갔다.

그러나 저런 공격에 맞았다고 놈은 죽지 않는다.

뉴도즈를 밀어내면서 일순간 빈틈을 보인 오거에게 재차 내 마법이 직격했다.

이번에는 앞선 공격보다 더한 위력을 담은 마법이었다.

머리에 구멍이 뚫린 오거.

제아무리 강건할지라도 머리를 꿰뚫린 이상 살아 있지는 못할 터.

기우뚱, 몸이 기울어지는 오거.

쓰러지면서 손에 쥔 검을 투척한다.

최후의 발버둥질이겠지만 벼락의 마검이 놈에게 접근 중이던 병사의 몸에 직격하여 목숨을 빼앗았다.

운도 없는 병사로다.

하나 이제는 끝을 맞이했다.

다만 오거는 그 직후 일순간 빛을 발하고 일어섰다.

머리를 쏘아서 내가 뚫어 놓았던 상처가 사라졌다.

어찌 이런 경우가 있는가!

완전 회복이 어쩌고 하는 능력을 듣기는 하였으나 치명상마저 전부 회복한단 말인가?!

안 되겠군.

이래서는 불사신의 괴물을 상대하는 것과 마찬가지가 아닌가.

머리를 꿰뚫리고도 회복하여 되살아난다면 아예 재생할 틈을 주지 않고 몸 전체를 산산조각으로 깨부수는 것밖에 쓰러뜨릴 수단이 떠오르지 않는군.

그렇다면 하급 마법은 제아무리 위력을 끌어올린다 한들 무리가 있는가.

상급 마법에 마력의 초과 주입을 더하여야만 해치울 가망이 있단 말인데…….

가능한가?

하급 마법에 마력을 초과 주입하는 기예는 거의 완벽하게 구사할 수 있노라고 자부한다.

그러나 상급 마법이 되면 다소의 불안 요소가 남는다.

오거의 거구를 일격으로 바스러뜨릴 만한 위력의 마법을 꼽아보자면 내가 특기로 하는 불 계통의 최상급 마법, 즉 옥염 마법밖에 없을 터…….

안 그래도 대마법의 범주에 들어 제어가 까다로운 옥염 마법에다가 더한 마력을 주입한다?

지금의 내 역량으로도 극히 어려울 테지.

애당초 옥염 마법은 혼자서 발동할 만한 마법이 아니었다.

복수의 술사가 연계 스킬을 갖고 병렬 구축을 실시한 끝에 발사하는 마법이지.

그런 마법을 홀로 발동할 수 있는 나는 절대로 인간이 아니라고 제자 2호가 곧잘 꿍얼거리지만, 그에 더하여 마력을 초과 주입하는 곡예에 가까운 도전을 해야 한다는 말인가.

하지만 지금 이 자리에서 성공시키지 못하면 오거를 해치울 수는 없을 터.

좋다, 실력 발휘를 할 때군!

"큭?!"

오거가 신음했다.

만리안 너머로 놈과 나의 시선이 마주친 듯싶었다.

으음! 이런. 주목당했는가.

"뉴도즈! 발을 묶어라!"

"분부대로!"

마법 구축 중 공격당하면 버틸 재간이 없다.

오거를 속박하도록 지시하자 뉴도즈가 내 말에 호응하여 돌진을 개시했다.

병사들도 행동을 같이하여 오거를 압박하고자 사방에서 포위망을 좁히고 있었다.

뉴도즈라면 내가 마법을 완성시킬 때까지 족히 시간을 벌어줄 테지.

제아무리 대단한 회복력을 발휘하는 오거일지라도 마력을 초과 주입한 옥염 마법의 직격을 당한다면 목숨을 부지하지는 못하리라.

이제 결판을 내주마!

"카아아아아아아아!"

그런 내 기세를 오거의 포효가 뒤흔들었다.

이제껏 내비쳤던 어딘가 인간스럽게 계산된 거동과 달리 흡사 맹수와 같이 귀청을 울리는 포효.

변화는 거기에서 그치지 않았다.

방금 전과 명백하게 달라진 느낌, 오거가 발출하는 소름 끼치는 압박감.

이, 이것은 일찍이 엘로 대미궁에서 조우했던 지룡(地龍) 일당과 같구나!

아니, 그 이상이로다!

모험가 길드에서 구한 정보에 따르면 오거에게는 세 가지 특이 능력을 보유했다는 의혹이 있었다.

하나는 마검을 생성하는 능력.

하나는 완전 회복 능력.

그리고 이것이 마지막 하나, 비정상적인 능력치 향상인가!

분명 이리도 급격한 변화라면 기존의 마투법 및 기투법은 설명이 되지 않는군.

맨눈이 아닌 만리안으로 볼 때는 감정이 되지 않는다.

따라서 오거의 능력치가 과연 얼마나 향상되었는가, 그 답은 미지수.

다만 이 기세를 감안하건대 뉴도즈며 병사들이 감당할 상대는 결코 아닐지어다.

그뿐 아니라 이 몸조차도 속수무책일 테지.

하나 여기에서 물러날 수는 없다!

헛된 발버둥질이 될지라도 내 친히 옥염 마법을 선사해주마!

"음?!"

그러나 결과적으로 나는 마법을 발동시키지 않게 되었다.

그 전에 오거가 몸을 돌리고 냅다 달아났기 때문이로다.

포위하고 있던 병사에게는 눈길도 주지 않고 미처 반응할 틈도 없이 그들의 사이를 달려 지나갔다.

눈에 제대로 보이지도 않는 신속함일지니.

"도망을, 쳤다?"

나는 오거가 달아난 방향을 잠시 동안 우두커니 바라보기만 했다.

나뿐 아니라 병사들도 상당히 당황하는 기색이었다.

"으음! 비록 적일지언정 후퇴 솜씨는 참 훌륭하군!"

우리를 제정신으로 돌려놓은 것은 뉴도즈의 엉뚱한 감평이었다.

뉴도즈는 본인의 애검, 바람의 마검을 검집에 도로 집어넣었다.

그 동작이 전투의 종료를 고하였다.

뉴도즈 역시 알고 있다.

추격은 불가능함을……

오거가 어찌하여 도망쳤는가, 그 이유는 분명하지 않다.

그러나 어떤 이유가 있든 간에 저 빠른 다리를 쫓아가기는 불가능할뿐더러 설령 따라잡은들 승리의 가능성을 따졌을 때 즉답이 나오지 않음이니.

오거의 능력은 너무나도 이질적이었다.

잠시 위험을 무릅써서라도 내가 맨눈으로 놈을 포착한 뒤에 감정을 마쳤다면 좋았으련만……

　미지의 능력 중 어느 한 부분이라도 알아내면 뭔가 타개책을 강구할 수가 있었을 텐데.

　"자, 이제 어찌해야 하는가."

　이대로 추격하는 것은 위험하다.

　그러나 방치할 수는 없는 노릇.

　무엇보다도 뷔림스의 원수를 갚아주겠노라고 부인에게 약조를 하지 않았던가.

　스스로 뱉은 말을 어기는 것은 나의 긍지가 용납하지 않음이로다.

　"부대를 재편하여 조만간 다시 추격의 방안을 마련해야겠군."

　"그리할 필요는 없소이다."

　내 혼잣말에 답하는 목소리가 있었다.

　어느 틈인가 내 뒤쪽에서 무릎 꿇고 있는 흑의를 입은 인물.

　이 몸에게 감지당하지 않고 이곳까지 접근했다고?

　대체 누구인가? 아니, 이런 인간을 부리는 조직이 어디 더 있겠는가.

　그렇다면 이자의 정체도 저절로 짐작이 간다.

　"신언교의 개인가?"

　"옳소."

　개로 불리고도 저놈은 긍정의 뜻을 돌려주었다.

　감정다운 감정을 찾아볼 수 없는 저 음색은 얼굴을 숨기고 있는 검은 천과 마찬가지로구나.

신언교의 산하에 있는 암부(暗部) 조직.

누구에게도 들키기 않고 이단자 및 인족 사이에 숨어든 마족을 말살한다고 알려져 있는 어둠의 집단.

소문으로 듣기만 했던 존재가 나의 바로 곁으로 모습을 드러냈다.

"그래, 견공께서 무슨 용무이신가?"

"저것의 뒤처리는 우리에게 일임해주기를 청하는 바요."

내 물음에 단적으로 요구를 내세우는 암부의 일원.

저 말은 요컨대 오거를 맡겨 달라는 그런 의미인가?

"이곳은 제국령이니라. 이를 감안하고 꺼내는 말이더냐?"

나는 암부의 일원에게 눈을 부라리면서 타국의 인물이 주제넘는 일을 벌였을 때 어떤 결과가 초래될 것인가, 그 부분을 환기시키고자 반문했다.

아무리 신언교가 국경을 넘어 강력한 영향력을 지닌 조직일지라도 나라의 정식 군대에 속한 우리가 출동한 사태에 개입한다는 것은 큰 문젯거리니까.

내정 간섭, 경우에 따라서는 국가 간의 분쟁으로 직결되리라.

"물론 숙지하오."

돌아온 말은 다 파악했음에도 꺼낸 제안이라는 취지의 대답.

즉 그리할 만한 이유가 신언교에 있다는 뜻인가.

어쩌면 사람들 앞에 모습을 드러내지 않아야 하는 암부의 일원이 이렇듯 내게 뜻을 확인하러 나온 것이야말로 신언교가 성의를 보이고자 함일 수도 있겠군.

이 녀석들의 은밀성은 정평이 난 만큼 우리에게 움직임을 발각당하지 않고도 아마 목적을 달성할 수 있었을 테지.

그리 보았을 때 당장 거절한들 과연 이자들이 순순히 물러날까 의문이기는 하군.

어차피 이자들이 비밀리에 공작을 벌인다면 우리는 미처 파악할 수가 없을 테니까.

"너희는 놈을 어찌할 작정인가?"

"제국에 불이익은 되지 않음을 약속드리오."

내가 물은 바에서 약간 어긋난 답변을 돌려주는 암부의 일원.

어찌할 계획인가 말은 못 할지라도 제국에 해를 끼치지는 않겠다는 뜻인가.

"……그래, 알겠다. 그쪽에 맡기도록 하지."

"결단에 감사드리는 바요."

나는 창자가 끊어지는 심정으로 신언교의 제안을 받아들였다.

지금 거절한들 이 녀석들이 무단으로 안 움직인다는 보장은 없다.

그리고 무엇보다도 우리 부대의 힘만 가지고 그 오거를 토벌하기는 버거웠다.

경이적인 회복력에 더하여 어쩌면 지룡마저도 뛰어넘는 능력치.

굳이 도망친 까닭은 여러 능력에 제약이 있음을 뜻할지도 모르겠으나, 희망적 관측으로 움직여서 부대를 궁지에 빠뜨릴 수는 없는 노릇이다.

엘로 대미궁에서 이미 저지른 과오를 어찌 또 되풀이할 텐가.

……미안하이, 뷔림스.

자네의 원수를 내 손으로 직접 갚아주고 싶었네만 이룰 수가 없게 되었네.

신언교가 우리를 대신하여 한을 풀어줄 테니 분하지만 양보해야 겠지.

"거듭 말하겠네만 이곳이 제국의 영토임을 깊이 명심하고 행동하 도록. 알겠나?"

"유념하겠소."

내 경고에 즉답하는 암부의 일원.

지금은 저 말을 믿을 수밖에 달리 도리가 없겠구나.

"아울러 무례하지만 부탁 말씀을 올리겠소. 가까운 도시에 어느 귀인께서 체류 중이시오. 모험가 길드가 그분과 관련하여 의견을 제시할까 우려되는 바, 아무쪼록 일체의 간섭을 삼가도록 당부드리 겠소이다."

음?

갑자기 전혀 다른 요구를 하는군.

또한 태도가 방금 전 오거에 대한 요구를 할 때보다 더욱 간곡하다.

무엇보다도 문득 늘어난 말수가 이자의 뜻을 여실하게 대변해주 고 있었다.

"그게 무슨……."

"음? 게 누구냐?!"

내가 캐물으려고 한 그 순간 뉴도즈의 고함 소리가 말을 가로막 았다.

목소리가 들린 쪽으로 고개를 돌리니, 이쪽으로 돌진을 감행하는 기세로 들이닥치는 뉴도즈가 보이는구나.

뭐, 언뜻 보아도 흑의로 온몸을 감싼 암부의 일원은 수상함 부문에서 만점을 받을 테지.

뉴도즈가 괴한을 발견한 줄로 알고 안색을 확 바꾸는 것도 이해가 된다.

"하면 모쪼록 잘 부탁드리오."

"기, 기다려라!"

내 제지의 말을 무시한 채 암부의 일원은 모습을 감췄다.

실로 탁월한 몸놀림이로다.

"로난트 공! 무사하신가?!"

"그래, 무사하네. 자세한 이야기는 수습을 마친 뒤에 하세나."

열심히 달려오는 뉴도즈의 다소 넘치는 열기가 부담스럽기는 하지만 어쨌든 나는 병사들을 건사하고자 걸음을 뗐다.

鬼3 오니의 착란

"헉! 헉헉!"

토해 내는 하얀 숨결이 뒤쪽으로 흘러간다.

그 앞길을 돌아다보지도 않고 정신없이 달려 나갔다.

모자랐다.

분명 방심하지 않았고 또한 오만하지도 않았다.

여유는커녕 도리어 초조감에 사로잡혀서 온갖 준비를 다 했었다.

그래도 결국 모자랐다.

이렇듯 꼴사납게 도주하고 있다는 게 좋은 증거였다.

모험가 집단을 하나 물리친 뒤에도 나는 다음 전투를 대비하여 준비에 매진했었다.

저번 전투를 한마디로 표현하자면 유린이다.

사전에 준비를 거듭하고 만전의 상태에서 요격할 수 있었기에 내 계획대로 교전이 진행되었다.

그러나 낙승이었냐고 자문하자면 그렇지는 않았다.

오히려 간발의 차이였다.

미리 준비한 마검은 모두 다 소모했고, 나 자신 역시 안간힘을 다하여 이리 뛰고 저리 뛴 끝에 간신히 격퇴에 성공했다는 것이 먼젓번 유린의 진짜 실체였다.

죽어 나갔던 모험가들의 눈에는 아마도 달리 보였을 테지만 나는 분명히 절체절명의 궁지에 빠져 있었다.

레벨 업 때마다 완전 회복되는 특성이 아니었다면 내가 죽었을 것이다.

상대의 수가 많았을뿐더러 실력도 뛰어난 터라 들어오는 경험치도 많았던 덕에 내 레벨은 순조롭게 올랐다.

애써 갖췄던 적의 역량이 오히려 내게 승리를 가져다줬으니 꽤나얄궂은 결말이겠다.

다만 상대가 나보다도 약하다는 전제 조건을 필요로 한다.

1대 1로 문제없이 승리할 만한 상대라면 괜찮지만 만약 나보다 강한 상대일 경우는 적당한 시기에 해치워서 레벨 업 회복을 노리는수법도 막혀버린다.

해치울 길이 없으니까.

그리고 그런 상대가 없다는 장담을 누가 하겠는가.

설령 없다고 가정해도 나와 호각에 가깝게 대적할 수 있는 강자가한꺼번에 덤벼들면 승리의 가망성은 한없이 낮아진다.

그 때문에 철저하게 준비를 갖춰야 한다.

MP가 차오르는 대로 끊임없이 마검을 만들어 냈다.

MP가 바닥나면 검법을 수련한다.

일전의 모험가 중 단 한 사람, 내게 접근을 성공시켰던 그 검사.

나에게 접근하는 과정에서 부상을 당하지 않았더라면 위험했을것이다.

내 스테이터스는 마법 타입이었다.

마검 연성에 MP가 필요한 터라 마법 계열의 능력치가 더 높았다.

물리 공격력 및 방어력은 기골 장대한 겉모습을 보고 상상할 만한 수치보다 낮았다.

모험가들과 치른 전투에서 나는 다시 한 번 진화를 거듭하여 오거 킹이 되었다.

종족적인 특성인가, 전 단계와 비교하면 물리 쪽 능력치도 많이 상승했다.

나의 마법계 능력치는 마검을 생성하는 데 비중을 뒀기 때문에 실제 전투에서는 있으나 마나 하다.

따라서 더 낮은 물리 능력치에 의지하여 싸워야 하는 셈인데, 다행히도 이제껏 특별히 모자람을 느낀 적은 없었다.

내 물리 능력치가 비교적 낮아도 모험가보다는 분명 더 높았으니까.

게다가 투신법이라는 물리 능력치를 대폭 향상시켜주는 스킬을 최대 레벨까지 수련한 것도 크게 작용했다.

투신법을 발동하면 어지간한 상대는 이길 수 있었다.

그러나 내게 접근했던 그 모험가는 아마도 나와 비슷하거나 더욱 높은 능력치를 갖고 있었을 것이다.

능력치가 비슷한 수준이라면 승패를 가르는 것은 순수한 기량.

그리고 나는 기량의 측면에서 그 모험가에게 뒤떨어진다는 자각을 했다.

검을 제어하는 숙련도, 상황에 따른 경험, 교묘한 허와 실, 모든 부분에서 나는 그 모험가에게 미치지 못했었다.

그럼에도 이길 수 있었던 까닭은 그 모험가가 이미 부상을 입고 있었고, 또한 레벨 업 회복의 혜택을 누렸기 때문이다.

우연성에 기대지 않아도 이길 수 있도록 조금이라도 더 실력을 갈고닦아야 한다.

그 모험가가 이 세계에서 최강의 실력자는 아닐 테니까.

더욱 강한 인간이 토벌에 나선다면 나는 목숨을 잃을 것이다.

저번 전투를 치르면서 레벨이 오르고 진화하여 더욱 강해졌다고는 하나 방심해서는 안 됐다.

만전의 상태에서 다음 상대를 요격할 수 있도록 준비를 갖춰야겠지.

그러나 공들여서 갖춘 준비는 전부 다 대번에 파훼당하고 말았다.

아마도 모종의 마법으로 짐작된다만 지뢰검을 주위 지형째 휩쓸어버리는 광범위 공격.

발을 묶기 위해서 설치했던 뇌책검(雷柵劍)은 텔레포트라는 반칙 비슷한 수단에 돌파당했고, 그뿐 아니라 설치한 위치의 지면과 함께 솟구쳐 올라가서 무력화되는 판국.

그렇게 내게 닥쳐든 적은 일전의 모험가보다 현격하게 강한 노검사.

투구 안쪽으로 들여다보이는 얼굴은 주름이 잡혀 있는 노인이었는데도 불구하고 그 검의 날카로움과 무거움은 노쇠의 영향 따위는 티끌만큼도 느껴지지 않는 경지에 있었다.

먼젓번의 모험가들과 치른 전투를 교훈 삼아서 검 다루는 연습을 했던 게 도움이 됐다.

안 그랬다면 내 몸은 잠시도 못 버티고 동강이 났을 테니까.

달인.

더군다나 수많은 실전을 겪고 살아서 나온 맹자.

단순한 완력은 투신법을 발동한 내가 우위에 있었다.

그러나 힘을 뒤집는 기량과 경험의 차이.

단 한 순간도 긴장을 풀지 못할 상황이었지만 그럼에도 노기사 한 사람에게 모든 힘을 기울일 수는 없었다.

다른 누구도 아닌 노기사를 텔레포트로 보내왔을 것이라 짐작되는 마법사가 원거리에서 저격을 단행했으니까.

두 명의 노인에게 속절없이 궁지에 몰렸다가 한 번은 머리를 꿰뚫려서 저세상을 슬쩍 내다보기도 했다.

반쯤 무의식중에 던진 검이 운 좋게도 병사 한 명에게 직격하여 목숨을 끊었고, 더한 행운으로 레벨 업까지 겹치면서 회복이 발동했기에 목숨을 건질 수 있었다.

행운에 행운이 겹친 천행이었다.

혹여나 무엇 하나라도 어긋났다면…….

상상만 해도 오싹했다.

지금 이렇게 살아 있는 이유는 단지 운이 좋았기 때문에…….

도망이라도 칠 수 있었던 상황 또한 운이 좋았기 때문이다.

의식이 붉게 물들어서 지워지려고 한다.

어떻게든 견뎌서 제정신을 붙들었다.

지금 의식을 놓아버리면 돌이킬 수 없는 사태가 벌어지리라는 예감이 든다.

아슬아슬하게 제정신을 붙들고 있는 상태.

도망쳐 나올 때 얼마 남지 않았던 이성을 총동원하지 않았다면 이미 쳐 날뛰는 격정에 몸을 내맡긴 채 무모한 돌격을 감행했을 것이다.

이 상태라면 그 노기사 및 노마법사를 상대로 해도 이길 수 있을 것이다.

그러나 이긴다 한들 기다리는 것은 나 자신의 파멸이다.

괜찮아.

아직, 괜찮다.

나는 이렇듯 냉정하게 생각할 수 있다.

아직 제정신을 잃지 않았어…….

"헉! 헉헉!"

호흡이 가빠졌기에 잠시 다리를 멈췄다.

전속력으로 앞뒤 가리지 않고 달려왔기 때문에 숨은 허덕이고 다리도 뻐근하다.

그래도 여기까지 오면 이제는 괜찮겠지.

상당한 거리를 달려오기도 했고 아무러면 여기까지 쫓아오지는 않았을 테니까.

후유, 한숨을 돌린 내 이마를 광선이 스치고 지나갔다.

"흡?!"

얕게 베인 뺨에서 소량의 피가 맺혀 떨어졌다.

통증을 느끼기에 앞서 광선이 날아들었던 방향으로 고개를 돌린다.

그곳에는 방금 전 내 머리를 쏘아 꿰뚫었던 노마법사가 멈춰 서 있었다.

"뭐, 어!"

말문이 막힌 것은 일순간뿐, 곧바로 노마법사가 이곳에 있는 이유에 생각이 미친다.

왜 놀라는가.

저 노마법사는 텔레포트라는 반칙 비슷한 수를 쓸 수 있는데!

아무리 내가 열심히 달려 도망친다고 해도 거리를 무시하는 텔레포트가 이동 수단이라면 당연히 따라잡힐 수밖에 없다.

아연실색하는 나를 슬쩍 쳐다본 뒤에 노마법사는 손에 쥔 지팡이를 치켜들었다.

"으, 으아아아아아!"

나는 스멀스멀 치솟는 오한을 주체하지 못한 채 부르짖으면서 달려 나갔다.

평소의 몸을 불사르는 분노가 아닌, 온몸을 얼어붙게 만드는 공포가 끓어오른다.

텔레포트를 구사하는 마법사가 상대인 데야 달려서 도망쳐 봤자 소용없다고, 냉철한 목소리가 머릿속에서 들렸지만 모든 판단력을 지워 없애는 공포가 치밀어 올랐다.

사고가 제대로 작동하지 않는 까닭에 단지 본능에 의지하여 도망쳤다.

지친 다리를 열심히 움직여서 가쁜 호흡을 가다듬을 틈 없이 오로지 달음질친다.

헐떡, 헉, 싸늘한 공기를 들이마셨다가 내뱉기를 반복한 탓인지 가슴 부근이 들쑤셨다.

옆구리가 아프고 다리도 잘 올라가지 않는다.

그럼에도 도망쳤다.

등 뒤쪽에서 광선이 발사되어 날아들었으니까.

이번에는 나를 맞히지 않고 조금 떨어진 지면에 착탄했다.

얼마 전 머리를 꿰뚫렸던 기억이 떠올라서 다리가 얼어붙었다.

하지만 지금 다리를 멈췄다가는 이번에야말로 끝장날 테니까 얼마 안 남은 체력을 총동원해서 계속 달렸다.

《숙련도가 일정 수치에 도달했습니다. 스킬 〈공포 내성 LV 3〉이 〈공포 내성 LV 4〉로 성장했습니다.》

《숙련도가 일정 수치에 도달했습니다. 스킬 〈외도 내성 LV 5〉가 〈외도 내성 LV 6〉으로 성장했습니다.》

한창 도망치는 중에 뭔가 목소리가 들렸지만 그 의미를 살필 여유가 없었다.

얼마나 더 달려 나갔을까.

시간 감각은 이미 없어졌다. 몇 분 동안인가, 몇 시간 동안인가. 어쩌면 꼬박 날을 지새웠는가.

그런 판단마저 하지 못한 채 줄곧 달려서 정처 없이 도망 다녔다.

초조감에 사로잡혀서 체력의 한계까지 내내 달렸다.

그리고 더는 못 달리겠다고 다리를 멈췄을 때, 바로 그때에 다시 광선이 날아들었다.

그리고 고개를 돌리면 한 사람이 보인다.

노마법사가…….

주체하지 못할 공포가 덮쳐들었기에 다리를 질질 끌면서 또 도망쳤다.

그러기를 반복할 따름이다.

어디로 도망쳐도, 아무리 달려도 노마법사는 내 앞길에서 미리 기다리고 있었다.

피로 때문에 머릿속은 점점 안개가 낀 듯 흐릿해졌고 제대로 사고조차 이루어지지 않을 지경이었다.

《숙련도가 일정 수치에 도달했습니다. 스킬 〈공포 내성 LV 4〉가 〈공포 내성 LV 5〉로 성장했습니다.》

《숙련도가 일정 수치에 도달했습니다. 스킬 〈외도 내성 LV 6〉이 〈외도 내성 LV 7〉로 성장했습니다.》

대체 언제까지 도망쳐야 하는지 모르겠다는 공포는 어느 틈인가 끓어오르기 시작한 분노에 밀려 나갔다.

어째서 내가 도망쳐야 하는가?

상대는 한 명.

노기사는 없다.

그렇다면 죽일 수 있지 않은가?

기약 없는 도주로 인한 피로감, 이토록 처절하게 내몰렸다는 분노. 그 상대에게 분노를 느낀다.

그렇다.

도망칠 필요가 대체 무엇인가.

어디에 가든 끝까지 따라붙는 적은 죽여버리면 되지 않는가.

걸음을 멈췄다.

동시에 날아드는 광선.

내 몸을 스치고 지나가는 그 광선에서는 방금 전처럼 공포가 느껴지지 않았다.

훨씬 더 거대한 분노의 감정이 내 등을 떠미는 원동력이 되었다.

"카아아아아아아아!"

포효를 지르고 어김없이 나타난 노마법사에게 돌진했다.

"……?!"

노마법사의 표정에 변화는 없었다.

그러나 상대가 티 나지 않게 숨죽이는 것을 알았다.

염도에 불꽃을 둘러 노마법사에게 휘둘렀다.

노마법사는 내 공격을 피할 엄두조차 못 내고 제 몸으로 참격을 고스란히 받아 냈다.

"어?"

그러나 분명 노마법사의 몸을 베어 갈랐을 텐데도 마치 허공을 가른 듯 전혀 감촉이 느껴지지 않았다.

본의 아니게 앞쪽으로 푹 고꾸라져서 넘어질 뻔했다.

두세 걸음 헛발을 디디다가 앞으로 튀어 나간다.

내 몸이 노마법사의 몸을 쓱 지나쳤다.

"아?"

어찌 된 영문인가 당장은 이해가 되지 않았다.

마치 노마법사의 신체가 환상이었던 것처럼 내 공격도 몸도 모조리 통과시켰으니까.

아니, 잠깐만.

마치 환상처럼? 진짜 환상인가?

환영?

즉시 시선을 돌렸으나 노마법사의 형체 따위는 어디에도 없었다.

허둥지둥 주위를 둘러보다가 방금 전까지 노마법사가 서 있던 장소와 조금 떨어진 곳에서 흑의 차림의 인물을 발견했다.

마치 닌자를 방불케 하는 검은빛 일색의 복장으로 온몸을 두르고 있는 인물이었다.

피부 노출이 일절 없기에 남자인가 여자인가, 애당초 인간이 맞기는 한가, 아무것도 알 수 없는 차림새였다.

"공포 간파. 환영 불완전 간파."

흑의의 인물은 감정이 묻어나지 않는 목소리로 고했다.

나직한 말을 들었을 때 나는 이제껏 당한 공격의 정체를 대강 파악했다.

환영과 공포.

노마법사에게 추적당하고 있다는 환영을 보여줬고, 실은 환영임을 깨닫지 못하도록 공포를 부여하는 스킬까지 더했다.

게임식으로 말하자면 상태 이상 중첩을 이용하는 농락 플레이인가.

정체를 알면 아무것도 아니기는 한데 실제로 당하고 보니 두려운 조합이었다.

이런 전법도 있었다는 것이 감탄스러웠다.

그러나 감탄에 앞서 더한 분노가 솟아났다.

줄곧 이따위 수법에 농락당하여 도망 다녔다는 어리석음에…….

게다가 무엇보다도 같잖은 수작을 부린 눈앞의 흑의인에게…….

"카아아아아아아아아!"

분노에 몸을 내맡겨서 흑의의 인물에게 달려들었다.

그러자 흑의의 인물은 무게감이 느껴지지 않는 가벼운 몸놀림으로 피했다.

"철수."

간략하게 말을 남긴 뒤 몸을 휙 돌려서 도망치는 흑의인.

"놓칠까 보냐?!"

그자의 뒤를 쫓아서 나는 달려 나아갔다.

방금 전과 비교하면 입장이 서로 역전된 도주극.

달리는 흑의의 인물을 뒤쫓았다.

속도는 거의 동일한가. 거리가 좁아지지도 않고 벌어지지도 않는다.

흑의의 인물은 한 번도 뒤돌아보지 않고 쭉 달렸다.

적의 등이 어쩐지 낯익은 장소에 다다랐다.

갑작스럽게 흑의의 인물이 제 다리를 멈춰 세운다.

나는 일말의 망설임 없이 저자의 등을 베어 갈랐다.

그러나 내 공격은 또 몸을 쓱 지나쳤을 뿐, 기세를 죽이지 못한 채 지면을 내리치고 말았다.

일전의 공방과 같은 익숙한 감각.

이번에도 환영인가?!

당했다!

쫓고 쫓기는 동안 어느 틈인가 환영으로 바꿔치기했나 보다.

혹은 맨 처음부터 환영을 쫓도록 유도했든가, 둘 중 하나일 테지.

상대의 손바닥 위에서 놀아났다는 실감이 들어 어금니를 꽉 깨물었다.

분노에 젖어 눈앞이 새빨갛게 물드는 기분이었다.

얼굴을 들자 눈앞에 경악한 채 눈을 동그랗게 뜬 사람들이 보였다.

게다가 차근차근 살펴보니까 이곳은 그 마을이 아닌가.

내가 구속돼 있었던 가증스러운 마을.

이 마을의 주민은 전원 다 죽여버렸을 텐데.

그런데 또 어디에서 솟아 나왔단 말인가.

울컥, 억누르지 못할 분노가 흘러넘쳤다.

"카아아아아아아아!"

나는 분노를 거스르지 않고 가까운 곳에 있는 상대에게 달려들었다.

염도에 덜컥 베여서 위아래로 분단된 시체가 불타오른다.

그 꼴을 본 근처의 다른 녀석들이 뭔가 소리를 쳤다.

뭐라고 지껄이는 거지?

음성은 감지하여 들었는데도 언어가 되어 머릿속으로 들어오지 않는다.

내가 익힌 인간의 말과 다른 언어 같았다.

뭐, 됐다.

뭐라 지껄이든 아무래도 상관없잖아.

감히 이 마을에 들어앉았겠다. 그러면 어디에서 온 어떤 패거리인지 알 바가 아니었다.

모조리 죽일 뿐.

다음 상대에게 달려들었다.

그와 동시에 작은 여자아이가 뛰쳐나와서 뭐라고 소리쳤다.

"사사지마!"

그리운 이름, 그러나 이제는 들릴 리 없는 내 이름을 소리친다.

환각뿐 아니라 환청도 다룰 수 있는 것인가?

나를 그 이름으로 부르지 마라!

내게는 더 이상 옛 이름을 쓸 자격이 없다.

사사지마 쿄야는 이미 옛적에 죽은 인간의 이름이다.

나는 환청을 떨쳐 내고자 소리쳤던 작은 여자아이에게 염도를 내리찍었다.

여담 교황과 암부의 대화

[그럼 오거를 엘프들이 매복하고 있는 폐촌에 유인하는 작전은 성공했다는 말이군?]

"예. 외도 마법으로 유도하였습니다."

[그래. 오거의 감정 결과는?]

"염려했던 바가 맞았습니다."

[……그러한가. 역시 전생자였나.]

"……괜찮으시겠습니까?"

[그대의 눈으로 보아 대화가 통할 듯싶던가?]

"아니었습니다."

[그것이 대답이다. 설령 상대가 전생자일지라도 인족에 해를 끼친다면 이미 나의 적이니라.]

"뜻을 받듭니다."

[자네의 아들에게 미안한 짓을 했군. 하나 이 또한 오로지 인족을 위함이니.]

"사진도 분명 이해해주리라 믿습니다."

[글쎄? 우리와 달리 전생자는 각오도 없이 이 세계로 떠밀려 들어와야 했던 피해자잖은가. 제 아비가 벗을 죽음으로 몰아넣었다고 알게 된다면 슬퍼할 테지. 이 건은 기밀로 처리하도록 하게.]

"넷."

[오거와 엘프의 전투는 감시할 수 있겠는가?]

"문제없었습니다."

[그런가. 하면 이대로 감시 임무를 속행하라. 오거가 얼마나 많은 피해를 엘프에게 가할 수 있는가 지켜보도록.]

"아닙니다. 제 말이 짧았습니다. 이미 결판이 난 상황입니다."

[뭐라고? 꽤나 빠르군그래.]

"엘프의 세력이 일반 구성원만으로 이루어진 까닭도 있었습니다만 그 이상으로 오거의 뛰어난 전투 능력이 원인이라 여겨집니다."

[그 말은 엘프가 패배했다는 뜻인가?]

"예. 엘프는 지휘관으로 짐작되는 자, 그와 동행한 어린 여아 엘프를 남기고 전멸. 다만 두 명은 전이로 도주한 듯합니다."

[지휘관, 그리고 어린 여아라?]

"금발에 벽안. 엘프의 특성상 실제 연령은 가늠이 어려우나 인간으로 치면 두 살배기에서 세 살배기쯤 되는 외모, 어떠한 쓸모가 있어 데려왔는가 불명확합니다. 특수한 병장기를 장착한 낌새도 없었습니다. 다만 오거에게 소리치는 듯한 행동을 보였습니다."

[어떤 언사였는가 독순술로 읽어 내지는 못하였나?]

"거리가 멀었고, 또한 옆쪽을 향했던지라 전부는 무리였습니다."

[알아낸 범위와 추측이어도 상관없네.]

"사사지, 이야, 를 들어, 세요, 선새, 요. 이상, 독순술로 읽어 낸 부분입니다."

[무슨 말뜻인가 도무지 알아들을 수가 없군. 아니, 잠깐만. 설마, 전생자들의 독자 언어인가……?]

"……"

[……단정 짓기는 아직 이른가. 아니, 역시 그렇다는 전제로 행동해야 하는가. 잘 보고해주었네.]

"넷."

[그래, 오거는 그 후에 어찌 되었나?]

"마의 산맥을 향해 이동을 개시하였습니다. 추적합니까?"

[마의 산맥이라. 아니, 추적하지 않아도 되네.]

"괜찮으시겠습니까?"

[오거의 노여움 스킬은 어느 수준이었지?]

"……분노입니다."

[허허! 그런가. 미리 상정한 방향 중 최악인가. 그렇다면 섣불리 쫓는 행동은 역시 삼가야겠군. 뒷일은 마의 산맥에 있는 빙룡(氷龍)에게 맡기도록 하지. 설령 빙룡이 손을 쓰지 않는다 해도 마족령으로 무사히 넘어가도 좋고, 그대로 마의 산맥에 자리 잡아도 좋다. 이쪽으로 돌아오지 않는다면 섣불리 자극할 필요는 없지. 다만 돌아올 때를 대비하여 자네는 근방의 도시에서 계속 잠복하고 있게나.]

"예."

[그러면 행동으로 옮기도록. 아, 아리엘 님과 관련되는 조치도 역시 실시하도록 하게.]

"이미 교회를 통해 길드에는 압박을 가했습니다. 모험가 및 제국군이 그분을 넘보는 사태는 없을 것입니다."

[과연 수완이 좋아. 아무쪼록 고생 좀 해주게.]

"예."

여담 어느 모험가의 후일담

나는 손에 든 검을 보고 있었다.

검집은 없고 칼날을 드러낸 채 나의 손에 들려 있는 검.

완만하게 곡선을 그리는 외날 장검, 양날 직검이 주류를 이루는 이곳에서는 찾아볼 수 없는 형태였다.

번쩍이는 도신은 마치 예술품 같았고, 과연 베이지 않는 것이 무엇일까 하고 탄식마저 나오려 한다.

손에 들고 있기만 해도 힘이 솟아나는 기분이랄까.

실제로 이 검을 나에게 건넨 로난트 님의 말에 따르면 소유자를 강화하는 효과가 다수 있다는 설명이었다.

그뿐 아니라 벼락을 다루는 효과도 있다고 했다.

특수 효과가 딸린 마검 중에서도 특별히 뛰어난 물건이었다.

이 녀석 달랑 한 자루에 대체 얼마나 큰 값어치가 나갈지 짐작이 되지 않는군.

아마도 팔아먹으면 평생 놀고먹고도 남을 액수가 손에 들어올 테지.

그런 굉장한 마검을 갖게 되었는데도 내 심중은 복잡했다.

"후유."

무심코 한숨이 새어 나온다.

나에게 이 검을 지닐 자격이 과연 있기는 한가 의문이군…….

"놈들에게 손을 대지 말라니? 길마, 뭐가 어찌 된 거요?"

얼마 전의 일이다.

나는 길드에서 길드 마스터를 닦달했었다.

그 까닭은 며칠 전 우리 길드에 나타났던 마족 의혹이 있는 일행을 건드리지 말라고 길마가 지령을 내린 탓이었다.

"모른다. 교회에서 그렇게 통보가 떨어졌단 말이다. 거 뭐냐, 교회하고도 인연이 깊은 인물이라고 신원은 보장할 테니까 걱정 말라던데."

"교회?"

내게서 의문 어린 반문이 나오는 것은 어쩔 수 없겠지.

도대체 왜 신언교를 섬기는 교회가 그런 수상쩍은 일행을 두둔한단 말인가.

"사정은 알았겠지? 아무쪼록 엉뚱한 짓은 하지 마라?"

"……납득이 안 가는군."

"아무튼 간에 자중해라. 그 오거 때문에 우리 도시의 모험가는 수가 확 줄어들었단 말이다. 거기에다가 또 교회의 비위를 거슬러봐라. 우리 길드에서 교회에 신세 진 융자가 얼마나 많은 줄은 아느냐?"

길마가 말하려는 바는 알겠다.

교회는 단순한 종교 단체가 아니었다.

신언을 듣기 위하여 스킬을 단련하라는 이념 아래, 신언교를 신앙하고 있는 모험가는 많았다.

그래서 길드와 교회는 밀접한 관계성을 갖고 있었고 서로 간에 도움을 주고받는 사이이기도 했다.

그런 가운데 길드가 교회의 당부를 싹 무시하고 독단 행동에 나선다면 어떻게 되나?

다른 길드에서 눈총을 주는 것은 확실할 테고, 교회도 융자를 거 둬들일 가망이 다분했다.

안 그래도 오거 때문에 길드가 반쯤 기울었건만 자칫하면 아예 주 저앉을 수도 있겠다.

그럴 바에는 물의의 원인이 되는 모험가를 내버리는 짓은 아무렇 지도 않게 할 테지.

이번 경우에는 나이고…….

길드를 지킬 책임이 있는 길마가 내 주장보다 교회의 권고를 우선 하는 것은 마땅한 수순이다.

머릿속에서는 분명 이해가 되기는 한데, 그래서 납득이 되냐 자문 하면 역시 무리군.

"제국군에 말은 했소?"

"교회에서 문제없다고 보장을 했는데 또 들쑤시라고?"

"하기야."

길드가 이 문제를 제국군에 들고 가는 행위는 교회의 당부를 무시 하는 짓이나 마찬가지다.

"고트. 뭘 그렇게 신경 쓰는지 모르겠다만 교회가 도장을 꽉 찍었 단 말이다. 그자들이 장담을 했으니까 괜찮을 거다. 괜한 지레짐작 으로 설치다가 손해 볼 필요는 없잖냐. 만약 뭔 일이 터져도 그때는 우리가 경고를 했는데도 문제없다고 말한 교회의 잘못이 되는 거 다. 그때 가서 교회에다가 책임을 추궁하면 끝난다 이 말씀이야."

길마의 말은 지당하다.

그러나 나는 역시 그 녀석들을 이대로 내버려 두면 터무니없는 사태가 일어날 것 같다는 예감 때문에 도무지 진정이 되지 않았다.

바로 그때, 길드의 문이 열리고 두 명의 노인이 나타났다.

"실례 좀 하겠네. 오오, 길드 마스터. 마침 잘됐군."

그들은 오거 토벌을 위해 출동했던 제국군의 로난트 님과 뉴도즈 님 두 사람이었다.

"이제 돌아오셨습니까! 그렇다면 오거 토벌은 역시 성공하셨군요!"

길마는 희색이 만면해서 로난트 님에게 말을 건네는데도 정작 당사자는 떨떠름한 표정을 짓고 있었다.

"그게 말일세. 유감이네만 토벌을 다 마무리 짓진 못했네."

최강의 마법사라고 칭송받는 로난트 님과 검성으로 이름 높은 뉴도즈 님.

저 두 사람이 군을 이끌었는데도 결국 오거를 쓰러뜨리지는 못했다고 한다.

좀처럼 믿기 어려운 말이었으나 로난트 님이 거짓말을 할 필요는 없다.

"그, 그러면, 놓쳤다는 말씀입니까?"

"음. 상세한 이야기는 어디인가 조용한 데서 나누세."

"알겠습니다. 그러면 위층 방으로 안내하지요."

길마와 로난트 님 일행은 그렇게 안쪽으로 가려고 했다.

그때 길마는 내게 의미심장한 시선을 보냈다.

거의 노려보는 느낌이었으니까 아마도 괜한 소리는 하지 말라고 다짐을 놓으려는 의도였겠지.

다만 로난트 님의 다음 행동 때문에 길마의 수는 무위로 돌아갔다.

"흠. 잠시 실례하세."

그렇게 양해를 구한 뒤 내게 시선을 보내는 로난트 님.

다음 순간, 몸을 샅샅이 핥는 오싹한 감각이 나를 덮쳤다.

별로 익숙하지는 않았으나 이것이 감정당할 때의 감각이라는 것은 알아차릴 수 있었다.

"오호라. 제법이군. 그래, 자네도 오게."

무엇이 로난트 님의 마음을 자극했나 모르겠는데 나까지 호출을 받고 말았다.

어안이 벙벙한 나와 길마를 아랑곳 않고 로난트 님은 뉴도즈 님과 함께 태연자약하게 앞으로 나아간다.

높은 사람의 머릿속은 대체 알 수가 없군.

그렇게 평소에는 나 또한 출입할 일이 없는 길마의 방에서 로난트 님은 오거와 치른 전투의 경위를 차근차근 들려줬다.

로난트 님 본인도 말씀하셨지만 양측 각각의 출혈에 따른 무승부라고 봐야 하겠군.

오거가 도주하는 대신 쭉 싸우는 길을 선택했다면 어떻게 되었겠는가.

솔직히 나는 판단이 안 된다.

로난트 님과 뉴도즈 님 또한 판단을 망설이지 않았을까.

바로 그 때문에 직후 나타났다고 하는 교회의 사자에게 맡겼을 테고…….

또 교회인가, 그 말을 들었을 때 떠오른 생각이었다.

이제까지 교회에 대해 딱히 유감을 느낀 적은 없었지만 단번에 의구심이 가득 들어차고 말았다.

"뭐, 여러모로 내막이 분명치 않은 일당이기는 하나 능력만큼은 신용할 수 있지. 뒤처리는 알아서 한다 지껄인 이상 오거를 걱정할 필요는 없을 게다."

오래도록 제국이라는 국가를 떠받쳐 왔던 요인인 만큼 로난트 님은 교회와 얽힌 경험도 제법 갖고 있는 듯싶었다.

로난트 님 본인이 이렇게 단언하는 데야 그 오거는 이제 결판이 났다고 봐야 하겠군.

"그리고 교회가 간섭하지 말라던 일행 말일세, 자네들이 방금 전 대화 나누던 그자들 또한 가만히 두는 게 좋을 것이네."

"……듣고 계셨습니까?"

"이래 봬도 귀가 밝은 편이지. 가는귀를 먹으려면 아직은 한참 멀었다네."

험상궂은 표정을 짓는 길마와 대조적으로 로난트 님은 장난기 어린 미소를 머금고 있었다.

우리가 이야기했던 곳은 길드의 안쪽이고 그때 로난트 님의 위치는 바깥이었다.

벽을 사이에 두고도 다 들리려면 도대체 귀가 얼마나 밝아야 하나.

"어쨌든 간에 우리는 움직이지 않을 걸세. 아니, 못 움직이는 형편이라네. 우린 이번 사건으로 줄어든 모험가들의 빈자리를 메워야 하지 않는가. 이 도시를 중심으로 한동안 병사를 배치하고 순찰을 돌 계획이지. 길드도 일손이 부족할 테지?"

로난트 님의 지적대로 오거 토벌을 실패한 덕에 모험가의 숫자가 대폭 줄었다.

모험가가 줄면 마물의 토벌 및 도시 간 이동을 위한 호위, 자원 채집 따위가 지체된다.

게다가 오거 토벌 때 이 도시의 모험가뿐 아니라 이웃 도시 및 마을에서도 모험가를 모집했었다.

즉 주변 일대가 모험가 공백에 시달리고 있다는 것.

그들의 역할을 제국군 병사들이 맡아주겠다는 뜻인가.

"그런고로 위험한가 아닌가 분명하지도 않은 상대에게 주의를 기울일 짬은 없네. 뭐, 나 혼자서 따로 움직일 수는 있겠으나 용사와 일을 좀 치른 까닭에 신언교는 나를 눈엣가시로 여기고 있지. 아무래도 여기서 더 놈들의 비위를 거슬렀다가는 좌천으로 끝나지는 않을 것이야. 미안하네."

아직 어린 용사를 제자로 받아 수행의 명목으로 반죽음을 만들었다는 소문은 진실인가 보군.

그게 아니라면 교회가 천하의 로난트 님을 대놓고 눈엣가시 취급하지는 않겠지.

"그런고로 우리는 딱히 뭘 하지 못하네. 혹여 뭔가 일이 터지거든 교회에 가서 불평을 퍼부어주게."

개운하지는 않아도 어쩔 수 없다.

비록 찜찜함이 남을지라도 나는 이렇게 납득하려고 했다.

"뉴도즈. 그 물건을 주게."

그런데 로난트 님은 나에게 문득 새로운 고민거리를 안겨줬다.

"으음?! 이제 말을 해도 되는가?!"

"아직이다. 자네가 입을 열면 시끄럽거든. 물건만 꺼내고 입은 다 물고 있게."

"끄, 끄응!"

뉴도즈 님은 신음과 함께 또 입을 다물었다.

로난트 님의 말대로 귀가 아프도록 큰 목소리인지라 입을 막아 두는 게 정답이었다.

검성이라고 불릴 만큼 굉장한 사람이기는 한데 말이지.

"이 녀석을 자네에게 주지."

로난트 님이 뉴도즈 님에게 받아 나에게 내민 것은 한 자루의 마검이었다.

그리고 지금 내 손안에 그 마검이 있다.

이것은 오거가 갖고 다녔던 마검이다.

로난트 님이 이끄는 부대와 치른 전투에서 놈은 두 자루 중 한 자루를 놓아버린 채 도주했다고 한다.

그래서 제국군이 전리품으로 갖고 돌아왔지만 로난트 님은 도대체 어떤 이유로 마음이 움직였는지 몰라도 내게 남기고 갔다.

받을 수 없다고 거절하는 나에게 억지로 떠맡기면서.

"어떻게 해야 하나, 이거."

나는 어찌할 바를 모른 채 내내 마검을 쳐다보기만 했다.

나는 오거 토벌에 어떤 기여도 하지 못했다.

그랬던 내가 이 귀한 무구를 받아도 괜찮은가?

괜찮을 리가 있나.

역시 지금이라도 반납해야 하는가.

애당초 나는 모험가를 그만둬야겠다고 갈등 중이었다.

오거에 맞서 아무것도 하지 못한 채 패주했고, 레그를 비롯해서 모험가 동료도 다들 죽어버렸고…….

자신감도 의욕도 다 사라져버렸다.

그러니까 사태가 대강 수습되면 모험가는 은퇴하고 느긋한 삶을 살아볼까 고민하던 참인데 말이지.

아무래도 모험가의 숫자가 줄어든 지금 상황에서 나까지 그만둬 버리면 농담이 아니라 진짜 길드가 기울어질 테니까.

길드가 좀 나아지는 동안은 대충 힘을 보태려고 했건만 이런 물건을 받아버린 이상 싫어도 소나 말처럼 온갖 일을 다 맡아서 해야 하지 않는가.

오거 토벌전에서 별다른 역할을 하지 못하고도 공적만 받아 챙겼다가는 갖은 구박을 당할 것이다.

오거 토벌전에서 동료를 잃은 모험가 및 죽은 모험가의 가족 또한 다수가 있는 형편이다.

그쪽은 제쳐 놓더라도 내가 이 검을 취했을 때 시기를 품는 녀석은 아마 나타나겠지.

여러 악감정을 뒤집으려면 아득바득 임무를 맡아 공헌하는 길밖에 없지 않겠나.

"후유. 진짜 어쩌란 말인가."

혼자서 고개 숙이고 있던 때에 길드의 문이 열리고 누군가가 들어

왔다.

"아, 고트 씨."

이름을 불려 돌아다보니 그곳에 룩소가 있었다.

오거 토벌전에서 빈사의 중상을 입은 룩소는 치료받은 보람이 있어 간신히 목숨을 건졌다.

조금만 더 치료 시기가 늦어졌다면 죽었을 테지.

그 조금의 시간을 벌어준 레그는 이제 죽고 없지만…….

"룩소냐. 뭔 일이야?"

룩소는 가벼운 차림새로 이곳에 왔다.

모험가의 장비가 아닌 거리를 다니는 평상복이었다.

모험가 길드에 오는 차림이 아니었다.

"고트 씨. 제가 말이죠, 모험가는 그만두려고요."

"그러냐."

어쩐지 그럴 것 같다는 생각은 했다.

나와 마찬가지로 이번 사건을 겪는 와중에 모험가를 그만두겠다고 고민했던 녀석은 많을 테니까.

뭐, 룩소도 그중 한 사람이었다는 거다.

"그게 전부가 아니라요, 이곳을 아예 떠나려고 합니다."

"그러냐."

역시나 별로 뜻밖은 아니었다.

이 도시에는 모험가로 활동 중 동료들과 쌓은 추억이 있다.

여기에 남아 봤자 매사에 과거가 떠올라서 괴롭기만 할 테지.

"여기를 떠나서 어디 갈 곳은 있나?"

"네. 본가로 돌아가려고요. 저희 집이 농가인데 말이죠, 논밭일을 이어받는 게 싫다고 뛰쳐나와서 모험가가 된 겁니다. 돌아가서 부모님에게 머리 숙이고 처음부터 다시 시작해야죠."

모험가는 혈혈단신도 많았다.

모험가 말고 나아갈 길이 없는 녀석도 있는 만큼 룩소처럼 돌아갈 장소가 있는 녀석은 행복하다.

"그러냐. 쓸쓸해지겠군."

"네. 떠나기 전에 그동안 신세 졌던 고트 씨에게 꼭 인사드리고 싶었어요. 사실은 레그 씨에게도 인사를 드리고 싶었지만요."

레그는 룩소를 지키고 죽었다.

룩소는 그 때문에 마음을 앓고 있는 듯했다.

"됐다, 관둬라. 그놈 반응이야 뻔하지. 우중충한 얼굴 치우라고 소리 지르지 않겠냐?"

"하하. 그러게요."

"그놈이 지킨 목숨이다. 그러니까 그 녀석처럼 앞을 향해서 행복해지는 게 보답하는 길 아니겠냐? 그놈이 지킨 목숨이 이리도 행복해졌다고 보여줘라. 그놈이 목숨을 걸 만한 가치가 있었다고 보여줘라."

레그는 그런 남자였다.

동료를 지킨 뒤 죽었다 한들 자신의 행동을 자랑스러워한다면 모르겠으나 결코 원망할 남자는 아니었다.

"네. 네!"

룩소가 눈물을 글썽거리면서 대답했다.

"건강하게 잘 살아라."

"네. 저는 고트 씨와 레그 씨를 동경했습니다. 두 분처럼 멋진 모험가는 못 됐지만 두 분이 구해준 이 목숨을 소중하게 쓰겠습니다!"

"그래. 예쁜 아내라도 맞아서 아이도 많이 낳고, 손주들 틈에 둘러싸여서 행복했다고 말할 수 있도록 힘껏 살아라."

"네! 그러면 먼저 예쁘장한 여자 친구를 찾아내야겠군요."

"그러게 말이다!"

서로 웃고는 나는 손을 내밀었다.

내 손을 마주 잡은 룩소와 굳은 악수를 나눴다.

"잘 가라."

"네. 고트 씨도요, 앞으로도 계속 힘내주세요."

룩소는 멋진 미소를 짓고 돌아갔다.

앞으로도 쭉 힘을 내어주라는군.

뭐랄까, 룩소에게는 나쁜 뜻이 전혀 없을 텐데 정말이지 시기가 공교롭군.

"……조금만 더 힘을 내볼까."

레그가 지킨 룩소에게 동경의 시선을 받는 존재로서 계속 살아가는 것도 나쁘지는 않은가.

4 나, 여행을 떠나다

엘프의 습격을 받고 며칠 뒤.

그동안은 아무 문제도 없이 하루하루가 지나갔다.

마치 그 사건 이후 아무 일도 없었던 지난 2년간처럼······.

2년 전 UFO 사건 후 포티머스는 우리에게 놀랍도록 어떤 수작도 부리지 않았었다.

그 녀석의 못된 성격을 감안하면 빈틈이 보일 때마다 우리 목숨을 노릴 것 같았는데 말이지.

신화를 거쳐 약체화됐다는 무시무시한 빈틈을 노출시켰는데도 아무런 소식이 없었다.

제대로 헛다리를 짚긴 했는데, 이게 또 은근히 불안하기도 했거든.

또 또~ 뭔가 어림 반 푼어치도 없는 계획을 꾸미고 있고, 그 준비 기간이 아닐까 싶잖아.

그리고 2년이 지나서 뭔가 덫을 놓는가 했더니만, 흡혈 양을 전이로 납치하려고 하는 포티머스치고는 허술한 습격.

오랜만에 하는 접촉치고는 너무나 변변찮은 수법인 탓에 뭐든 다른 방법이 있지는 않았냐고 의심이 들 만큼 이해가 안 됐다.

확실히 전이를 쓰는 납치는 효과적이기는 하다.

느닷없이 붙잡다가 곧장 전이를 써서 어딘가로 데려간다면 우리도 추적은 어려우니까.

어디로 전이했는지도 알 방법이 없고 애당초 쫓아가 봤자 쫓아갈 만한 거리에 있는지도 알 수가 없단 말이야.

진짜 전이는 완전 사기가 맞아.

전이를 쓸 줄 아는 술사는 적다는 말을 듣기도 했고, 포티머스의 세력에도 그런 술사를 썩 많이 확보해 놓지는 못했을 것 같은데, 또 아예 없지는 않을 거잖아?

귀하게 대우해야 하는 공간 마법 술사를 동원했다는 의미에서 보면 이번 습격도 제법 진지했던 게 아닐까 하는 느낌을 안 받는 건 아닌데, 그렇다 쳐도 쪼그마한 여자애를 쓸 필요는 없으니까 역시 잘 모르겠어서 고개를 갸웃거리고 있던 요즈음.

수수께끼다.

마왕도 나와 같은 의견인지 지난 며칠 동안은 고민하는 얼굴이었다.

아니지, 마왕은 우리한테 숨긴 게 있을지도 몰라.

어쩐지~ 망설임 비슷한 감정이 느껴지거든.

하지만 마왕 본인도 확증이 없어서 말을 못 꺼낸다는 느낌이랄까?

뭐, 어쨌든 마왕이 말을 안 하는 이유는 아마도 우리를 염려한 결과일 테니까 필요하면 나중에 다 얘기해줄 거야.

어차피 지금 나는 전투력 바닥이라 쓸모도 없고 마왕의 방침에 따르는 게 전부인걸.

아무튼 마왕이 제시한 대책이란 방구석 전법!

응. 외출을 되도록 삼가고 그저 여관에서 빈둥빈둥.

농성을 하면 뜻밖의 습격을 당할 일도 없고, 적을 경계하기도 쉬우니까.

여관을 직접 습격하면 어떡하냐고?

그때는 여관이 희생될 뿐이외다.

미안하네, 여관.

그러나 원망하려거든 습격이나 벌이는 못된 놈들을 원망해주게.

으음, 뭐, 마왕이라든가 인형 거미들이 진짜 실력을 발휘하면 여관은 물론이고 아예 도시가 싹 무너질걸.

다행히도 그런 사태가 벌어지지는 않아서 여관의 평온은 지켜졌다.

목숨을 건졌군, 여관.

그래서 빈둥빈둥하는 사이에 뭘 했느냐면 마왕 선생님의 스킬 강좌가 개최되었다.

"네. 거기 투심 아가씨."

"참 난감한 호칭인데 부정은 못하겠네요. 뭔가요?"

"어째서 투심 스킬을 올리면 안 되는 걸까요? 15초 이내로 답변하세요."

"음, 그게요. 7대 죄악 스킬은 정신에 영향을 주기 때문에, 맞나요?"

"파이널 앤서?"

"……파이널 앤서."

"정답~!"

이렇게 마왕이랑 흡혈 양이 대화를 주고받았다.

마왕, 너무 옛날 스타일 아냐?

"7대 죄악 계열의 스킬은 각각 연관이 있는, 아니지, 7대 죄악 계열 스킬 초대 보유자의 성격에 연관이 있는 정신적 영향을 받게 돼. 요컨대! 투심 스킬을 갖고 있는 소피아는 얀데레의 파동에 침범되었도다!"

휙, 척척! 요런 느낌으로 흡혈 양에게 손가락을 들이대는 마왕.

얀데레의 파동…….

어라? 저것도 이제는 꽤 옛날 말 아닐까?

"제가 딱히 영향을 받지는 않았잖아요?"

어이없다는 듯 눈을 흘기면서 마왕을 바라보는 흡혈 양.

역시 눈을 흘기면서 맞바라보는 마왕과 나.

애고애고. 이래서 자각이 없는 얀데레는 곤란하다니까.

"뭐, 뭔가요, 그 눈빛은?"

"자, 보다시피 별로 안 좋으니까 투심 스킬은 더 이상 레벨을 올리지 말 것."

저 말을 하고 싶었나 보다.

"그 밖에도 다른 7대 죄악 계열의 스킬이라든가 7대 미덕 계열의 스킬도 피하는 게 좋아. 특히 오만 계열, 분노 계열, 탐욕 계열은 위험하거든."

"폭식이나 색욕, 나태 계열은요?"

"폭식 계열은 애당초 너무 많이 먹지 않는 한 당장에 습득이 되진 않으니까, 뭐, 괜찮을 거야. 습득해도 정신 오염이 아주 심각하지는 않고. 색욕도 소피아의 나이에는 괜찮아. 아, 아니다, 괜찮을까?"

"왜 갑자기 의문형이 되는 거죠? 괜찮다고요."

음, 괜찮으려나~?

"응, 괜찮다고 치고 넘어가야겠다. 나태 계열은 정신 오염이 거의 안 일어나니까 문제없어."

"나태 계열은 말만 들어도 정신 오염이 심각할 것 같은데요?"

응응.

게으름뱅이가 될 거 같아.

"아. 나태 계열은 조금 특수하거든. 초대가 빈둥빈둥 놀고 싶어 했는데도 정작 게으름을 못 부리고 과로사했다는 일화가 있을 정도 니까. 말뜻이나 인상과 달리 스킬의 효과는 적측 SP의 감소를 늘리 는 거야. 본인이 악착같이 일해서 주위 사람들은 일을 못 하게 만드 는 스킬이라고 보면 돼."

확실히 듣고 보니까 나태 스킬은 적측 HP, MP, SP의 감소 폭을 증가시키는 효과였다.

본인이 노는 게 아니라 적을 강제적으로 놀게 만드는 스킬이었던 거네.

"뭐, 그러니까 습득해도 딱히 정신적 오염은 없어. 엄청나게 운수 사납겠지만."

그 운수 사나운 스킬을 잘 갖고 다녔던 나는 도대체…….

아니, 이제는 생각하지 말자.

"그리고 위험한 게 오만 계열은 경험치 증가거든? 언뜻 유용해 보 이기는 한데 추천은 안 하겠어."

넵, 네넹~!

오만 갖고 있었답니다!

아주 잘 갖고 다녔죠!

"획득 경험치 증가라는 말이 굉장히 좋게 들리겠지만 일단 정신 오염이 장난 아니야. 다짜고짜 눈에 보이는 생물을 다 경험치로 바 꾸려고 들게 되거든. 살짝 버서커 비슷하겠네."

넵, 네넹~!

내가 버서커였나요?!

딱히 부정을 못 하겠어서 뭐라고 말도 안 나오네!

"게다가 효과 쪽에도 엄청난 함정이 있어. 이게 달리 말하면 소유자의 사정을 고려하지 않고 막무가내로 성장시키는 셈이잖아? 사람에게는 반드시 한계라는 게 찾아와. 그 한계를 인정하지 않고 경험치를 끊임없이 주고 또 주는 거야. 최종적으로 기다리는 건 한계를 넘겨서 맞이하는 결말. 즉 폭탄처럼 터지는 거야."

넵, 네넹~!

내가 폭탄이 될 운명에 있었던 건가요?!

뻥~ 터져 나갈 뻔했다는 건가요?!

으앗, 무서워라!

"그러니까 오만 계열은 습득하면 안 된다?"

"네."

마왕의 진지한 얼굴을 보고 오만 계열 스킬의 무시무시함이 제대로 와닿았을까, 흡혈 양은 순순히 고개를 끄덕거렸다.

응, 괜찮아.

결국은 뻥~ 터져 나가지도 않았고, 오만한테 엄청나게 신세 많이 졌는걸.

그러니까 오만을 습득한 내 과거를 후회하지 않는다!

안 한다면 안 하는 줄 알아!

"분노 계열도 비슷하게 위험해. 그래도 스킬을 습득만 한 상태라면 아직 세이프랄까? 분노 계열이 진짜 무시무시한 건 스킬을 발동시키고 난 다음이거든."

"스킬을 발동시킨 다음이요?"

"맞아. 분노 계열의 스킬은 발동하면 능력치가 껑충 뛰어올라. MP랑 SP의 소비도 없이. 여기까지 들었을 때는 역시 굉장하다는 느낌을 받을 텐데, 사실은 부작용이 진짜 장난 아니거든. 있잖아, 이성이 확 날아가버린다?"

아, 응.

나도 예전에는 분노 계열 스킬의 제1단계, 노여움 스킬을 갖고 있었다.

그래도 딱 한 번 시험 삼아서 발동해보고 내내 썩혀 뒀었지.

"그걸 발동시키면 눈앞이 아예 새빨개지거든. 앞뒤 안 가리고 마냥 날뛰고 싶어지게 돼. 게다가 시간이 경과하면 경과할수록 증상이 더 심각해지니까 스킬 사용을 중단해야겠다는 의식마저도 사라지는 거야. 오만 계열이 가벼운 버서커라면 이쪽은 진짜배기 베르세르크랄까?"

"원래대로 돌릴 방법은 없는 거예요?"

"없어. 본인이 스킬 사용을 중단하든가 죽든가, 둘 중 하나야. 스킬 사용을 중단해 봤자 한 차례 분노에 침범당한 이성은 차츰 허물어지게 돼. 그러니까 혹시 분노 계열의 스킬을 습득하더라도 절대로 발동시키면 안 된다?"

넵, 네넹~!

내가요, 딱 한 번이지만 발동한 적도 있고요!

요놈은 못 써먹겠다 싶어서 당장 사용을 중단했지만…….

그게 완전히 위험했었구나. 땀난다, 땀나~.

"탐욕 계열은, 뭐, 굳이 말을 안 해도 대충 망나니 같다고 느낌이 오지? 청빈이야말로 미덕이잖아."

정작 마왕은 의자에 앉아서 몸을 쭉 젖히고 꽤나 비싼 술을 마시고 있었다.

청빈은 어디에 갔담?

그렇게 방구석 생활을 즐기던 중에 드디어 가도 통행 규제가 해제됐다.

예의 오거는 쫓아냈다고 한다.

퇴치가 아니라 쫓아냈다는 게 신경 쓰이는 부분이기는 한데.

왜냐하면 군의 공격을 받아 궁지에 몰린 오거가 달아난 곳이 하필 마의 산맥 방향이라니까.

"플래그일까?"

마왕이 진지한 표정을 짓고 말했다.

"마의 산맥은 넓으니까 별로 마주칠 일은 없지 않을까요?"

마왕의 진지한 표정과 달리 흡혈 양은 살짝 기막혀하면서 반론했다.

"쯧, 쯧쯧. 태평하네, 천하태평이야. 소피아는 우리 일행의 트러블 체질을 너무 얕보고 있어."

의기양양한 얼굴로 받아치는 마왕.

더욱더 기가 막히다는 표정을 짓는 흡혈 양.

뭐, 상식적으로 생각하면 광대한 마의 산맥에서 그 오거와 딱 마주칠 가능성은 낮다.

그런데 지난 여행길 동안 말려들어야 했던 수많은 트러블을 떠올리자니, 응, 마주치겠다는 예감밖에 안 드네!

"뭐, 어쨌든 간에 또다시 길을 돌아갈 수는 없잖아. 안 마주치게 기도나 하자. 마주쳐도 별로 상관없지만."

마왕은 가볍게 오거 이야기를 일단락 짓고 출발 준비를 시작했다.

그야 마왕에게는 오거 따위야 적수가 못 되는걸.

우리는 더 이상 이 도시에서 별별 말썽에 휘말리기 전에 후딱 마의 산맥으로 떠나자고 방침을 정해 놓았다.

듣자 하니까 여기 도시의 모험가가 마왕과 만난 뒤 마족일지도 모른다고 경계심을 드러냈었는데, 그 말을 이번에 출동 나왔던 제국군에게 전하지 않았겠냐는 것이 이유였다.

이곳에서 꾸물꾸물하다가 제국군과 한바탕 법석을 떨게 될 수도 있으니까 그렇게 되기 전에 꽁무니를 빼자는 거지, 뭐.

"또 오거라~."

그런고로 푸근하게 미소 짓는 여관 아주머니의 배웅을 받으면서 우리는 도시 밖으로 나섰다.

자칫하면 건물을 폭삭 무너뜨릴 수도 있었으니까 여관비는 보상금 삼아 듬뿍 건네줬다고 한다.

여관 아주머니 입장에서는 호기롭게 돈을 치러준 귀한 손님일 테니 푸근하게 미소 짓는 얼굴도 납득이 갔다.

여관, 진짜 안 무너져서 다행이야.

그렇게 아무 사건도 없이 마의 산맥 기슭에 있는 폐촌에 도착.

도시를 나올 때도 문제는 일어나지 않았고 길 가는 도중에도 별다른 일은 없었다.

도시를 나올 때에는 제국군과, 길 가는 도중에는 엘프와, 뭐든 충돌이 일어나지 않을까 경계했었는데 아~무것도 안 일어나고 진짜로 평화롭게 여기까지 오고 말았다.

아니, 물론 평화가 좋긴 하거든?

다만 뭐랄까, 번번이 헛다리를 짚다 보니까 오히려 의문이 든단 말이지. 응응.

그런데 폐촌에 도착하자마자 그런 기분도 싹 날아갔다.

폐촌의 꼴을 한마디로 하자면, 처참.

미리 정보를 수집할 때는 이 폐촌이 누군가의 습격, 아마도 예의 오거에게 습격을 받아 괴멸당했다는 말을 들었다.

그 후는 마을을 재건하는 사람이 없어 방치된 상태라고 했고…….

애당초 이 마을 자체가 만들어진 지 얼마 안 되었고 마의 산맥 공략을 위한 전초 기지 비슷한 역할을 했던 이유도 컸다.

이곳이 괴멸당한 만큼 마의 산맥은 역시 공략 자체가 어렵다는 판단하에 내버린다고 한들 어쩔 수 없겠지.

그렇게 사전 정보를 알아 뒀었는데, 딱히 사정을 모르더라도 여기에 사람이 없는 이유는 납득이 되는구나.

파손되어 방치된 수많은 가옥.

그리고 거기에 달라붙어 있는 검붉은 얼룩.

그 얼룩의 정체가 무엇인가, 이 마을이 폐촌이 된 경위를 떠올리면 싫어도 이해할 수 있었다.

얼마나 격렬하고 참혹한 폭력이 벌어져야 이렇게 될까.

상태가 이러니까 평범한 정신머리를 갖고 있는 사람이라면 건물이 무사하더라도 거기에서 살자는 마음이 들진 않겠네.

"흠. 일단 멀쩡한 집에서 하룻밤 묵을까?"

그러나 우리 멤버는 다들 평범한 정신머리의 소유자가 아니란 말이지~ 흠흠.

아주 횡액을 치른 집이어도 아랑곳 않고 묵으려고 하는 마왕은 진짜 마왕이다.

아니, 나도 묵기는 할 거야.

비바람을 피할 수 있다면 횡액 치른 집이든 뭐든 묵어야지, 뭐.

추운 바깥에서 노숙하면 힘들 테니까!

"저기."

바로 그때, 킁킁 콧소리를 내고 있었던 흡혈 양이 어째서인지 싫은 표정을 지은 채 말을 건넸다.

여기저기 냄새를 막 맡고 돌아다니질 않나…… 자네는 개였는가?

"오래된 피 냄새랑 새로운 피 냄새가 섞여 있는데 어떻게 된 걸까?"

응?

피 냄새를 코로 분간한다는 게 역시 흡혈귀네.

아, 그게 아니라, 오래된 피 냄새랑 새로운 피 냄새라고?

오래된 피 냄새는 아마도 이곳에서 죽은 마을 주민들일 테고…….

그럼 새로운 피 냄새의 피해자는 누구야?

이곳이 폐촌이 된 다음 또 여기에서 누가 죽어 나갔다는 뜻이 되겠네?

"아, 눈치챘어? 이 냄새는 아마 엘프의 피야."

마왕이 코를 쿵쿵거리며 답을 말했다.

흡혈귀를 넘어선 피 냄새 마이스터가 여기 있었다.

그렇구나, 엘프구나~.

······뭐라굽쇼?

"그 녀석들, 분명히 이 폐촌에서 우리를 치려고 매복했던 거지. 그런데 누군가에게 공격을 받아 괴멸됐고. 뭐, 틀림없이 이쪽 방향으로 도망쳤다고 하는 오거가 범인일 거야."

아, 거참. 뭐라고 할까, 뭐라고 할까. 음.

거 되게 신통하고 묘한 액운일세.

마의 산맥을 공략하려고 들자면 이 폐촌은 거의 확실하게 지나간다.

그런 데다가 딱히 사람들이 살지도 않으니까 온갖 수단으로 공격을 펼칠 수 있다.

매복하기에 딱 좋은 포인트.

그런데 우리가 오기 전에 제국군에게 쫓겨난 오거가 여기 와버렸고, 반대로 습격받았다는 거네.

너무나 불운하다.

적이지만 살짝 동정이 가네요~.

"오거에게 그 작자들이 졌다는 말씀인가요?"

흡혈 양이 조금 놀라서 되물었다.

맞다, 그러고 보니······.

엘프 패거리가 오거에게 졌다고?

엘프가 얼마나 강한 전력을 배치했는지는 잘 몰라도 어쨌든 간에 마왕을 상대하려는 의도였을 테고, 그에 걸맞은 준비는 갖췄을 텐데.

그런데 오거한테 다 박살 났다고?

어라? 예상 이상으로 오거가 위험한 녀석이었다?

"그러게 말야. 여기만 봐선 다른 가능성이 떠오르질 않아."

흡혈 양의 의문에 긍정으로 답하는 마왕.

그렇구나~. 엘프가 오거에게 졌구나~.

만약 오크였다면 「큭, 죽여라」라는 대사가 나왔을 텐데~.

앗, 오거도 상관없나?

엘프 소재로 얇은 책이 나오겠네.

어쩌면 BL 같은 내용일 수도 있겠다.

포티머스가 2년 전에 엉덩이를 뚫렸잖아.

나한테…….

지금 이렇게 딴생각이나 하는 이유는 오거가 제아무리 강하든 말든 결국 마왕에게 걸리면 꼼짝도 못한다는 신뢰가 있기 때문이었다.

마왕은 틀림없이 이 세계 최강의 존재.

마왕을 감당할 수 있는 부류는 시스템에서 벗어난 힘을 지닌 존재뿐.

즉 규리규리와 포티머스.

규리규리는 예외라고 쳐도, 설령 포티머스가 나타나도 마왕을 해치운다고 자신은 못할 거다.

오거가 아무리 강력하다지만 시스템 안쪽에 있는 한 마왕을 감당하기란 어림 반 푼어치도 없다고 보면 돼.

안 그러면 마왕의 기둥서방으로 있는 내가 곤란하다!

"흐음."

내가 마음속으로 한껏 치켜세우는 줄을 아는지 모르는지 마왕은 턱에 손을 가져다 대고 뭔가 상념에 잠겨 있었다.

표정에서 복잡한 감정이 슬쩍 새어 나온다.

뭔가 고민거리가 있는 모습이었다.

나는 마왕의 상념을 방해하지 않도록 새삼 폐촌의 모습을 살펴봤다.

벽에 튀어서 붙은 생생한 핏자국이 참극의 처참함을 대변해주고 있었다.

그래도 달리 말하자면 그에 불과하다는 뜻.

마왕과 인형 거미들이 마음먹고 난동 부리면 피 좀 묻고 끝나지는 않는다.

가옥은 기둥뿌리까지 다 무너져서 흔적도 안 남을 테고 피는 남기는 할까 의문이다.

글자 그대로 싹 날아가버릴 테니까.

시체도 안 남을 거요.

실제로 나는 마왕한테 한 대 맞고 먼지처럼 흩날렸던 경험도 있고…….

그때는 진짜 죽는 줄 알았다.

불사 스킬이 아니었다면 확실하게 죽었을 거야.

그런 상식 바깥의 파괴 활동을 직접 겪다 보니까 이렇듯 물증이 남아 있는 상태라는 게 몹시 상식적이다.

뭐라고 할까, 상식의 범위 안쪽에 있는 전흔(戰痕)이라는 느낌?

포티머스가 마왕과 대항하기 위해 2년 전 UFO를 상대했을 때처럼 병기를 들고 나왔다면 아마도 이렇게 되진 않았을 거야.

그 병기도 상식의 틀 바깥에 있는 물건이니까.

그런 게 전투를 벌였다면 역시 이 마을은 원형을 보존하지 못했을 것이다.

아니, 게다가 오거가 제아무리 강해 봤자 그 병기를 동원했다면 엘프도 물론 패배는 안 했을 거잖아.

그렇다면 즉 엘프는 병기 하나도 없이 여기에서 매복을 했다는 뜻이 되는데…….

으음? 도대체 뭘까, 이 위화감은?

요전의 습격 때도 그랬는데, 포티머스의 진짜 의도를 도저히 종잡을 수가 없다.

2년을 넘긴 접촉인데도 우리를 배제하기 위해 진지하게 움직인다는 느낌이 들지 않아.

웬만한 수단 갖고 마왕을 넘볼 수 없다는 것은 포티머스 또한 잘 알고 있을 텐데.

그런데도 병기 하나도 안 챙겨서 매복을 벌인다는 게 애당초 이길 의도가 없다는 말밖에 안 되잖아?

헛되이 병력을 잃을 뿐인걸.

그 비열한 포티머스가 굳이 헛짓을 저지를까?

오래 알고 지낸 사이는 아니어도 포티머스의 성격은 대강 파악했다.

그렇게 생각하자면 아무래도 이번 행동이 도통 이해가 되지 않는다는 말이지~.

내가 못 보고 빠뜨렸을 뿐 뭔가 있을 것 같다는 느낌.

마왕의 태도를 봐도 어렴풋이 짐작이 된다.

분명 마왕은 내가 못 보고 넘긴 뭔가의 정체를 알아차리지 않았을까?

한편 마왕은 힐끔힐끔 나랑 흡혈 양에게 시선을 보내다가 곧 다른 쪽으로 고개를 돌렸다.

"뭐, 적이 줄어서 귀찮음을 덜었으니까 잘된 거 아니야? 그렇다고 치고 넘어가자."

뭘까?

마왕치고는 미적지근하고 애매한 태도잖아.

역시 뭔가 숨기고 있다는 느낌.

"주위에는 엘프의 기척도 오거의 기척도 없어. 이제 여기는 안전할 테니까 일단 여기에서 하룻밤 보내고 내일부터 본격적으로 마의 산맥 공략을 시작하자. 푹 쉬는 날은 오늘이 마지막이니까 단단히 기력을 채워 넣도록 해."

결국 마왕은 숨기고 있는 뭔가를 우리에게 알려주려고 하지 않았다.

뭐, 마왕이 말할 필요 없다고 판단했다면 그게 정답일 거야.

어차피 물어봐도 나는 아무 행동을 못하니까 안 물어보는 게 좋겠네.

나는 꽤 나중이 되어서야 마왕이 숨겼던 사실을 알게 된다.

포티머스가 전생자에게 펼쳤던 비열한 책략의 정체를……

그 사실을 이때 모른 채 넘어갔던 게 행복이었을까, 아님 불행이었을까.

답은 알 수 없었다.

여담 교사

엘프의 마을로 전이를 써서 돌아왔다.

"흠. 이것은 정말이지 예상 밖이군."

나는 고개 숙이고 있는 작은 뒷모습을 보면서 그 인물에게 들리지 않도록 작은 목소리로 중얼거렸다.

지면에 손을 짚은 채 떨고 있는 상태인 터라 목소리를 안 낮췄어도 과연 들렸을까 의문이지만…….

이 작은 소녀의 이름은 필리메스.

나, 포티머스 하이페너스의 딸.

하지만 본명보다도 오카라는 명칭이 더욱 깊숙이 자리 잡았다.

이 여자는 이세계에서 온 전생자이자 전세의 기억을 갖고 있기 때문에 현세의 이름보다 전세의 이름에서 비롯된 호칭을 선호한다.

전세에 대한 미련, 집착의 표출.

오카는 전세에 남긴 마음이 상당히 강한 듯했다.

그렇지 않다면 같은 전생자라는 이유 하나 때문에, 전 세계에 흩어져 있는 동포를 데려오려고 돌아다니지는 않을 것이다.

설령 힌트가 되는 스킬을 갖고 있다 하여도…….

오카가 보유한 고유 스킬 출석부는 전생자의 정보를 알려준다.

획득 가능한 정보가 전생자의 신상에 한정되는 터라 활용성이 몹시도 나쁜 스킬이다.

그런 데다가 알려주는 정보 또한 대단히 간결하기에 상세한 사안은 알 수 없었다.

분명하게 말해서 못 써먹을 스킬이었다.

나의 그늘에 있지 않았다면…….

내게는 오랜 세월에 걸쳐 쌓아 올렸던 엘프라는 조직력이 있다.

그것을 이용한다면 단편적인 정보일지라도 충분한 활용이 가능했다.

그렇게 전생자의 과반을 수중에 거두는 데 성공했다.

이만한 수준으로 오카의 스킬을 활용 가능한 인물이라면 나를 제외하고 신언교 교황 더스틴이 고작일 테지.

그 남자의 세력하에 오카가 넘어갔다면 조금 번거로운 사태가 날 뻔했다.

이번만큼은 오카를 내 딸로 보내준 하늘의 안배에 감사드려야겠군.

다만 지금까지 일 처리는 별 탈이 없이 진행되었으나 이제부터는 난관이 적지 않았다.

이번 건도 역시 예상외의 사태에 빠져 실패했다고 말할 수 있겠다.

"어째서……?"

오카가 떨리는 목소리로 중얼거린다.

내 위치에서는 얼굴이 안 보이지만 상당히 충격을 받았다는 것은 보지 않아도 짐작된다.

들은 이야기에 따르면 오카가 삶을 보낸 전세는 꽤 평화로운 세계였다던가.

지난날에 비하면 이번 경험은 자극이 지나치게 강했을 테지.

나와 오카를 제외하고 몰살을 당했다는 경험은…….

게다가 하필이면 그 사태를 일으킨 장본인이 같은 전생자.

오카의 입장에서 보면 제자였던 존재에게 당한 셈이니까 그 충격이 어찌나 거대하겠는가.

전생자이기는 하나 저번과 이번 삶을 더한들 채 30년도 살지 못한 계집아이에게는 다소 가혹한 사건이었나 보다.

무엇이 일어났는가.

짧게 말하자면 오거의 습격, 고작 단어 두 개로 설명이 가능하다.

그러나 더욱 상세하게 이번 사건을 설명하려고 들면 여러모로 복잡한 분란의 여파가 뒤얽힌 결과이기에 쉬이 전모를 밝혀 말하기가 어려웠다.

나 또한 전부를 파악하는 위치에 서 있지는 못했으니까.

계기는, 맞아, 아리엘 년들에게 심술을 부리자고 획책한 것이었던가.

심술.

스스로도 어린애 같은 짓이었다고 여기나, 그 이외의 무엇도 아니었기에 달리 표현할 말이 없겠다.

전생자를 수중에 거둔 아리엘 년들에게 같은 전생자인 오카를 대면시켜서 서로 간에 살상을 유도하는 것.

아리엘은 그래 봬도 정이 두터운 성격이었다.

또한 친인에게는 마음이 약해진다.

그렇다면 친인의 옛 친인, 같은 전생자끼리 부딪치게 하여 정신적인 동요를 주는 데 사용할 수 있다.

어디까지나 동요에 불과할 뿐 아리엘에게 직접 타격을 입히는 수단은 못 되지만 말이다.

그렇기에 심술.

그 이상도 그 이하도 아니었다.

나의 울분을 풀어낸다는 고작 그런 효과밖에 바랄 수 없었기에 비용 대 효과로 말하자면 완전한 적자.

그럼에도 가만있지 못하고 뭔가 행동을 일으켰던 것은 그년들에게 맛본 굴욕 때문인가.

게다가 오카가 성장하기를 기다린 뒤에 실행했으니까 나 자신 또한 집요한 앙심이라고 여기는 바이다.

그렇다 하나 2년이 지나 계획을 실행하려고 들었을 때는 뜻밖의 방해꾼이 나타났다.

첫 번째 조우에서 흡혈귀 계집이 느닷없이 공격을 펼쳤던 것은 그나마 괜찮겠다.

오히려 내 계획에는 유리한 결과였다.

먼저 대화를 나눠보고 싶다는 오카의 희망을 이뤄주기 위해 자유행동을 허락했으나 대책 없이 돌격할 줄은 예상하지 못했다.

이미 아리엘이 흡혈귀 계집에게 엘프는 악한 종족이라는 인상을 각인시켜 놓았다고 충분히 설명했는데도 말이다.

어째서 공격당하지 않는다고 여겼는지 이해가 되지 않는다.

그렇다 하나 나 또한 흡혈귀 계집의 그 빠른 반응과 위력적인 공격은 예상 밖.

한발 더 전이에 따른 회피가 늦어졌다면 오카는 죽고 없었다.

그렇게 된다 하여도 딱히 상관은 없지만 그년들이 오카의 정체를 알지 못한 채 죽여버려서야, 애써 준비한 심술이 무위로 돌아가지 않는가.

그래서는 다소 아쉬울 테지.

오카의 이용 가치는 태어난 당초에 비해 떨어졌다.

오카의 출석부에서 얻은 정보를 이용하여 전생자의 다수는 확보가 완료.

그 이외의 전생자 또한 대부분 파악을 마쳐 놓았다.

회수하려고 들자면 불가능하지는 않으나 왕족 및 그에 준하는 권력자의 자식인 터라 섣불리 손대기는 꺼려졌다.

샘플에 필요한 숫자는 이미 다 갖춘 만큼 무리해서 손댈 필요도 없겠군.

무엇보다도 더스틴이 용사를 써서 대책을 강구하고 있었다.

더 이상 이목을 끄는 움직임은 좋은 계책이 아니었다.

따라서 전생자의 동향에 이 이상 관여하지 않고자 하면 오카의 가치 역시 당연하게도 떨어진다.

이용 가치가 아직 있기는 하다.

다만 잃는다 한들 큰 타격은 아니다.

살아 있으면 편리하겠지만 죽는다 해도 곤란할 일은 없다.

그것이 오카의 현재 가치.

따라서 한낱 심술 때문에 죽는다 해도 상관없다고 여겼지만…….

"오카."

아직껏 덜덜 떨리는 작은 뒷모습에 말을 건넸다.

"그 마물이 정녕 전생자였나?"

내 질문에 오카의 작은 몸이 경련했다.

푹 수그리고 있던 머리를 들고 울어서 퉁퉁 부은 눈으로 나를 바라본다.

"저기, 그게요! 아니, 그러니까……."

오카가 간신히 입을 열긴 했으나 거기에서 나오는 것은 지리멸렬하여 의미를 이루지 못하는 말뿐.

본인도 무슨 말을 해야 하는가 정리를 하지 못한 모습이었다.

그러나 말투 어딘가에 어떻게든 그 마물을 두둔하려고 하는 기색이 있음을 놓치지 않는다.

요약하면 이러한가?

그 마물은 분명 전생자이기는 하나 틀림없이 어떠한 사정이 있었기에 그런 짓을 했노라고…….

"오카."

의미가 없는 말을 연신 쏟아 내는 오카에게 나는 매몰찬 선고를 내렸다.

"포기해라. 그것은 마물일 뿐 이미 인간이 아니다."

내 말에 오카가 망연자실하여 굳었다.

오카 본인도 분명 잘 아는 사실이었다.

다만 인정하고 싶지 않았을 뿐.

나는 멍하니 멈춰 선 오카를 무시하고 방금 전 막 겪은 일을 떠올렸다.

우리는 부대를 이끌고 마의 산맥 부근에 있는 폐촌에서 대기 중이었다.

본래는 제국이 마의 산맥 공략을 위해 건설한 마을이었다고 하나 모종의 이유로 인하여 마을 주민 전원이 죽어서 폐촌이 되었다고 한다.

그러한 사연이 있기 때문에 누구도 폐촌에 접근하려고 들지 않았다.

그러나 아리엘 일당은 마의 산맥을 목표로 하는 관계상 반드시 그 폐촌을 지날 필요가 있었다.

어쨌든 간에 마의 산맥을 목전에 두고 있는 입구이니까.

우회한다손 쳐도 폐촌을 거점으로 확보해 두면 찾아낼 수 있었다.

매복을 펼치기에 딱 적당한 장소였지만 그곳에 마물이 하나 나타났다.

"카아아아아아아아아!"

폐촌에 이어지는 길을 일직선으로 달리면서 포효를 내지르는 오거가…….

단순한 오거였다면 문제는 없다.

오거의 앞쪽, 이번에 데리고 나온 전력은 병기를 소유하지 않은 일반 엘프들.

그러나 마법을 중심으로 제법 싸울 줄 아는 자들을 갖춰서 왔다.

어쨌든 아리엘에게 일을 획책하려고 나온 길이다.

결국 별 보탬은 안 된다 해도 다소는 쓸 만하고, 그럼에도 잃었을 때 아깝지 않은 수준의 능력을 갖춘 엘프들을 배치해 뒀다.

결코 오거 따위에게 낭패를 당할 리 없었다.

그러나 결과는 나와 오카를 제외하고 전멸.

나 또한 공간 마법 구사가 가능한 이 보디가 아니었다면 당했을 테지.

단순한 오거가 아니라는 사실은 토벌에 나선 복수의 모험가가 도리어 죽임을 당했다는 정보로 알고 있었지만 설마 이 정도일 줄은 몰랐다.

그 오거가 전생자이지 않을까 하는 의혹은 예전부터 갖고 있었다.

오카의 출석부에서 비슷한 기술이 있는 전생자를 한 사람 확인했기에…….

오카의 출석부로 알 수 있는 정보는 출신지와 현재의 건강 상태, 그리고 사망 시기와 사망 이유다.

출신지가 마의 산맥, 건강 상태가 요 며칠 동안 급격한 변동을 보인 데다가 사망 시기 및 사망 이유도 빈번하게 변경되었다.

건강 상태의 급격한 변동은 그 전생자가 전투를 반복하고 있음을.

사망 시기과 사망 이유의 갱신은 전투로 인한 죽음의 가능성을 회피했다는 사실을 각각 의미했다.

출석부에 적힌 사망 시기와 사망 이유는 아무래도 미래의 사건이고 상당히 애매한 정보이기에 그대로 이뤄지지 않는 경우도 많았다.

그러나 빈번하게 갱신된다 함은 그만큼 죽음의 위기에 곧잘 노출된다는 뜻이기도 하다.

이러한 정보에 근거하여 판단하면 예의 오거가 그 전생자라는 의혹은 더욱 강해졌다.

마의 산맥 부근에서 거듭 전투를 반복하고 단순한 오거라고 여겨지지 않는 전법을 구사하여 모험가를 격퇴한다.

반쯤 확신에 가까운 상황이었으나 굳이 접촉하지는 않고 아리엘 일당을 우선시했다.

오거가 전생자라고 해도 엘프의 마을로 데리고 갈 이점이 없기 때문이었다.

전생자들은 무력하게 둬야 사육이 편리하니까.

모험가를 다수 배제할 만큼 강한 전투력, 관리하기는 귀찮다.

그 때문에 오카에게는 제국군이 오거 토벌에 나선 사실을 알려주지 않았고, 차라리 제국군이 해치워주기를 바라는 기대마저 갖고 있었다.

오카는 오거를 꽤나 마음에 두고 있었고, 아리엘의 건을 마무리 짓고 난 다음은 오거 수색을 약속해버렸기에…….

어느 쪽이든 아리엘과 충돌을 일으키게 되면 오거 따위를 신경 쓸 틈은 없을 테니 선뜻 수락했지만, 뒤로 미뤘던 사안 때문에 발목을 잡힐 줄이야.

물론 어차피 배후에는 더스틴의 그림자가 드리워져 있을 것이다.

그 절묘한 시기를 노려 오거가 우리 거점을 습격한 것은 너무나도 공교로웠다.

누군가가 뒤에서 오거를 유도하지 않는 한 부자연스럽다.

필시 더스틴에게 사료를 받아먹는 암부가 수작을 부려 그 오거를 우리에게 충돌시켰을 테지.

빌어먹을, 적이기는 하나 넌더리가 나도록 우수한 놈들이다.

뭐, 그 오거가 전생자임이 확정되었다는 데서 만족하도록 할까.

어차피 이번 목적은 아리엘 일당에게 심술을 부리기 위함이었으니까.

건설적인 목적이 아니었던 까닭에 실패해도 별반 손실이 큰 것도 아니었다.

그 오거를 감정한 결과 전생자에게만 존재하는 n%I=W이라는 스킬이 분명 있었다.

그 오거는 전생자가 틀림없었다.

또한 우리가 확보할 수 없다는 사실도…….

전투력 문제에서는 오카에게 숨기고 있는 글로리아 따위를 반출하면 문제가 되지 않는다.

그러나 이성을 잃은 짐승을 거둘 의향이 내게는 없다.

그것은 마물일 뿐 이미 인간이 아니었다.

그리고 조만간에 인간이었던 삶조차 잊어버릴 것이다.

그따위 마물을 수중에 거둔들 어떤 이점도 없었다.

"그래도, 뭔가 방법이 없을까요?"

내가 마음속에서 내린 결론에 반문하듯이 오카가 입을 열었다.

이따금 이렇기는 한데 시기가 워낙 잘 맞아떨어지기에 조금 놀라웠다.

"무리군."

그러나 내 대답은 바뀌지 않는다.

"그 마물은 외관이 그러하듯 인간이 아니다. 그런 데다가 오카, 네 말에 귀를 기울이려고도 하지 않았지. 날뛰는 꼴을 보아도 제대로 된 사고 능력이 남아 있을 가망은 없는 듯싶군. 전생한 종족이 오거였기 때문인가, 혹은 또 다른 요인이 있는가. 답은 모르겠지만 그 마물은 이미 이성을 잃은 짐승으로 전락하였다. 그따위 존재를 구제할 길은 없지."

맨 처음부터 구제할 의향 따위 없었지만.

"그래도! 어떻게든, 뭔가 방법이!"

"없다. 있다고 치더라도 나는 그 마물을 포획하고 싶지 않다. 시간과 노력의 낭비밖에 안 되지."

내가 단호하게 잘라 말하자 오카의 울먹이는 얼굴에 망연자실하는 표정이 덧씌워졌다.

"게다가 네 녀석은 이번에 희생이 된 인원들의 원통함은 돌아보고 그 발언을 한 것인가?"

나로서는 소모품의 손실 따위야 별반 신경 쓰이지도 않았지만 오카의 성격을 감안하면 이 말은 효과적일 것이다.

다수의 희생자가 발생했건만 그럼에도 제 고집을 굽히지 못하겠느냐는 힐책.

그리고 무엇보다도 오카는 나와 다르게 각각의 소모품을 하나의 인격으로 보고 있었다.

이번 원정에서도 오카는 소모품과 대화를 거듭하면서 그런대로 좋은 관계를 구축했었다.

세상의 사람들은 보통 지인의 죽음을 슬퍼하는 법이다.

그 오거를 굳이 포획하겠다 함은 이번 작전과 비슷하거나 더한 희생을 감수하겠다는 것.

소모품을 하나의 인격으로 보고 있는 오카에게는 버거운 선택이
될 테지.

아니나 다를까, 오카는 입을 굳게 다문 채 또다시 고개 숙였다.

아무런 말도 꺼내지 못하는 오카에게 등을 돌리고 걸음을 뗀다.

이번 작전은 완전한 실패였다.

그리고 아리엘 일당이 마의 산맥에 진입했다면 다음 도착지는 마
족령.

마족령에도 일단 조직의 힘이 닿기는 하나 이전과 달리 활동이 까
다로워질 것은 분명하다.

아리엘 일당에 대한 간섭은 삼갈 수밖에 없겠다.

그렇다면 마족령이 아닌 다른 장소에서 활동해야겠지.

시간은 유한하잖은가.

짧은 겨를일지언정 헛되이 쓸 수는 없었다.

자, 해야 할 일은 산더미처럼 있지만 무엇부터 손을 대야 하려는가.

"그래도, 나는, 나는, 선생님이니까요."

오카의 작은 혼잣말 소리가 들려왔으나 나는 한 차례 돌아보지도
않고 묵살했다.

鬼4 마모되는 오니

MP를 소비해서 검을 생성했다.

노마법사에게 머리를 꿰뚫렸을 때 반사적으로 집어 던지고 말았던 검의 대용품이다.

설령 무기를 잃는다 해도 이렇게 MP와 시간만 충분하다면 다시 만들어 낼 수 있다는 것이 무기 연성의 강점이었다.

잠시 후 내 손에는 검이 쥐여 있었다.

감정을 위해 사용한 감정석에서 손을 뗐다.

끈으로 묶어 목에 걸어 둔 감정석.

이 감정석은 그 남자가 사용했던 물건이다.

그래도 무기 연성으로 제작한 무기의 성능을 확인하기 위해서는 감정석을 갖고 있어야 더 편리하니까.

하는 수 없이 갖고 다닌다.

감정한 결과 그동안 쓴 검과 마찬가지로 벼락의 능력이 부가된 검이 제대로 만들어졌다.

소비한 MP의 양이 많아서인지 이전보다 성능이 더욱 뛰어나지기도 했다.

오거 킹의 거구 때문에 작게 느껴졌던 검이 지금은 딱 알맞은 길이가 되어 손안에 감겨든다.

검이 커진 게 아니라 내 몸이 작아졌기 때문에……

이 마을에 매복 중이던 적을 역습하여 내 레벨이 오른 결과, 또 진화를 이루어 냈다.

오거 킹이 최종 진화인 줄 짐작했던 만큼 다음이 또 있었다는 데서 놀랐다.

진화 종족은 귀인(鬼人).

귀인으로 진화하면서 내 몸은 오거 킹의 거구가 아닌 평범한 인간 크기로 줄어들었다.

이전의 오거 킹과 비교하면 작아졌다고는 하나 인간의 기준으로 보면 비교적 장신이고 단단한 몸을 갖게 되었다.

인간의 옷을 입을 수 있는 몸집이다.

폐촌에 남아 있었던 옷을 기꺼이 빌려 입기로 했다.

이 마을에 있던 놈들의 옷을 입는 행동에 저항감이 느껴지기는 해도 이곳 주변의 추위를 맨몸으로 견디기는 버겁다.

괜한 고집은 버리고 옷을 입었더니 인간과 거의 다를 바 없는 모습이 됐다.

옷을 찾아다니던 도중에 알게 된 사실인데, 이 마을에 남아 있는 제복 비슷한 옷과 일전에 싸운 노마법사며 노기사가 끌고 왔었던 병사들의 옷은 같은 종류였다.

아마도 이곳 주변을 다스리고 있는 나라의 정식 제복인 듯싶었다.

그걸 알았다고 해서 뭘 어쩌겠냐는 생각이 앞서기는 하지만……

설령 정식 관리든 다른 무엇이든 사전에 알았어도 나는 행동을 바꾸지 않았다.

과거는 바꿀 수 없고, 바꾸고 싶지도 않다.

만약 과거로 돌아갈 수 있다 하여도 나는 이 마을에서 저지른 처사를 되풀이할 것이다.

쓸데없이 만약의 이야기를 해 봤자 의미가 없다.

어쨌든 내가 이렇듯 고블린이기를 그만두고 귀인이 되었다는 데 변함은 없을 테니까.

다만 몸의 변화보다도 더욱 놀라운 것이 있었다.

완성된 검의 칼날에 내 얼굴이 비쳐 보인다.

전세 때 내 얼굴이었다.

다른 점을 찾는다면 이마에 나 있는 두 개의 뿔 정도일까.

도대체 왜 이제 와서 전세의 얼굴을 갖게 되었는가 이유는 알지 못한다.

어쩌면 이유 따위는 없지 않을까.

다만 이 얼굴을 봤을 때 나는 오로지 허탈감에 휩싸여야 했다.

……나는 도대체 무엇을 하고 있는가.

싸우고, 죽이고, 또 싸우고, 죽이고…….

전세의 나도 품행이 방정하다는 말은 하기 어려웠다.

내 나름대로 품행을 주의했지만 결국 문제를 무력으로 해결하는 때가 많았다.

그렇다 해도 지금처럼 살벌한 생활과는 거리가 멀었다.

뜻대로 되지 않는 일도 많았지만 목숨을 건 충돌이 일어나는 상황에 처한 경험은 없었다.

그 격차를 전세와 같은 얼굴과 마주하면서 재차 인식하고 말았다.

"사사지마!"

혹은 전세의 내 이름을 떠올렸기 때문일까.

이 마을에 있던 인물들 중에 유난히 작은 여자아이를 한 명 봤다.

그 아이가 소리쳤었다.

내 전세의 이름을…….

분명 난전의 소음에 섞여서 비슷하게 들린 착각일 테지.

전혀 알지 못하는 여자아이가 내 이름을 알 리 없고, 만약 안다고 쳐도 전세의 나와 동떨어진 오거의 모습에서 어떻게 나를 알아봤을까.

비록 환청일지라도 전세를 상기시키는 말을 듣게 된 효과가 나타났는지 내 마음은 더욱더 침울해지기만 했다.

그럼에도 불구하고 의식의 절반은 꺼지지 않은 분노에 지배당하고 있다.

지금도 이성적인 사고와 온통 분노에 물들어버린 폭력적인 사고가 맞붙어 싸운다.

눈에 보이는 적을 섬멸했기 때문일까, 일단 신체가 내 의사를 따라 움직여준다.

적이 사라진 까닭에 잠시 진정된 것 같기도 했다.

여기에 나를 유도했던 그 흑의의 인물도 내가 해치운 적들과 섞여 있겠지.

솔직히 전투 중에는 반쯤 의식이 날아가기 때문에 누구를 어떻게 쳐서 해치웠는가 기억이 분명하지 않았다.

내 이름을 부른 듯 들렸던 그 작은 여자애도 어쩌면 환각이었을 수도 있겠다.

분명 이성이 제대로 작동했다면 그 작은 여자아이에게 칼을 휘두르는 데 망설임을 느꼈을지도 모른다.

공교롭게도 전투가 벌어지면 내 이성이 작동을 멈추는 탓에 그쪽 가능성은 불발로 끝난 듯싶지만…….

만약 지금처럼 차분한 상태에서 역시 이름을 불린다면 나는 제대로 대처할 수 있을까?

……모르겠다.

전투에 돌입하면 이성이 불타 끊어질 수도 있고, 제정신일지라도 아랑곳 않고 베어버릴지도 모른다.

분명 끔찍한 가정인데도 내 마음은 담담하게 받아들이고 있다.

이제는 살인의 저항감이 거의 사라졌구나.

그뿐 아니라 거뭇한 희열마저 느낄 지경이었다.

소용돌이치는 분노가 온갖 폭력을 기꺼이 맞이하고자 한다.

그럼에도 불구하고 죽이면 죽일수록 이 분노는 보다 깊숙한 데서, 보다 격렬하게 불타오른다.

이대로 전투를 반복한다면, 이대로 살해를 거듭한다면 머지않아 나의 존재 자체가 분노에 휩쓸려서 사라지게 되리라.

그런 확신이 있다.

물론 죽임을 당하는 것이 먼저일 수도 있겠지만…….

노마법사에게 죽을 뻔했던 것처럼 나보다 강한 인간은 분명 있다.

언젠가는 그런 인간에게 살해당하는 날이 오겠지.

이성이 사라지는 날이 먼저인가.

혹은 살해당하는 날이 먼저인가.

어느 쪽이든 하잘것없는 최후가 되겠구나.

살해당하지 않기 위해서는 대책을 거듭 마련하거나 강해지는 방법뿐이다.

나는 머릿속에 몇 가지 단어를 나열했다.

순간 이동, 텔레포트, 도약, 공간 마법.

《현재 소지한 스킬 포인트는 28000입니다. 스킬 〈공간 마법 LV 1〉을 스킬 포인트 10000을 사용하여 습득 가능합니다. 습득하겠습니까?》

있다!

아마도 이게 노마법사가 사용한 텔레포트 스킬.

상대의 전술을 흡수하는 것도 손쉽게 강해지기에 무난한 방법이다.

내가 당했을 때 까다롭다고 느낀 기술은 상대에게도 역시 까다로울 테니까.

망설이지 않고 공간 마법을 습득.

스킬 포인트의 소비량은 역대 최고였지만 그만큼 이 스킬이 유용하다는 증명으로 받아들이도록 하자.

다만 아무래도 공간 마법은 스킬 레벨을 좀 더 올리지 않는 한 제대로 활용이 안 되는 듯싶었다.

남은 스킬 포인트를 할당하면 스킬 레벨도 얼마간 올라가기는 할 텐데 차근차근 훈련으로 올리는 게 좋겠지.

스킬 레벨을 조금 올린다고 당장에 노마법사처럼 텔레포트를 쓸 수 있을 것 같지도 않고…….

거기까지 생각하다가 문득 깨달았다.

더 싸울 필요가 있나?

……없다.

내가 싸워야 하는, 내가 죽여야 하는 상대는 이미 목숨을 끊어 놓았다.

이제껏 싸운 까닭은 분노에 휩쓸려서 날뛰었을 뿐, 그리고 들이닥치는 모험가들에게 역습을 가했을 뿐.

내 발로 싸움터에 나설 필요 따위는 전혀 없었다.

이런 간단한 사실조차 깨닫고 있지 못했다니 내 시야가 스스로 자각하는 이상으로 좁아졌었나 보다.

전부 다 분노에 젖어 냉철한 판단이 불가능한 심리 상태가 원인이겠지만…….

이대로 전투를 되풀이하면 언젠가 이성을 잃어버리든가 죽든가 둘 중 하나.

그렇다면 억지로 싸울 필요도 없잖은가.

다행히도 이제껏 전투를 치르면서 나는 그런대로 강해졌다.

산속에 틀어박혀서 적당히 마물이나 잡아먹는 생활도 아마 가능할 것이다.

내가 태어난 고향의 고블린들이 그렇게 살아왔었으니까 나 또한 못할 까닭은 없었다.

그래, 맞아. 그렇게 하자.

돌아가자. 옛 삶을 보냈던 고블린의 마을로…….

지금은 이미 아무도 없다.

그러나 내가 돌아가야 하는 장소는 그곳이었다.

그곳에 가면 인간과 마주칠 일도 거의 없겠지.

이대로 옛 마을에 가서 조용히 살면 되지 않겠는가.

내게는 몹시도 좋은 명안으로 여겨졌다.

어째서 이제까지 떠올리지 못했던 걸까 아쉬울 만큼.

아니지, 분명 마음속 한편으로 이미 깨닫고 있었다.

다만 이 분노를 쏟아부을 대상을 원했을 뿐.

그리고 분명 어딘가에서 나는 옛 마을에 돌아가기를 기피하고 있었다.

나는 오거로 진화했을 때 고블린이었던 자신을 버렸다.

이제 내게는 고블린을 자처할 자격 따위 없노라고 명명 스킬을 써서 이름까지 바꿨다.

이름을 바꾼 것에는 놈이 붙인 이름을 덮어 가리고 싶은 마음도 있었지만…….

그럼에도 놈이 바꿔 놓았던 이름을 원래 이름으로 되돌리지 않은 까닭은 이미 더럽혀지고 만 옛 이름을 자처한다는 것은 용납되지 않았기 때문이었다.

그래서일까.

옛 마을로 돌아갈 자격 따위는 없노라고 그렇게 생각했었다.

지금도 크게 달라지지는 않았다.

그러나 더한 피로가 나를 짓누른다.

이제는 괜찮겠지.

이제는 괜히 고집부리지 말고 쉬어도 되지 않을까.

이러한 마음과 달리 분노에 지배당한 다른 절반의 의사는 아직 부족하다고 소리 높여서 부르짖는다.

그 목소리를 듣고 오히려 내 결심은 굳어졌다.

옛 마을로 돌아가자.

이렇게 이성이 작동하는 동안에 가지 않으면 돌이킬 수가 없어진다.

마음을 정했으면 빨리 움직이는 게 좋겠지.

이 마을에 있기만 해도 차곡차곡 분노가 쌓이는 기분이다.

지금은 폐촌이 된 이 마을.

아무도 없는 마을의 반파된 집에 내가 있다.

증오스러운 이 집에…….

본래는 기피해야 마땅한 장소이건만 그럼에도 저절로 걸음이 이쪽으로 향한 까닭은 오래도록 이 장소에서 지낸 나날이 있기 때문일까.

나는 이 집에서 줄곧 마검 생성을 강요당했었다.

하루 종일, 온종일.

원념과 분노를 담아서.

그렇기에 이 집, 이 마을에는 좋은 기억이 없다.

이곳에 머물러 있기만 해도 증오의 기억이 솟구치면서 내 이성이 자꾸 녹아든다.

일분일초라도 빨리 이곳을 떠나야 한다.

집 바깥으로 나섰을 때는 두꺼운 구름이 하늘을 덮고 있었다.

마치 내 미래를 암시하는 듯 느껴지는 탓에 더욱더 기분이 가라앉는다.

그럼에도 앞으로 나아가고자 걸음을 옮겼다.

목적지는 마의 산맥, 고블린 마을.

자, 돌아가자.

걸으면 걸을수록 추위가 매서워지는 어느 쌀쌀한 지점에서 나는 문득 다리를 멈췄다.

어라?

내가, 어디로 가는 중이었더라?

분명 어딘가 소중한 장소에 가는 도중이었다는 느낌이 들기는 한데.

그곳이 어디인지 모르겠다.

……뭐, 상관없지.

떠오르지 않는 이유는 별로 대단찮은 장소이기 때문일 테니까.

지금 중요한 것은 이 가슴속에 흘러넘치는 분노를 어떻게 발산하느냐는 것.

아아, 밉다.

밉다, 죽이고 싶어, 미워, 죽이고 싶어!

"카아아아아아아아!"

가슴속에 흘러넘치는 분노가 고스란히 소리가 되어 뛰쳐나왔다.

찌릿찌릿하는 포효를 듣고 주위의 생물들이 도망치는 기척이 느껴졌다.

놓칠까 보냐.

이 분노를 진정시키려면 죽여야 한다.

죽이고, 죽이고, 죽이고.

다 죽여버리자.

5 나, 등산하다

폐촌에서 하룻밤을 보낸 우리는 마의 산맥을 향해 출발했다.

응?

유령 이벤트?

그런 거 없어!

제아무리 섬뜩하고 운수가 나쁜 장소든 아니든 간에 이 세계에서는 유령 소동이 아예 안 일어난다.

죽으면 여신님의 곁으로 강제 송환이니까.

하느님을 거역할 만큼 흉악한 유령이 아닌 한 이 세계에 남아 머무르는 게 불가능하다는 말씀.

음, 뭐랄까, 아예 유령을 초월해야겠네.

그런 녀석이 나타나면 큰 문제겠어.

그런고로 특별히 문제없이 하룻밤을 보냈지, 뭐.

인형 거미들은 물론이고 흡혈 양도 새근새근 푹 잤다. 대담하다고 감탄해야 하나, 아니면 소녀력이 떨어졌다고 한탄해야 하나.

이런 때 메라한테 딱 가서 「무서워서 잠이 안 와. 같이 자자」라든가 뭐든 어필을 하면 좋았을 텐데.

지금 시기면 아직 어린애니까 합법적으로 같은 잠자리를 쓸 수 있었다고.

유령 이벤트는 안 일어나도 연애 이벤트는 만들 수 있었는데…….

흠흠, 왜 아무 일도 없었던 걸까. 속으로 불평을 늘어놓으면서 흔들리는 마차로 이동 중이랍니다.

추우니까 모포를 뒤집어쓰고…….

안 걸어도 괜찮냐고?

내가 산길을 감히 어떻게 걸어 다닐 수 있겠어.

한 시간 지나기도 전에 뻗을 자신이 있다!

마왕도 뻔히 다 아니까 아예 처음부터 나는 마차 안에서 대기였죠.

마의 산맥을 지나는 동안 이렇게 마차 안에서 가만있는 것이 제 역할이랍니다, 넵.

올바른 말로 짐덩어리!

다른 일행은 열심히 저벅저벅 등산 중인데 나 혼자 유유자적하게 마차 안에서 지낸다.

응, 팔자 좋다~.

그래서 내가 편하냐, 꼭 편하지도 않아.

일단 춥거든.

마의 산맥은 만년설이 녹지 않는 극한의 땅.

아직 초반, 비교적 표고가 낮은 위치인데도 벌써부터 꽤 추웠다.

모포 뒤집어쓰고 게다가 열을 발하는 마석을 안고 있어도 추워.

이 마석, 마석이라고 부르기는 해도 원래는 그냥 돌멩이였다.

마법 부여라고 물체에 마법의 힘을 주입하는 스킬을 써서 불 마법의 힘을 담은 돌멩이다.

제작자는 마왕.

재료가 돌멩이니까 놀랍게도 비용은 제로.

알뜰 구매네요.

이 마석을 도시에서 머무르는 동안에 다수 제작해서 각자가 몇 개씩 들고 있었다.

덧붙이자면 능력치가 없는 내가 가장 많이 받았죠.

지금은 하나밖에 안 썼지만 추위가 더욱 매서워지면 여러 개를 동시에 쓰려고 한다.

아니, 진짜 마음을 말하자면 벌써 여러 개 쓰고 싶어.

추워!

그래도 아직 초반에 불과한 여기에서 앓는 소리를 하면 나중에 못 견디겠다는 생각에 근성으로 참고 버티고 있다.

문제는 추위가 다가 아니야.

으으, 마차 멀미.

흔들린단 말이야.

기우뚱기우뚱 흔들린단 말이야.

이러면 당연히 속이 울렁거리지.

으헥!

왜 이렇게 자꾸 흔들리냐면 이 마차가 땅을 달리는 게 아니라서…….

너 뭔 소리냐는 말부터 떠올린 당신, 올바른 감상이기는 한데 찬찬히 헤아려보게나.

고르지 않은 산길을 마차가 지나다닐 수 있는가?

대답, 웬 어림 반 푼어치도 없는 말이냐!

그럼 어떻게 이 마차가 앞으로 나아가는 거냐는 생각이 들지?

대답, 짊어지고 있습니다.

누가?

아엘이…….

겉모습은 유녀가 마차를 짊어지고 걷는 중입니다.

그 광경을 옆에서 보면 아주 끝내주게 기묘할 거야.

겉모습이 어쨌든 간에 내용물은 능력치 1만을 넘기는 괴물.

마차를 짊어지고 걷는 정도야 별것도 아니올시다.

다만 뭐, 승차감이 엄청나게 나쁜 건 애교지.

짊어지고 걸어가니까 그야 흔들리는 게 당연하잖아.

이래 봬도 아엘은 꽤 조심조심하면서 걸음을 옮겨주고 있거든.

다른 인형 거미였다면 승차감이고 뭐고 고민도 안 할 테니까 엄청난 일이 벌어졌을 거야.

응, 그럼.

자세한 묘사는 피해야 하는 엄청난 사태가…….

으헥!

추위와 마차 멀미를 어떻게든 견뎌 내야만 한다.

바깥에서 걷고 있는 다른 일행들 처지를 떠올리면 사치스러운 고민이겠지만 능력치가 없으니까 용서해주오.

나 역시 자력으로 걸을 수 있다면 걸어간다고.

아, 정확하게 말하면 전원이 다 걷고 있지는 않다.

흡혈 양이랑 메라는 전에 마차를 끌었던 지룡을 말처럼 타고 있었다.

마차를 아엘이 들고 이동하는 지금은 지룡 두 마리가 자유로워졌으니까.

이 지룡들은 메라가 스킬로 테임을 했다.

메라는 인간이었던 시절에 종자답게 여러 기술을 연마했고, 마부의 역할을 맡은 경험도 있다고 한다.

종자가 마부? 괜히 의문을 끼워 넣어서는 안 된다.

아무튼 그런 관계로 조련 스킬은 원래 갖고 있었고, 지룡들을 테임하는 동안 그 스킬을 더욱 갈고닦아서 상위에 해당하는 소환 스킬로 진화시켰다.

마물을 길들이는 방법은 두 가지.

하나는 스킬을 써서 강제적으로 복종시키는 방법.

조련이나 소환 같은 상위 스킬로 상대를 강제 복종시키는 거지.

다른 하나는 상대에게 인정을 받은 다음에 계약하는 방법.

전자의 경우 복종시키고 싶은 마물을 강제로 사역할 수 있다.

물론 이 경우는 마물보다 술사가 더욱 강해야 하고, 안 그러면 스킬이 튕겨 나간다.

다만 약한 상태로 몰아넣고 스킬을 쓴다거나 하면 꼭 그렇지도 않았다.

상대의 동의를 구할 필요가 없기 때문에 당장 마물을 자기 뜻대로 부릴 수 있다.

반면에 그래서는 단지 시키는 대로 움직이기만 할 뿐 마물의 의사를 묵살하는 짓이다.

사역하기 이전과 나중을 비교하면 같은 스펙의 다른 개체라고 간주하는 게 좋겠다.

의사를 지닌 마물이 명령만 듣는 기계 비슷하게 변하는 거지.

다른 하나, 주인으로 인정받아서 계약하는 방법을 쓰면 마물의 의사를 남길 수 있었다.

마물의 의사가 잘 남아 있으니까 반항을 부리기도 한다.

그래도 진정 인연으로 묶여 있다면 스킬을 써서 강제로 복종시키는 경우보다 강력한 아군이 된다.

우정 파워라고 보시면 되겠습니다.

메라가 선택한 것은 주인으로 인정받아서 계약하는 이쪽의 방법.

지룡들은 종족 특성도 일단 주인으로 인정한 상대에게는 평생 충성을 바치니까 이쪽이 훨씬 좋았다.

주인으로 모시는 메라를 위해서라면 목숨 다 바쳐서 싸우겠지.

뭐, 솔직히 우리 멤버 중 나 다음으로 약한 게 지룡들이니까 별로 기회는 없겠지만.

자네들의 임무는 짐 운반일세.

걱정은 마시게나, 아마 기운이 적당히 바닥날 즈음에는 위쪽에 타고 있는 두 사람이 내려서 말고삐를 끌어줄 테니.

왜냐하면 위쪽에 타고 있는 두 사람이 능력치는 더 높은걸.

지룡들이 지쳐도 흡혈귀 이인조는 아주 팔팔하겠지.

지금은 지친 기색이 없이 지룡들의 발걸음도 가벼웠다.

귀를 기울이면 마왕과 흡혈 양과 메라의 잡담이 들려온다.

"이 산에서 경계해야 하는 마물이 있을까요?"

"응? 나랑 같이 다니면 딱히 경계는 안 해도 되는데, 여기가 일단 빙룡(氷龍)의 영역이니까 그쪽은 좀 신경 써야지."

"더는 없고요?"

"뭐, 상식 이야기를 하자면 고블린이겠네."

"네?"

넹?

흡혈 양의 목소리와 내 마음속 목소리가 겹쳤다.

고블린이라니, 그 잡몹의 대표 격으로 통하는 고블린 말야?

"걔네가 지룡(地龍)이랑 비슷할 만큼 무인 기질이 있는 종족이거든. 무인을 넘어서 수라? 하나하나는 약해 **빠졌지만** 죽음을 두려워하지 않고 덤벼든단 말이지. 그런 녀석들이 떼 지어서 덮쳐드니까 평범한 인간은 아주 감당이 안 될 거야."

도대체 어느 세계의 고블린인가요?!

여기 세계의 고블린이야!

와아~ 내가 아는 고블린이 아니네, 어휴. 맙소사~.

"그리고 원숭이도."

마왕과 흡혈 양은 그 후도 신나게 수다 떨면서 걸어갔다.

걸어가면서 잡담을 나눌 만큼 여유가 있다는 거지.

아마 더 높은 데로 가면 저 여유도 차차 사라지려나.

뭐, 아직은 먼 나중 이야기니까.

그렇게 생각했던 시절이 그립습니다.

추, 추워!

추운 걸 넘어서 아예 얼겠네!

얼기도 전에 아파 죽겠네!

설산을 얕봤던 건 아니지만 진짜 상상보다 더하다.

모포 뒤집어쓰고 마석을 전부 다 끌어안았는데 그래도 추워.

그저 마차 안에서 와들와들 떨고 있을 뿐인데 체력이 팍팍 깎여 나간다.

좀 많이 힘들다.

마의 산맥 공략을 개시하고 며칠이 되는 날.

순조롭게 전진하고 있기는 한데, 나아가면 나아갈수록 냉기가 가득 차오르면서 점점 더 버거워졌다.

팔랑팔랑 춤추며 떨어지는 눈이 아름답기도 하고 동시에 더할 나위 없이 얄밉다.

눈이 내리면 마차의 지붕에 쌓인다.

너무 많이 쌓이면 지붕이 내려앉으니까 정기적으로 흔들어서 떨쳐 내야 했다.

아엘이 마차를 흔들어서 지붕의 눈을 떨친다.

샤샥 흔든다.

신상 놀이 기구에 탄 느낌이랄까, 안쪽에 있는 나는 그때마다 살아도 산 게 아니었다.

으으, 속이 울렁거린다.

그러니까 눈아, 제발 부탁하니까 그만 좀 내려 달라고 매일 기도하면서 이동 중이랍니다.

그럼 꼭 묘하게 내내 눈이 내리지만 말이야!

샤샥 흔들린다!

진짜 멀미 난다, 진짜 죽겠다.

그리고 이렇게 잔뜩 내리면 당연히 땅에도 눈이 쌓인다.

사람 키는 여유롭게 넘어서고도 남는 높이로 쌓인다.

게다가 막 내린 눈이니까 부드럽거든……

흡혈 양이라든가 눈 위에 집어 던지면 그대로 쏙 파묻히지 않을까?

이렇게 쌓이고 또 쌓인 눈은 선두를 걷는 마왕이 자기 손으로 헤적헤적 파헤치면서 전진하고 있다.

제설차보다 멋지다~.

능력치는 위대하구나.

"으음. 아무리 추운 곳이라지만 좀 이상한데? 뭔가 일 터졌나?"

눈을 밀어 헤치면서 마왕이 투덜거렸다.

이유인즉 아무리 마의 산맥이라도 이렇게 내내 눈이 쏟아지는 게 이상하다는 것이었다.

이곳 마의 산맥이 난공불락이라는 말을 듣는 가장 큰 이유는 용의 거처이기 때문이다.

얼음을 관장하는 용, 빙룡 일족이 이 산맥을 본거지로 인족의 영역과 마족의 영역 중간쯤 되는 위치에 딱 자리를 잡아 살아간다고 한다.

인족도 마족도 상대의 영토에 침입하려면 이곳 빙룡의 영역을 돌파해야 하니까 사실상 마의 산맥을 넘는 영역 침범은 불가능에 가까웠다.

게다가 이 추위의 원인은 빙룡에게 있었다.

빙룡들이 항상 냉기를 뿜어내기 때문에 주위의 땅이 차가워지는 거지.

당연히 냉기의 근원으로 가까이 가면 갈수록 추위는 매서워진다.

즉 가운데로 가면서 점점 더 위험도가 상승.

그리고 그 위험한 중앙 부근을 향해 현재 진행형으로 이동 중, 아니지, 이미 중앙에 거의 온 셈이기는 한데 그럼에도 불구하고 지금 상황은 이상하다고 한다.

뭐, 그렇지.

마왕이 손수 만든 마석을 잔뜩 쓰는데도 몸이 와들와들 떨릴 만큼 추운걸.

온몸을 모포로 싸매고 그 안쪽에서 마석을 부둥켜안고 있거든? 세상에, 모포 바깥 부분이 꽁꽁 얼었어.

마석이 없었다면 모포랑 같이 나까지 꽁꽁 얼었겠지.

이런 상태인데도 바깥 날씨는 눈.

기온을 감안하면 우박이 돼서 떨어져야 할 텐데도 눈.

그야말로 판타지.

이 눈이 자연 현상이 아닌 마법적인 작용 때문이라는 것은 잘 알겠다.

그러면 지금 눈을 내리게 할 녀석이 누구일까?

물론 이곳 마의 산맥의 주인, 빙룡이었다.

"아리엘 씨를 경계해서 이러는 걸까요?"

"에이, 아니야. 빙룡도 자기가 나를 못 당한다는 건 뻔히 알고 있는걸. 게다가 우리는 암묵적 동의가 있어서 서로 싸우지 않아. 저번에 여기를 지나갈 때도 공격받은 적은 없었으니까 대상은 아마도 내가 아닐 거야."

얼어붙은 모포 너머로 흡혈 양과 마왕의 대화가 들려왔다.

추워서 정신을 차릴 수가 없지만 대화 내용에는 흥미가 솟았다.

마왕과 흡혈 양의 말소리를 더 잘 들어보려고 모포에다가 살짝궁 빈틈을 냈다.

즉시 빈틈을 뚫고 새어 들어오는 싸늘한 공기.

얼겠네!

꽁꽁 얼겠네!

"우리가 아니고 이곳 마의 산맥에 섞여 들어 온 이분자. 그 오거 일까?"

마왕의 그 말을 들은 직후 모포를 원래대로 되돌렸다.

후유. 얼어 죽는 줄 알았어.

그나저나 또 오거야?

정말 기운 넘치는 오거구나~.

여기저기에서 문제를 마구 일으키고…….

젊음이 부러워라.

나도 실제 나이는 흡혈 양이랑 다르지 않은 유녀이지만.

그건 그렇도 엘프 다음은 용이라니.

오거 군, 진짜 전투광.

뭘 어쩌려고 자꾸 강적을 찾아 도전하는 걸까?

나보다 강한 녀석을 만나러 간다, 이런 호승심?

그러면 여기에 세계 최강의 마왕님이 계십니다요.

큭! 설마 일격도 받아치지 못할 줄이야! 요런 대사가 튀어나올 만큼 큰 실력 차이를 맛볼 수 있다네~.

말 꺼내기 전에 다진 고기가 될 수도 있겠지만 말이야.

아예 다진 고기를 쓱 뛰어넘어서 먼지처럼 흩날릴 수도 있겠지.

이상 기후의 원인이 혹시 오거에게 있다면 꼭 와서 한 대 맞아보기를 권해줄게.

분명히 말하겠는데 완전 민폐거든?

오거 때문에 괜히 도시에서 발이 묶이질 않나, 이렇게 이상 기후와 맞닥뜨리질 않나, 좋은 게 하나도 없다.

앗, 엘프 놈들을 죽여줬던 건 좋은 일인가.

그래도 수지는 마이너스잖아.

슬슬 퇴장을 요청드리고 싶군요.

이게 옛날이야기였다면 빙룡을 쓰러뜨린 오거가 앞길을 가로막고 나타난 다음, 우리가 인연 파워로 물리쳐서 마무리 짓는 게 정석일 텐데.

뭐, 제국군에 쫓겨난 약한 녀석이 용을 감당할 수는 없겠지.

빙룡 씨, 후딱 오거를 쓰러뜨리고 이 눈을 멈춰주세요.

안 그러면 진짜 죽는다고요, 농담 안 하고!

딱딱 이빨 부딪치는 소리가 울려 퍼진다.

"흐엑?!"

그때 마왕의 소녀답지 않은 비명 소리가 들려왔다.

여자아이가 흐엑, 어쩌고 못난이 소리를 내면 안 되잖니.

무슨 일인가 싶어 모포에 틈을 만들고 바깥을 내다본다.

흐엑?!

빈틈을 뚫고 확 들어오는 냉기를 순간 잊어버렸다.

그만큼 충격적인 광경이 펼쳐져 있었다.

원숭이다.

악몽이다.

트라우마다.

저 너머에서 차마 잊을 수 없는 녀석들, 옛날에 엘로 대미궁 하층에서 연약한 나를 집단 린치했던 그 원숭이 녀석들이 보였으니까!

이름이 뭐였더라, 분명 아노그래치였어.

여행 짬짬이 마왕에게 물어봤거든. 복수 원숭이라는 별명을 갖고 있는 녀석들인데, 동료가 죽어 나가면 살해를 한 범인에게 집단으로 복수하러 덤비는 골치 아픈 마물이라더라고.

게다가 이 녀석들은 복수 대상이 죽을 때까지 결코 포기하지 않아.

눈에 보여도 절대 해치우면 안 된다.

한 마리라도 죽였다가는 모든 무리가 덤벼드니까.

응.

습격당했던 당시에도 거미 한 마리한테 뭘 이렇게 기를 쓰고 덤벼드는 걸까 이상하게 생각했었는데, 원래 생태가 그런 식이면 어쩔 수 없잖아.

뭐래, 바보야?!

적이 막 공격하는데도 죽이면 안 된다니, 그게 무슨 망겜이야?

한 마리 죽이면 전멸당할 때까지 끊임없이 상대를 공격한다니, 그거 생물로서 잘못됐잖아!

그리고 그 부조리한 원숭이가 우리에게 달려들고 있다.

게다가 한 마리, 두 마리가 아니라 우글우글.

뭔가 원숭이가 쓰나미 비슷하게 몰려드는뎁쇼?!

진짜임까?!

마의 산맥에 원숭이가 서식한다는 말은 한 번도 못 들었는뎁쇼?!

""""""""""""""""""흐어~!"""""""""""""""""""

흐어, 뭐 어쩌라고?!

뭐야, 이 악몽 같은 광경?!

이번에도 오거가 날뛴 영향인가?

오거랑 빙룡이 배틀을 하는 여파에서 도망치려고 무리 통째로 대이동을 벌였다든다 그런 거야?!

뭐 이따위 민폐 오거가 다 있담!

"잠깐?! 으에엑!"

마왕도 너무나 벅찬 광경을 보고 살짝 넋 나갔잖아!

흡혈 양이랑 메라는 아예 완전히 얼어버렸고…….

좀 춥다고 얼어버리면 안 되지!

인형 거미들은 마차를 등에 진 아엘을 제외하고 전투태세를 취하고 있었다.

이런 때만큼은 든든하구나!

"아, 이거, 무리. 에잇, 어쩔 수 없네!"

들이닥치는 원숭이 쓰나미를 앞에 두고 마왕이 즉각 마법을 전개.

음, 그래 봤자 스킬을 잃은 내 눈에는 마왕이 발동하려고 하는 마법의 구축 경과도 안 보이거든.

그냥 어쩐지 마왕의 움직임을 보고 마법 준비를 하는 것 같다고 눈치챘을 뿐이야.

어라?

잠깐만 기다려 달라.

지금 상황에서 마법 확 날리면 위험하지 않아?

"받아랏!"

그 사실을 깨달았을 때 마왕은 이미 마법을 날린다.

마왕의 손에서 암흑의 분류가 쏟아졌다.

그거 뭐야? ㅇ네르기파?

마왕이 초월 능력치로 날린 암흑 마법이 원숭이 떼거지에게 꽂혀 들더니 주변으로 쭉 확산.

거대한 폭발을 일으켰다.

아무리 원숭이가 골치 아픈 마물이어도 한 마리 한 마리는 옛날 약했던 시절의 나조차 쓰러뜨렸을 만큼 잡몹인걸.

물론 마왕의 마법을 견딜 도리가 없기에 무리 전체가 몰살당했다.

문제는 그다음!

마왕이 날린 마법의 여파가 주위로 퍼져 나가면서 결국 모종의 현상을 일으켰고…….

방금 전까지 몰려들던 원숭이 떼와 비슷하거나 그 이상의 질량이 우리에게 닥친다.

뭐가?

눈!

눈사태!

모포가 꽁꽁 얼어붙는 기온 속에서도 폭신폭신한 상태를 유지하는 마법의 눈.

그런 눈이 쌓였던 산속에서 대폭발을 일으켰으니까 이렇게 되는 것도 당연하잖아!

밀려드는 원숭이들을 소탕하자니 광범위 고위력 마법으로 물리치는 방법밖에 없었다지만, 그 탓에 원숭이 이상의 위협을 초래하는 것은 그야말로 주객 전도.

마왕도 밀려드는 눈사태를 보고 얼굴색이 변했다. 아차차! 이미 늦었거든?

응. 뭐, 느닷없이 원숭이 떼가 덮쳐드니까 살짝 넋이 나가서 깜빡 대처를 잘못한 거야. 어쩔 수 없기는 한데 말이지!

성난 파도와 같은 기세로 밀려닥치는 눈사태.

"대피!"

마왕이 눈사태의 굉음에 지지 않는 큰 목소리로 외쳤다.

그 말을 듣고 모두가 점프!

능력치로 강화된 각력 덕택에 마치 하늘을 날아가는 듯 높은 고도까지 단번에 도달.

거기에서 또 공간 기동 스킬을 구사하며 공중으로 뛰어 올라간다.

흡혈 양과 메라도 마찬가지로 점프해서 간발의 차이로 눈사태를 회피했다.

지룡(地竜) 두 마리는 어쨌느냐면 리엘과 피엘이 끌어안고 날았다.

아래쪽을 엄청난 기세로 눈사태가 휩쓸고 지나간다.

그리고 그 눈사태에 일직선으로 떨어지는 나.

응. 응. 응?

나, 공중.

살짝 떨어진 곳에는 마차 합체 아엘.

응~?

응응?!

상황 파악.

아무래도 나는 아엘이 뛰어오르면서 발생한 반동 때문에 마차 바깥으로 튕겨 나가버렸나 봐.

아무리 아엘이어도 방금 전 급한 상황에 내 안전까지 신경 쓸 여유는 없었나 봐.

핫핫하~.

웃을 때가 아니잖냐?!

오우, 지저스!

클났다클났다클났다!

이대로 가면 눈사태에 일직선으로 다이브를 하게 된다!

그리고 모포를 돌돌 싸매고 있는 나는 아무것도 못 해!

모포를 돌돌 싸매지 않았어도 이 상황에서는 아무것도 못 하지만!

"사엘! 달려!"

마왕이 유일하게 손이 비어 있는 사엘에게 지시 내렸다.

지시를 내려주기만 하면 잘 따라서 움직이는 사엘.

신속하게 달려서 나를 캐치했다.

그러나 한발 늦었다!

사엘이 나를 캐치하는 때는 내가 눈사태에 휩쓸리기 직전.

사엘의 손이 내 모포를 붙잡았다.

그러나 뚜둑뚜둑 불길한 소리와 함께 모포가 벗겨진다.

꽁꽁 얼어붙었어도 모포는 모포.

사람 한 명의 체중을 지탱하기는 무리였던 거지.

눈사태 속으로 내 몸이 빨려 들어가듯이 떨어져 간다.

나는 거의 의식도 하지 못한 채 무의식중에 위쪽으로 손을 쭉 뻗었고, 그 손을 사엘이 아슬아슬하게 붙잡았다!

그렇지만 내 몸이 이미 눈사태에 휩쓸린 터라 기세를 어쩌지 못한 사엘까지 딸려 가고 말았다.

이리저리 쓸려 다니기만 할 뿐 뭐가 뭔지도 모를 처지에 시달리다가 간신히 사엘의 손에 이끌려 다시 하늘을 볼 수 있었다.

사엘이 완력으로 눈사태를 확 밀어 헤치고 위쪽으로 나왔나 봐.

거기에 끌려 다녔던 내 팔이 조금 아찔한 느낌으로 통증을 호소하고 있었지만 이런 경우는 어쩔 수 없겠지.

"잡아!"

뒤늦게 도착한 흡혈 양이 공중에서 내게 손을 뻗었다.

눈사태에 파묻혀 죽자 사자 했었던 나는 손을 내뻗을 여력이 없었다.

사엘이 흡혈 양의 손을 잡았고, 그 손을 메라가 또 붙잡아서 끌어 올리려고 했다.

그런데 그때 흡혈 양의 몸에 뭔가가 부딪쳤다.

"앗?!"

"아가씨?!"

그 무엇, 눈사태에 떠내려왔던 원숭이가 막 부딪친 흡혈 양에게 달라붙는다!

잠깐! 너?!

진짜냐!?

더 있었던 거야? 이 원숭이가?!

흡혈 양의 조그만 몸이 원숭이에게 부딪힌 충격으로 눈사태 속에 틀어박혔다.

그 손을 잡고 있었던 사엘과 메라, 게다가 흡혈 양의 몸에 달라붙어 있는 원숭이도…….

나? 물론 함께지.

원숭이, 이놈~!

떠내려가지 않으려고 뭔가 부딪치니까 죽을힘을 다해서 붙잡았을 수도 있겠지만 결국 다 떠내려가게 됐잖냐?!

우리는 손을 맞잡은 채 눈사태에 휩쓸렸다.

마왕님, 구조 좀!

애타는 마음으로 눈사태에 휩쓸리기 직전, 하늘을 올려다봤던 나는 수많은 원숭이 떼의 습격을 받는 마왕을 목격했다.

엑~?

원숭이가 아직도 저렇게 많아?

아니, 그나저나, 원숭이야?!

너희들, 눈사태에 떠내려가면서도 복수하겠다고 달려드는 거야? 진짜 뭐냐고?!

저런 상황에 처한 마왕에게 구조를 바랄 수는 없었다.

그 사실을 이해한 순간 내 몸은 완전히 눈사태에 휩쓸리고 말았다.

그리고 어두워지는 시야와 함께 의식도 역시 새카만 어둠 속으로 떨어졌다.

鬼5 오니와 빙룡

손에 쥔 검에서 화염이 솟구친다.

살아 있는 온갖 생명을 불사르는 업화.

그러나 그 불길도 이제는 흐릿한 등불처럼 사그라졌기에 내 체온을 약간이나마 올린 뒤 금세 진화되고 말았다.

화염을 두르고 있어야 하는 칼날에는 두꺼운 얼음이 대신 달라붙어 있었다.

"끄윽!"

그럼에도 아랑곳 않고 눈앞에 있는 거체에 검을 내리친다.

딱딱한 소리와 함께 손에 충격이 치달렸다.

칼날에 달라붙어 있었던 얼음은 그 충격으로 깨져 흩어졌지만, 안쪽의 칼은 결국 적의 몸을 베어 가르지 못하고 체표에 존재하는 강인한 비늘에 저지됐다.

단단하다.

그리고 둔하다.

극한의 환경이 내 몸의 움직임을 둔하게 하고 있기에 뜻대로 힘이 발휘되지 않았다.

[딱하구나. 진실로 딱하구나.]

모든 공격을 담담하게 회피조차 하지 않은 채 받아준 용이 나를 내려다보면서 염화를 보내왔다.

그 말을 무시하는 형태가 되지만, 방금 전과 다른 쪽 손에 쥔 검으로 추가 공격 삼아서 또 내리쳤다.

벼락을 두른 참격이 비늘에 직격하며 자전(紫電)이 흩날렸다.

그러나 역시나라고 해야 할까, 마치 수정을 연상케 하는 비늘에다가 흠집 하나도 내지 못했다.

[한없이 되풀이한들 소용없느니라. 그대는 분명코 보기 드문 강자이기는 하나 그럼에도 내게는 미치지 못함이니. 다른 방면은 뒤질지언정 견고함만큼은 본인도 뽐낼 만하니까 말이다.]

고풍스러운 어투로 말하는 용.

거만한 어투인데도 염화로 들려오는 목소리는 젊은 여성의 음색이었다.

아마도 이 용은 암컷인가 보다.

온몸이 수정과 같은 비늘로 뒤덮였고, 우아하게 곡선을 그리는 체구가 눈에 띄는 아름다운 용.

부리는 힘은 얼음.

단지 한곳에 머무르기만 해도 주위의 기온을 떨어뜨려서 극한의 땅을 만들어 낸다.

칼날에 화염을 불러일으켰다.

그 불길은 금세 사그라들었으나 정기적으로 이렇게 하지 않으면 몸이 얼어붙는다.

도대체 이곳의 기온은 얼마나 낮아졌단 말인가?

적어도 마이너스 기온은 틀림없겠군.

겨울의 홋카이도에서도 몸이 얼어붙는 경험은 하지 않았으니까.

맹렬한 눈보라가 끊임없이 내 몸에 몰아쳤다.

몸에 달라붙은 눈은 점점 내 체력과 체온을 빼앗아 간다.

옷을 입고 있으면 얼어붙어서 오히려 추위가 더욱 매서워지는 터라, 전투가 벌어지고 나서는 하반신의 중요 부위를 가리는 옷가지만 제외하고 전부 벗어 던졌다.

객관적으로 보면 반나체로 싸우고 있는 셈이다.

제법 우스꽝스러운 광경이겠으나 내 나름대로 필사적이었다.

……애당초 어째서 나는 이 용과 싸우고 있는 것인가?

모르겠다.

어째서 이렇게 됐나 떠올리려고 해보지만 머리에 안개가 낀 것처럼 사고가 제대로 작동하지 않았다.

분명 어딘가에 향하는 도중이었을 텐데…….

나는 어디로 향하고 있었던가?

떠오르지 않는다.

가려고 했던, 돌아가려고 했던 장소가 있을 텐데 떠올릴 수가 없었다.

아무튼 눈앞의 상대를 해치워야 한다.

"카아아아아아아아!"

[실로 딱하도다. 이미 전투의 의지밖에 머릿속에 없는가.]

양손에 쥔 검으로 번갈아서 연속 공격을 펼친다.

추워서 곱은 손 때문에 힘이 제대로 들어가지 않았고, 차갑게 굳은 몸 때문에 움직임이 뻣뻣해졌다.

이런 공격을 몇 번 적중시킨다고 한들 용의 비늘에 흠집 하나 입히기도 불가능했다.

그러나 부질없음에도 우직하게 공격을 거듭 되풀이하자 이윽고 용은 귀찮다는 듯이 몸을 뒤돌렸다.

[그대를 해치기는 쉽다. 이 산맥을 어지럽힌 보답을 하고 싶을 따름이지. 하나 주상께서 그대들 전생자인가 하는 족속에게 되도록 손을 대지 말라는 명을 받았느니라. 유감스럽게도 그대를 편히 보내줄 수는 없겠구나.]

날개를 펄럭이면서 하늘로 날아오른 용이 무엇인가 말을 했다.

무엇인가 몹시 중요한 말을 들은 기분이긴 한데, 그 말의 의미가 머릿속을 쓱 빠져나가버린다.

목소리는 분명히 들리는데도 정작 내용이 머릿속에 들어오지 않는다.

[……그러나 본인이 손쓰지 않고 이 추위를 못 이겨 쓰러진다면 불운한 사고가 될 테지.]

용의 입꼬리가 올라갔다.

용의 표정 변화 따위야 잘 모르겠지만 그래도 왠지 모르게 즐거운 기색으로 장난꾸러기 같은 분위기였다.

그러나 그런 표정도 곧 자취를 감췄고 용의 눈에 싸늘한 빛이 감돌았다.

극한의 땅에 자리한 지배자답게 싸늘한 눈이었다.

[이 극한의 땅에서 무엇 하나 이루지 못한 채 헛죽음을 맞이하여라. 그대에게는 차라리 행복일지니.]

마지막으로 동정이 담긴 눈빛을 보낸 뒤 용은 날아서 떠나갔다.

눈앞의 위협이 사라졌다.

그렇다 해도 불어닥치는 눈보라의 기세는 수그러들지 않는다.

단지 서 있기만 해도 목숨이 깎여 나가는 감각이었다.

빨리 가야 한다.

……어디로?

나는 어딘가로 향하고 있었을 텐데.

어디를 향하고 있었던가?

몹시, 몹시도 소중한 장소였을 텐데.

그리할 텐데 어째서인지 떠올리려고 해도 떠올릴 수가 없다.

떠올리고 싶건만 떠올리고 싶지 않다.

왜냐하면 그곳은 이미 없으니까.

전부를 잃었다.

가족도, 긍지도.

모조리 다.

돌아갈 자격도, 없다.

왜냐하면 그곳에서 나는, 여동생을 ○었고…….

"죽여라."

명령받았다.

가느다란, 목을 조르는 감촉.

"먹어라."

명령받았다.

박아 넣은 엄니가 피부를 찢었고, 피의 맛이 입속으로 퍼져 나갔다.

……지금, 뭔가, 떠올려서는 안 되는 기억을 떠올릴 뻔하지 않았던가?

모르겠다.

모르는 게 나을 수도 있겠다.

아무튼 이곳을 벗어나지 않는 한 동사를 면치 못한다.

어디로 가면 되나?

상념에 빠져 있던 때에 멀리서 무엇인가 지면으로부터 하늘을 향해 날아가는 장면이 보였다.

마법일까?

어차피 갈 곳도 없다.

저곳으로 가자.

나는 본래의 목적지가 존재했다는 사실도 잊은 채 오직 눈에 들어온 저것을 향해 걸음을 옮겼다.

마물 도감
file.27

빙룡 니아

LV.95

평균 공격 능력 : 11036

평균 방어 능력 : 20461

평균 마법 능력 : 19892

평균 저항 능력 : 20137

평균 속도 능력 : 10958

status 【능력치】

HP 18761 / 18761

MP 19755 / 19755

SP 11049 / 11049

10994 / 10994

skill
【기술】

「빙룡 LV 10」「천린 LV 10」「중갑각 LV 10」「신강체 LV 10」「HP 고속 회복 LV 1」「마력 감지 LV 10」「마력 정밀 조작 LV 8」「MP 고속 회복 LV 10」「MP 소비 대완화 LV 10」「마신법 LV 1」「대마력격 LV 2」「SP 고속 회복 LV 10」「SP 소비 대완화 LV 10」「파괴 강화 LV 7」「타격 강화 LV 5」「참격 강화 LV 5」「관통 강화 LV 5」「충격 강화 LV 5」「수류 강화 LV 10」「동결 강화 LV 7」「폭풍 강화 LV 10」「상태 이상 대강화 LV 10」「투신법 LV 1」「기력격 LV 2」「수류 공격 LV 10」「동결 공격 LV 10」「공간 기동 LV 10」「고속 비상 LV 6」「연계 LV 10」「통솔 LV 4」「권속 지배 LV 10」「집중 LV 10」「사고 초가속 LV 4」「미래시 LV 4」「병렬 의사 LV 3」「고속 연산 LV 10」「명중 LV 10」「회피 LV 10」「확률 대보정 LV 10」「은밀 LV 10」「은폐 LV 10」「무음 LV 10」「무취 LV 10」「무열 LV 10」「제왕」「기척 감지 LV 10」「위험 감지 LV 10」「동태 감지 LV 10」「열 감지 LV 10」「주원 마법 LV 10」「물 마법 LV 10」「수류 마법 LV 10」「창해 마법 LV 10」「얼음 마법 LV 10」「동결 마법 LV 10」「빙옥 마법 LV 10」「바람 마법 LV 10」「폭풍 마법 LV 10」「남천 마법 LV 10」「외도 마법 LV 10」「파괴 대내성 LV 5」「타격 대내성 LV 4」「참격 대내성 LV 4」「관통 대내성 LV 4」「충격 대내성 LV 3」「불 대내성 LV 1」「수류 무효」「동결 무효」「폭풍 무효」「대지 내성 LV 5」「뇌광 내성 LV 1」「성광 내성 LV 2」「암흑 내성 LV 2」「중압 대내성 LV 2」「상태 이상 무효」「산 내성 LV 2」「기절 내성 LV 3」「공포 대내성 LV 3」「외도 대내성 LV 7」「고통 무효」「통각 무효」「밤눈 LV 10」「만리안 LV 7」「오감 대강화 LV 10」「지각 영역 확장 LV 10」「천명 LV 10」「천마 LV 10」「천동 LV 10」「부천 LV 10」「강의 LV 10」「성채 LV 10」「천도 LV 10」「천수 LV 10」「위타천 LV 10」「태만 LV 6」

마의 산맥을 지배하는 빙룡의 수장. 용종(龍種) 중에서도 특히 강력한 힘을 지닌 최고참의 하나. 전신이 수정과 같이 빛나는 비늘로 덮인 모습은 대단히 아름답고 예술적. 그러나 넓은 범위를 극한의 맹렬한 눈보라로 뒤덮어버리고, 기력 및 체력을 갉아먹기 때문에 본 모습을 목격하기는 극히 어렵다. 설령 빙룡의 목전까지 접근하는 데 성공할지라도 그 아름다운 비늘은 누구도 흠집을 내지 못하는 굳센 경도를 자랑한다. 거짓인가 진실인가. 마의 산맥에서 조난했을 때 조우한 모험가는 술을 헌상하면 빙룡이 목숨을 구해준다고 일컬어진다. 위험도는 인간의 능력으로는 감당이 되지 않는 신화급.

6 나, 조난하다

타닥타닥 불꽃 튀기는 소리에 눈을 떴다.

좋은 아침이에요.

"앗, 깨어났네."

잠이 덜 깨서 멍하니 있었더니 흡혈 양이 말을 건넸다.

그 덕에 정신을 잃기 직전의 기억을 떠올리면서 단번에 잠기운이 달아났다.

"기분은 어때? 어디 아픈 데 없어?"

흡혈 양의 질문에 새삼 몸 상태를 점검해봤다.

아무 데도 불편함이 느껴지지 않았다.

사엘에게 붙들렸었던 팔은 감각으로 말하면 뽀각, 뽀가각 부러졌을 텐데도 전부 다 깔끔하게 나은 상태다.

아마도 기절해 있는 동안 치료를 해줬나 보다.

긍정의 의미로 흡혈 양에게 고개를 끄덕여줬다.

"그래. 다행이네."

언뜻 쌀쌀맞은 대답 같지만 어렴풋이 안도하는 기색이 느껴졌다.

"고마워."

우선 도움을 받았으니까 감사의 뜻을 전했다.

아무리 내가 말주변이 모자라도 이런 때는 분명하게 인사를 해야지.

"벼, 별로 이쯤이야 대단한 일도 아닌걸!"

흠흠. 그 반응은 뭐야?

츤데레?

뭐, 됐고…….

다행히도 깨어났더니 천국이라든가, 그렇게 되지 않고 무사히 살아 있었다.

잘됐다, 잘됐다.

몸을 일으켜서 주위를 둘러본다.

보이는 것은 얼음 벽.

흡혈 양이 얼음 마법으로 눈집을 만들어서 안쪽으로 피난한 걸까?

눈집의 중앙에는 불을 피워 놓았고, 그곳을 중심으로 흡혈 양, 메라, 사엘이 앉아 있었다.

"시로 님께서 이제 깨어나셨으니 앞으로는 어떻게 하시겠습니까?"

메라가 흡혈 양에게 확인을 구하고자 물었다.

"물론 아리엘 씨와 합류해야지."

흡혈 양은 망설이지 않고 답한다.

"그래도 함부로 움직이지 않는 게 좋겠어. 우리는 눈사태에 떠내려오면서 현재 위치도 모르는 상황이니까. 이쪽에서 신호를 보내고 아리엘 씨가 와주기를 기다리자."

조난했을 때의 철칙.

함부로 돌아다니지 말 것.

돌아다니다가 괜히 더 헤매기도 하니까.

다행히 흡혈 양의 마법으로 이렇게 거점을 만들어 뒀고, 불도 피웠다.

이렇게 하면 추위는 어느 정도 막을 수 있고, 불을 피워 놓았으니까 눈을 녹여서 물도 확보할 수 있다.

문제는 식량인데, 어서 마왕이 달려와주기를 믿을 수밖에…….

이런 대화를 흡혈 양이랑 메라가 이래저래 주고받았다.

나랑 사엘은 단지 말을 듣기만 할 뿐.

어쩔 수 없잖아.

나는 빌빌거리고, 사엘은 사엘이고.

"최악의 경우는 이거 먹을까?"

그렇게 말한 흡혈 양이 꺼내 든 것은 원숭이였다.

아~ 그때 흡혈 양한테 달라붙었던 원숭이네~.

억, 그 녀석 죽은 거 아니야?!

그렇다면 살아남은 원숭이들이 복수하러 올 텐데?

"그때도 전투력은, 뭐."

내가 말하려는 바를 눈치챘는지 흡혈 양이 의미심장한 시선을 사엘에게 보냈다.

모두의 시선이 사엘에게 집중된다.

맞다, 맞아~.

우리 중 가장 전투력 높은 게 바로 사엘이니까 뭔가 일이 터지면 이 녀석을 의지해야겠지.

우리에게 주시를 받는 사엘은 비록 표정은 바뀌지 않았지만 「진짜로?!」 비슷한 느낌으로 어리둥절했다.

괜찮을까, 애가?

애는 사엘인데 괜찮을까?

괜찮을 거야, 문제없어.

아마도 분명 틀림없이.

"그러면 제가 신호를 보내겠습니다. 하늘을 향해 마법을 날리면 분명 아리엘 님의 눈에 들어갈 테지요."

"응. 부탁할게."

메라가 눈집 바깥으로 나갔다.

참고로 이 눈집, 출입구가 없었다.

나갈 때는 얼음 마법을 써서 그때마다 출구를 만들어야 하는 듯했다.

왜 이렇게 귀찮은 구조로 만들었냐면 메라가 드나들 때 이유가 밝혀졌다.

메라가 만든 출입구에서 끔찍한 냉기가 흘러들었으니까.

히익!

뭐야, 이거?!

얼겠네, 얼어버리겠네!

메라가 하늘을 향해 마법을 날린 뒤 곧바로 돌아온다.

그리고 즉시 눈집의 입구를 막았다.

진짜 장난 아니야.

입구만 살짝 열어도 가볍게 얼어 죽겠어.

너무 추워.

이래서는 어쨌든 간에 여기에서 움직이기는 무리겠네.

흡혈 양이랑 셋만 움직이자면 뭔가 방법을 내겠지만 나는 무리야.

바깥에 나갔다가는 동사하는 미래밖에 보이지 않아.

내 방한 장비, 모포는 눈사태에 휩쓸리기 전에 찌찍하고 운명을 다하면서 사라져버렸으니까.

따끈따끈 마석도 아마 눈사태에 휩쓸렸을 때 어딘가로 가버렸고…….

다시 말해서 지금의 나는 무방비 상태.

일단 착용한 옷이 방한용이기는 한데, 이걸로 막을 수 있을 만큼 이곳의 추위는 만만하지 않다.

마왕이랑 다른 인형 거미들이 구조해주러 달려올 때까지 기다리는 게 낫겠다.

마차 안에는 아직 예비 마석이라든가 모포도 있고, 그럼 또 견딜 수 있어.

당장은 할 일이 없으니까 불을 둘러싸고 앉아서 몸을 녹였다.

흡혈 양은 원숭이 시체를 만지작거린다.

상처 부위에서 나온 피 냄새를 맡아보기도 하네. 걔, 맛없다?

옛날에 먹은 경험도 있으니까 장담할게.

게다가 나중에 아라크네가 되고 나서 한 검증으로, 거미 몸뚱이의 미각과 인간 몸의 미각은 다르다는 사실을 알아냈었다.

거미 몸뚱이면 온갖 괴식도 평범하게 먹는 것에 문제가 없었는데, 인간 몸이면 너무 맛없어서 도저히 못 먹을 지경이기도 했고…….

그리고 또 거미 몸뚱이로 맛없게 느껴지는 종류는 인간 몸이면 더욱 맛있게 느껴지고는 했다.

원숭이는 거미 몸뚱이로 먹어서 맛없다고 느껴졌던 고기.

즉 인간이 먹어도 될 만한 게 아니다.

살며시 흡혈 양의 손을 잡고 원숭이를 놓도록 했다.

왜 이러냐고 빤히 쳐다보는 흡혈 양에게 고개를 흔들어서 의사 표시.

그러면 안 돼.

다행히 알아들었나 보다. 흡혈 양이 으엑, 하는 표정을 짓고 원숭이를 떼어 놓았다.

그때 메라가 지었던 살짝 안심하는 표정을 놓치지 않는다.

메라, 자네도 원숭이를 먹기는 싫었던 게야.

그래도 진짜 상황이 나빠지면 별수 없이 먹어야 한다고 판단했던 게 아닐까.

그러니까 흡혈 양의 행동을 막지 않았다거나?

메라는 종자이지만 주인으로 모시는 흡혈 양이 잘못을 저지르면 주의를 줄 수 있는 인간이니까 말이야.

그나저나 여행 중 마물 식사에 완전히 익숙해진 탓에, 저렇게 척 봐도 맛없는 괴식임이 분명한 원숭이도 식량으로 보이는 거네.

씩씩해졌다고 기뻐해야 할까, 소녀력이 줄었다고 한탄해야 할까.

자, 한번 보라고.

메라도 「아가씨. 아이고, 아가씨!」라는 표정이잖아?

전투력이라든가 적응력은 늘었는데도 소녀력이 쇠퇴한 건에 대하여…….

응. 뭐라고 할까. 응, 힘내라.

안쓰러움이 담긴 눈빛으로 흡혈 양을 지켜보다가 별생각 없이 바닥에 손을 짚은 순간, 오싹하고 등줄기에 차가운 감각이 치달렸다.

바닥을 짚으려고 했던 손에 뭔가가 닿았다.

그게, 하얀 대낫.

예전의 내 몸을 재료로 써서 만든 나만의 무기.

비유하자면 나의 반신이라고도 말할 수 있는 존재.

분명 마차에 두고 온 대낫이 어째서인지 이곳에 있다.

신화했을 때 흡수한 폭탄의 막대한 에너지, 나 혼자서는 미처 다 받아들일 수가 없었던 힘을 이 대낫에도 흘려 넣었던 결과로 신비로운 능력이 몇 가지 추가됐다.

대체로 진화하기 전 내 스킬을 근거로 하는 능력이었는데, 발동하는 시기라든가 상황에 따라 발동하는 능력도 제각각이라서 분명한 전모는 나마저도 전부 파악을 하지 못했다.

애당초 뭔가 능력이 내 뜻대로 발동하는 게 아니라 제멋대로 폭발해버린다.

지금처럼…….

다만 무의미하게 발동하는 것은 또 아니고 거기에는 반드시 의미가 있다.

이번에는 아마 전이를 써서 내 위치에 날아왔을 텐데, 그렇게 할 만한 의미가 있었다는 거다.

내 손안에 대낫이 꼭 있어야 하는 의미가.

이때 내 행동은 반사적인 위기감에서 온 결과였고, 특별히 뭘 어쩌겠다고 움직인 것은 아니었다.

단지 이대로 가만있으면 안 된다는 본능적인 위기감을 따라 대낫을 붙잡고 들어 올리면서 일어났을 뿐.

단지 그뿐이었던 행동이 결과적으로 내 목숨을 구했다.

폭음과 함께 시야가 급속도로 변화했다.

뭐가 어떻게 된 것인가 잘 모르겠다.

아파.

느껴지는 것은 통증.

온몸이 다 아프지만 특히 아픈 곳은 두 팔.

이어서 눈의 하얀빛이 시야 한가득 펼쳐져 있다는 것을 깨달았다.

아무래도 내가 엎드려 쓰러져 있는 것 같다고 자각한 순간, 온몸을 찌르는 냉기가 덮쳐들었다.

추, 추워!

이 추위는 눈집 바깥의 추위다.

왜 눈집 바깥에 있는 것인지 의미 불명이지만 아무튼 이 추위는 진짜 감당이 안 된다!

어서 눈집으로 피난해야지!

번쩍 고개 들었을 때 내 시야에 눈집은 존재하지 않았다.

눈집의 잔해로 짐작되는 두 개의 얼음.

돔의 중심을 정확하게 일직선으로 푹 빼먹으면 저런 모양이 되지 않을까? 뭐, 그런 느낌.

음, 그게. 아마 느낌이 아니라 진짜 맞는 상황일 거야.

다만 내 눈길은 싹 파괴된 눈집이 아니라 더 뒤쪽에 있는 존재에게 쏠리고 말았다.

사람?

저쪽에 사람이 있다.

게다가 이 극한의 땅에서 반나체로 다니는 남자가.

반나체도 잘봐준 거다, 중요한 부분을 누더기로 가렸을 뿐 거의 알몸과 다름없는 남자가.

벼, 변태닷~?! 이, 이게 아니라!

으응? 안 추워?

불쑥 넣 놓은 감상이 나와버렸지만 저 얼굴을 봤을 때 전부 날아 갔다.

어디를 봐도 어엿한 인간이기는 한데 유독 이마에 뿔이 자라나 있 기 때문은 아니었다.

아는 얼굴이었기에 놀라움을 감출 수가 없었다.

나는 저 얼굴을 기억한다.

"사엘! 해치워!"

내가 놀라서 굳어 있는 사이에 흡혈 양의 목소리가 울려 퍼졌다.

눈집의 잔해, 두 개의 얼음. 그중 한쪽에서 사엘이 뛰쳐나왔다.

다른 한쪽에서 흡혈 양이 모습을 드러내고 두리번두리번 주위를 살펴본다.

아마도 저 둘은 마침 눈집의 무사한 부분에 있어서 다친 데 없이 무사했나 봐.

응? 그렇다면 나는 눈집을 부순 무언가의 충격 때문에 여기까지 날려 왔다는 거야?

뒤늦게나마 내가 어떤 상황에 처했었나 실감을 해서 핏기가 싹 가 셨다.

내가 지금 이렇듯 안 죽고 살아 있는 까닭은 아마 반사적으로 대낫을 들어 올렸기 때문에.

그게 방어 자세가 되어 간신히 죽음을 면했던 거네.

어쩐지 대낫을 붙들고 있던 두 팔이 되게 아프더라니.

아마 대낫이 방어막 비슷한 걸로 대미지를 경감해줬던 거야.

그게 아니라면 내 빈약한 완력으로 눈집을 다 파괴할 만큼 센 위력의 공격을 어떻게 견뎌 냈겠어.

공격? 그래, 공격이야.

우리는 공격받았어.

누구에게?

뭘 당연한 걸 물어.

새로 나타난 인물은 한 명.

저 뿔 달린 남자뿐이다.

그렇다면 당연히 저 뿔 달린 남자에게 공격받은 거지.

그래서 흡혈 양은 사엘에게 해치우라고 명령했고…….

사엘이 여섯 개의 숨김 팔을 전개해서 내장 무기를 각각의 손에 뽑아 들며 뿔 달린 남자에게 덮쳐들었다.

능력치 1만을 넘는 사엘의 돌격은 보통 사람인 내가 보기에는 그야말로 쫓아갈 수도 없도록 신속하다.

방금 전 숨김 팔의 전개부터 무기를 꺼낼 때까지 취한 동작도 미리 알고 있었으니까 해설했을 뿐이고 눈에 보여서 말한 게 아니었다.

총에 해박한 사람이 이것저것 해설은 할 줄 알아도 발사된 탄환을 육안으로 확인하지 못하는 것과 마찬가지겠다. .

그리고 또한 발사된 탄환을 제지할 수 없음도 역시 마찬가지.

내가 제지의 목소리를 내기도 전에 사엘은 뿔 달린 남자에게 돌격을 끝내버렸다.

아니, 제지의 목소리를 내야겠다는 판단보다 앞서 돌격이 끝나버렸다고 말해야 할까.

그만큼 빠른 속도였으니까.

그리고 사엘 수준의 마물이 감행한 돌격을 어지간한 녀석이 견딜 도리가 없었다.

그럼에도—.

"거짓말?"

흡혈 양은 멍하니 중얼거렸다.

뿔 달린 남자가 두 손에 든 칼로 사엘의 검날을 막아 냈기에…….

놀랐다.

설마 사엘의 일격을 방어할 줄은 몰랐다.

그리고 행운의 결과가 아니라고 증명하려는 듯이 이어지는 사엘의 연속 공격마저 감당해 낸다.

반격으로 전환할 만한 여유는 없어 보이나 사엘의 공격이 적중되지도 않았다.

호각.

아무래도 뿔 달린 남자는 근처를 돌아다니는 어지간한 녀석이 아니었나 봐.

아니, 상황이 이쯤 되면 뿔 달린 남자의 정체도 짐작이 된다.

지긋지긋하게 얘기를 듣고 다녔으니까 연상이 안 되는 게 이상하지.

산맥 기슭의 도시에서 모험가를 괴멸시키다가 제국군에 쫓겨났고, 빙룡을 자극하여 이상 기후를 일으키는 원인이 된 오거.

어디를 봐도 저 모습은 오거가 아닌 인간에 가까웠지만 뿔도 달렸고 아마 맞을 거야.

오거에서 뭔가 특수한 진화를 거쳤을지도 모르겠다.

일단 임시로 쟤를 오니 군이라고 부르도록 하자.

그리고 오니 군은 내 예상이 맞다면 아마⋯⋯.

"메라조피스!"

내 사고를 가로막고 흡혈 양의 고함이 울려 퍼졌다.

귀가 아주 따갑네!

고함 소리가 난 곳에 시선을 보냈더니 괴로운 표정을 짓는 메라와 그쪽으로 달려가는 흡혈 양이 눈에 들어왔다.

그러고 보니 눈집에서 내 맞은편에는 메라가 앉아 있었고, 눈집이 일직선으로 뭔가 공격을 받아서 싹 날아갔잖아.

내가 여기까지 날려 왔으니까 맞은편에 앉아 있었던 메라도 그야 어딘가로 날려 갔겠네.

게다가 또 나는 대낫을 들고 방어 자세라도 취했다지만 메라는 아무 대비도 없이 직격을 당한 셈이고.

"면목 없습니다. 못난 꼴을 보였습니다."

아냐, 아냐.

완벽한 기습인데 못난 꼴, 잘난 꼴이 뭐가 있겠어.

어쩔 수 없다는 게 내 생각이지만 메라는 고지식하니까 기습을 당한 자체가 용납되지 않을 수도 있겠네.

사전에 눈치채지 못한 실책이라고 자책한다거나.

"괜찮아. 일단 지금은 상처부터 치료하자."

흡혈 양이 메라에게 치료 마법을 걸었다.

저기요~? 여기에도 벌렁 나자빠진 사람이 있는데 말이죠~?

나는 무시임까?

그렇습까······.

하는 수 없이 대낫을 지팡이 삼아 어떻게든 자력으로 일어섰다.

휙 날려 갔었던 충격 때문인지 온몸이 아프다.

대낫을 받쳤던 팔이 특히 아픈데, 어쩌면 뼈에 금이 갔을 수도 있겠네.

게다가 통증에 더해 추위가 가차 없이 덮쳐들잖아.

앗, 이거 꽤 많이 위태로운 상태야.

지금 당장 죽을 지경은 아니지만 오랜 시간 이대로 있으면 위험하다.

한 시간도 지나기 전에 동사할지도 몰라.

큰일 났다. 후딱 문제를 정리하고 또 새로운 눈집을 만들어서 피난해야겠어.

그렇다 해도 문제 해결을 어떻게 해야 하나?

나는 사엘과 맹렬하게 격돌하고 있는 오니 군에게 시선을 돌렸다.

사엘과 호각으로 맞붙는 실력이 솔직히 굉장하기는 한데, 그래도 결국 이기는 쪽은 사엘이다.

그 증거로 사엘을 보면 여유가 느껴지지만 오니 군에게는 여유가 느껴지지 않는다.

1만을 넘는 능력치로 펼치는 육도류, 인간이 아닌 인형이기에 보통은 불가능한 동작으로 이루어지는 검법, 거기에 거미 마물답게 독과 어둠 마법.

높은 능력치뿐 아니라 견실하게 쌓은 무력에 더해 교묘한 수법까지 갖춘 인형 거미의 전법을 처음 보고 대처하기는 어렵다.

이제껏 일격에 푹 쓸려 나가는 훨씬 약한 적이라든가, 반대로 2년 전 사건 때 나타난 전차처럼 아무 공격도 통하지 않는 훨씬 강한 적과 싸운 적밖에 없었던 터라 진짜 실력을 발휘할 기회가 없었을 뿐, 인형 거미들의 진가는 이렇듯 다재다능함에 있었다.

거미 마물 본연의 능력에 더해 사람의 형태를 지닌 인형을 조종함으로써 인간의 기술도 비슷하게 구사할 수 있다.

게다가 인형이기에 인간의 신체 구조와 어긋나는 동작이 가능하기까지.

분명히 말하겠는데 능력치가 호각이라면 어지간한 상대는 전부 이긴다.

그만큼 응용력이 있으니까.

……평소에 못 미더워서 자꾸 까먹을 것 같기는 해도.

뭐, 아무튼 간에 이대로 전투가 이어지면 사엘의 승리가 훤하다는 거야.

오랜만에 호각으로 싸울 상대가 튀어나오는 바람에 당황해서 제 실력을 완전하게 발휘하지 못하는 듯 보이는데 분명히 내 착각이다.

그렇다고 치고 넘어가자.

사엘이 안정감을 되찾으면 서서히 형세가 기울어질 거야, 아마도…….

그렇지만 과연 이대로 둬도 괜찮은 걸까?

왜냐하면 저 오니 군은 어디를 봐도…….

"아주 신나게 날뛰는구나."

거듭 내 사고를 가로막는 형태로 흡혈 양이 휙 일어서며 중얼댔다.

친애하는 메라가 기습을 받아 다쳐서 노발대발하는 느낌.

새카만 오라가 보인다.

저기요~? 메라 치료가 끝났어도 나는 무시입니까?

자력으로 일어서기는 했어도 제법 너덜너덜한데 말이죠?

안중에 없나보죠, 그렇겠죠…….

그러나 지금 상황에서 이러면 조금 곤란하다.

당장에 오니 군에게 덤벼들려고 하는 흡혈 양을 말리기 위해 비틀
비틀 걸었다.

"시로 님!"

내 접근을 메라가 먼저 알아차렸다.

다시 일어선 메라의 몸은 자기 회복과 흡혈 양의 치료 효과를 같
이 받아서 완전히 나은 듯 보였다.

휙 날려 갔을 때 옷이 찢어져서 와일드 겸 섹시의 느낌이 든다.

오니 군에 뒤이어 이 극한 속에서 얇은 옷 남자가 추가되어버렸네.

"아."

흡혈 양이 너덜너덜한 나를 보고 얼빠진 소리를 냈다.

뭐야, 「아」는 도대체 뭐야!

잊어버렸겠다! 내 존재를 싹 잊어버렸겠다?!

"어쩜! 당장 치료해야지!"

흡혈 양은 일순간 아차, 하는 표정을 짓다가 곧 다시 당황한 표정으로 바꾼 채 나에게 달려왔다.

당황하는 게 확실하기는 한데, 너 아마도 내 안부를 잊어버렸다는 당황함이 절반 이상을 차지하는 거지?

왠지 모르게 어색한 분위기로 치료하고 있는 흡혈 양을 불신의 시선으로 보게 되지만 당연한 반응이니까 이해해줘.

그렇지만 일단 서운함은 제쳐 놓고 훨씬 중요한 말을 전해야 했다.

"쟤."

흡혈 양이 치료 마법을 걸어주는 동안 나는 사엘과 싸우고 있는 오니 군을 가리켰다.

사람에게 삿대질을 하면 안 된다든가, 지금은 신경 쓸 상황이 아니었다.

"저 녀석 말이야? 아마 소문 자자한 오거일 거야. 오거가 의외로 인간이랑 생김새가 비슷하네."

아니, 그거야 나도 알아.

그게 아니라.

내가 전하고 싶은 말은 그게 아니거든.

그나저나 혹시 흡혈 양은 못 알아차렸나?

"사사지마."

그리고 나는 아까 전부터 쭉 떠올렸던 이름을 입에 담았다.

사엘과 싸우고 있는 오니 군.

저 얼굴을 나는 기억하고 있었다.

다만 이쪽 세계의 기억은 아니었다.

와카바 히이로의 기억 속에 저 얼굴이 있었던 거다.

일본의 고등학생, 사사지마 쿄야라는 이름과 함께…….

"뭐?"

어쩌면 못 알아차린 것이 아닐까 하는 내 예상은 정답이었는지 흡혈 양은 이 녀석이 무슨 소리야 비슷한 시선을 내게 보내왔다.

"사사지마 쿄야."

그래서 나도 다시 한 번 오니 군을 가리키며 또박또박 이름을 말해줬다.

"카아아아아아아아!"

그 이름이 혹시 자극제로 작용했을까.

오니 군의 심상치 않은 포효가 주변으로 울려 퍼졌다.

일단 사람은 도저히 내지 못할 듯한 오니의 포효.

대치 중이었던 사엘이 갑작스러운 고함 소리에 몸을 움찔 떨면서 경직됐다.

순간의 틈을 놓치지 않고 오니 군이 오른손에 든 검을 내리 휘둘렀다.

화염을 두른 검을 보면 이제껏 펼친 공격과 다르다는 것을 한눈에 알 수 있었다.

사엘은 일순간의 경직에서 풀려나 오니 군의 일격을 뒤로 물러나며 피했다.

허공을 가른 오니 군의 일격이 곧장 지면을 강타했다.

그리고 거대한 파쇄음이 울려 퍼진다!

충격파를 동반한 화염이 사방팔방으로 뻗었다.

화염이 얼음을 녹이고, 충격이 땅을 깨부순다!

사엘과 호각으로 접전을 벌였던 만큼 오니 군의 능력치도 만을 넘겼거나, 그에 가까운 수치라는 짐작은 하고 있었다.

예전에 지룡 아라바가 4천쯤 되는 능력치로 마법을 써서 일순간에 흙다리를 완성시켰던 예를 떠올려도 알 수 있듯이 능력치가 높으면 천변지변 비슷한 짓도 해낸다.

1만의 능력치를 지니면 단지 때리기만 해도 땅을 쫙 갈라버린다.

다만 그 파괴 행위가 불러일으키는 결과는 내 예상을 뛰어넘는 수준이었다.

내리 휘두른 검을 중심으로 대지에 거대한 균열이 방사형으로 퍼져 나간다.

균열의 바닥이 보이지 않아, 상당한 깊이라는 사실을 알 수 있었다.

그리고 균열의 단면을 본 나는 예상 이상의 대파괴가 발생한 원인을 알게 됐다.

나는 이곳이 그냥 평지인 줄 알았는데 그게 아니었다.

평지로 착각했을 뿐 두꺼운 얼음으로 만들어진 대지가 여기 있었다.

즉 이곳은 빙하의 위쪽이었다는 것.

빙하가 방금 전 오니 군의 화염을 두른 일격으로 부서졌다. 그럼으로써 거대한 균열, 크레바스가 형성되고 말았다.

다행히도 나랑 우리 일행이 서 있던 위치는 균열에서 빗겨 나갔다.

다만 사엘이 균열에 빨려 들어갔다.

물론 사엘은 공간 기동 스킬을 갖고 있으니까 공중에 나가떨어져도 문제는 없다.

그러나 적이 없는 평지였을 때의 이야기.

"사엘!"

흡혈 양이 서둘러 경고한들 한발 늦었다. 공중에 나가떨어졌던 사엘에게 오니 군의 추가 공격이 날아들었다.

빙하를 깬 검이 들려 있는 오른손과 반대쪽 손으로 쥔 다른 한 자루의 검.

거기에서 쏟아진 전격이 사엘에게 명중한다!

격한 섬광과 뇌명이 수그러들었을 때 이미 사엘은 온데간데없었다.

크레바스에 떨어진 듯싶었다.

아마도 죽지는 않아.

2년 전 싸웠던 전차 때처럼 상대가 내성과 관계없는 공격 수단을 갖고 있다면 결과가 달라지겠지만 지금 날린 것은 어떻게 봐도 벼락이었다.

그렇다면 사엘은 벼락 내성뿐 아니라 1만을 넘는 마법 저항 능력도 갖고 있었다.

쉽사리 죽지는 않아.

하지만 어떤 피해도 안 받을 수는 없을 것이고, 크레바스의 깊이가 얼마나 되나 모르기도 하고, 돌아올 때까지 걸릴 시간도 얼마나 될지 불명확했다.

최대 전력이 일시적 전선 이탈을 한 셈이었다.

"카아아아아아아아!"

이런 상황에서 아무리 생각해도 우리에게 우호적이지 않은 분위기로 들이닥치는 오니 군.

위기다.

wrath
검마 라스

본명 라스. 다만 이 이름은 명명 스킬에 의해
본인이 개변한 결과이고, 일찍이 부모가
지어주었던 이름이 아니다. 제국 서북방
끝자락에 출현한 특이 오거. 일본의
고등학생이었던 기억을 지닌
전생자. 전세의 이름은 사사지마
쿄야. 전세 때는 작은 체구 및
온화한 인상의 외모와는 상반되게도
자신의 사상을 관철하기 위해
폭력도 마다하지 않는 과격한
일면을 갖고 있었다. 전생 후에는

고블린이 된다. 가혹한 환경 속에서도
다부지게 살아가는 고블린의 삶과
자세에 감명을 받아, 고블린의
일원으로 살아가겠노라고
가슴속에 다짐했었다.
그러나 뷔림스 휘하의
제국군에 습격을 받아
마을은 괴멸. 뷔림스에게
사역당하는 처지가
되어 마검 생성을 강제받는 생활을
보냈었다만, 분노 스킬의 획득을 계기로
그 지배에서 벗어났다. 그러나 이번에는
분노 스킬의 발동에 따른 자아 상실의
위기에 직면한다.

여담 소환사 뷔림스의 수기

제국력 1379년
아브의 달, 7일

오늘, 이 땅에 부임해 왔다.

마의 산맥에 진출하기 위한 거점을 만들라는 임무이지만 아무래도 내가 부임하기 전부터 조금씩 계획은 진행 중이었던 듯싶다.

설마 마을 건설부터 착수해야 하는가 염려했으나 마의 산맥 부근에 이미 형태를 갖춘 거주 지역이 조성된 상황.

거주민으로 살고 있는 사람은 나와 비슷한 연유로 이 땅에 좌천당해서 온 병사들.

소행이 불량하거나 군법 위반 따위를 저질러서 배속이 이곳으로 변경된 인물들이다.

반쯤 유형지로군.

마의 산맥에서 마물이 쏟아져 나오는 이 땅에 용케 마을을 건설했군그래.

그러나 이제부터 정말 큰일을 해내야 한다.

내게 하달된 임무는 마의 산맥 공략.

즉 마물이 쏟아지는 이 산맥을 돌파하여 마족령으로 이어지는 진군 경로를 확보하는 것이 목적이었다.

일찍이 이와 마찬가지로 마의 산맥을 넘어 마족령 침공을 목표로

291

하는 작전이 수립된 적은 있었으나 모든 시도가 실패로 돌아갔다.

온갖 활동을 압박하는 극한의 환경 및 마의 산맥 곳곳에 둥지를 튼 마물의 방해 때문에…….

내 임무는 이렇듯 대책 마련이 불가능한 난관에 맞서 어떤 대책이든 마련해 내라는 얼토당토않은 요구였다.

상층부도 개척 성공을 기대하지는 않을 것이다.

그들의 진실된 요구란 결국 나더러 마의 산맥에서 객사하라는 것.

혹은 열심히 마의 산맥 주변의 마물이나 퇴치하면서 다소나마 나라에 공헌하라는 의미인가.

물론 죽을 의향 따위는 없다.

마의 산맥 공략은 불가능할지라도, 더딜지언정 차근차근 성과를 거듭 올린다면 언젠가 제도 복귀의 허가도 떨어지리라.

제도에는 사랑하는 아내와 이제 막 태어난 아이가 있다.

아이와 아직 대면조차 못한 이때에 죽을 수는 없는 노릇이다.

비록 기약은 없으나 그때까지 견뎌 내겠다.

마야의 달, 6일

이 땅에 부임하고 제법 날짜가 흘렀다.

처음에는 마을을 유지하는 데 기운을 다 쏟았지만 서서히 여유가 생겼기에 마의 산맥 탐색을 시도할 만큼 안정되는 중이다.

그러나 그쪽 작업은 지지부진할 뿐 진전은 없는 것이 현 상황이었다.

간신히 인원수에 맞춰 확보한 방한 장비도 깊은 지역에 진입할수록 제 역할을 거의 못하는 상황이다.

단시간의 탐색 작전에서도 이 추위는 지극히 위험했다.

그런 데다가 추위에 적응한 마물이 덮쳐든다.

탐색을 시도한들 얼마 전진하지도 못한 채 철수하는 경우가 대부분이었다.

게다가 어느 일정의 지점을 지나서면 고블린이 슬슬 출현한다는 것도 난점이었다.

지금 상태에서 고블린처럼 위험한 마물을 상대하는 무모한 짓은 금물이다.

고블린을 발견하면 교전은 피한 뒤 가만히 물러났다.

안전을 최우선 순위로 설정했기 때문이나 성과가 너무 없음은 부정하지 못한다.

이대로 가면 제도의 높은 분들께서 뭐라고 말을 하겠는가.

지금은 인내의 시기이니 나 자신을 다스리도록 하자.

제국력 1380년
사타의 달, 26일

오늘 제도의 아내에게서 편지가 왔다.

딸이 누군가에게 유괴당했다고…….

편지를 받아서 읽고 당장 제도로 향하려고 했으나 부관이 나를 만류했다.

이 마을은 반쯤 유형지이기에.

이곳에서 무단이탈하면 탈영병 취급을 면치 못하리라고.

속이 부글부글 끓었지만 부관의 간절한 설득 덕분에 간신히 단념할 수 있었다.

그러나 진정이 되지 않는다.

제도의 지인에게 닥치는 대로 편지를 보내서 어떻게든 내가 제도로 돌아갈 수 있도록 탄원을 올려 달라고 부탁했다.

아무러면 제국의 높은 분들도 딸이 유괴당한 처지인 내 복귀 요청을 거부하지는 않을 터이다.

그저 딸의 안부가 염려되었다.

이 마을에서 제도까지는 거리가 제법 떨어져 있다.

내가 편지를 받았을 때는 이미 딸이 유괴당한 지 제법 시간이 흐른 다음이라고 계산이 된다.

과연 딸은 무사할 것인가?

이렇게 펜을 붙들고 있는 동안에도 딸의 신상에 무슨 일이 났으면 어찌하나 애끓는 심정이었다.

신이시여.

모쪼록 딸을 지켜주소서.

나헤의 달, 14일

제도에서 발송된 편지는 나를 이 마을에서 내보낼 수 없다는 거절의 내용뿐.

아무래도 나는 자신의 짐작보다 더욱 무거운 벌을 받아서 이 마을에 쫓겨난 듯싶었다.

부대 전멸의 책임을 지는 형태로 제대로 된 설명도 듣지 못한 채이 땅에 와야 했었지만 아마도 다른 죄목이 더 있는가 보다.

내가 엘로 대미궁에서 조우했던 거미 마물, 지금은 미궁의 악몽으로 불리고 있다는 그 마물이 미궁 바깥으로 나와 피해를 발생시켰다던가.

제국 부대가 악몽을 자극했기 때문에 바깥으로 나온 것이 아니냐는 말까지 나온다고 했다.

나는 그 책임을 지기 위하여 이 지역으로 좌천되었다는 말인가.

어쩐지 로난트 님의 지원이 상당한 수준이더라니.

로난트 님은 내게 책임을 덮어씌우게 됐다는 데서 죄책감을 느끼는 듯했다.

그때 로난트 님께서 함께했기에 나는 살아남을 수 있었다.

로난트 님께 감사드리는 마음은 있어도 원망 따위는 당치 않았다.

그러나 지원을 보내주신다면 고마울 따름이다.

이 변경의 땅에서는 매사에 여러 물자가 필요했다.

로난트 님의 지원 덕분에 상당한 도움을 받는 것은 사실이다.

그러니까 호의를 감사히 받아들이자.

게다가 나는 기필코 공적을 올려야만 하지 않은가.

오랜 시일이 흐른 뒤에는 이러다가 사태도 수습되고 제도에 돌아갈 날이 올 것이다.

그러나 나는 딸의 안부를 확인하기 위해서라도 최대한 빨리 제도로 돌아가야 한다.

　가능하다면 지금 당장에 달려가고 싶은 심정이지만 그렇게 하면 나는 최악의 경우 죄인 신분으로 체포당하게 된다.

　제국 내부에 국한된 문제라면 정상 참작의 여지가 있다고 눈감아줄 수도 있겠으나 악몽이 날뛴 곳은 타국.

　나라의 입장상 내게 책임을 물리고 타국에 대해 본보기를 보였다면 대강 눈감아줄 리가 없었다.

　떳떳하게 제도로 복귀하려면 무엇인가 커다란 공적을 올려야 한다.

　뭔가, 뭔가 없는가?

　하쿠의 달, 5일

　최근 고블린의 활동 영역이 확대되고 있다.

　깊숙한 지역까지 가지 않으면 마주치지 않았던 고블린이 바깥쪽에서도 발견된다.

　이대로 방치하면 언젠가 이 마을 부근에도 출몰할 테지.

　어쩔 수 없이 부하들에게 고블린과 전투를 허락했다.

　피해가 발생하지 않는다면 좋으련만.

　하쿠의 달, 13일

　고블린들이 활동 영역을 넓히고 있는 이유가 드러났다.

　무기의 강화였다.

고블린들은 인간의 거주 지역과 떨어진 장소에서 독자의 공동체를 형성하지만 문명 수준은 우리 인족과 비교할 것도 없이 낮았다.

그런 까닭에 뻔한 하등품에 불과했던 무기의 질이, 갑자기 대폭 향상됐다.

교전한 고블린 무리에게서 압수한 무기를 보면 전부 다 우리가 사용하는 장비보다 좋은 품질을 갖추고 있었다.

그렇지 않아도 골치 아픈 고블린이 이렇듯 좋은 무기를 들고 다니면 위험도 대폭 향상됨을 의미한다.

이 무기 덕분에 고블린들은 활동 영역을 확대할 수 있었을 테지.

그나저나 이 무기를 어디에서 입수했다는 말인가?

우리 제국의 무기를 상회하는 이런 장비를 확보하는 것은 상당히 어려울 텐데.

우리가 지금 쓰는 무기는 일반적인 보급품, 즉 양산품이기는 하나 그렇다 해도 세계 제일의 대국을 자칭하는 제국의 장비이다.

보급품일지라도 조악한 물품은 결코 아니었다.

무엇보다도 우리의 장비는 로난트 님이 연줄을 동원하여 직접 보내준 물품.

고블린들의 무기처럼 이를 상회하는 장비는 제국에서도 사관급 인물이나 소지할 수 있었다.

이토록 양질의 무기는 제국에서도 많은 숫자를 갖추기가 극히 어렵다.

그런데 고블린들은 다들 갖고 다닌다.

대체 어디에서 났는가?

하쿠의 달, 27일

얼마 전부터 조금씩 모아들였던 고블린의 무기가 일정 숫자에 도달했다.

이제 부하들 전원에게 무기가 두루 지급됐다.

오늘 우리는 고블린의 마을을 습격한다.

이대로 고블린들의 약진을 방치할 수는 없는 데다가 무엇보다도 마의 산맥에 있는 고블린 마을을 제압한다면 상당한 공훈으로 인정받게 되니까.

그만한 공적이라면 제도 복귀의 허가가 떨어지지 않을까.

고블린 마을의 위치는 내가 길들인 조류형 마물로 정찰을 펼쳐서 미리 확인했다.

이제까지 안전을 제일로 했던 터라 저곳까지 탐색을 진행하지는 않았으나 다소 무리를 하면 진출이 가능한 지점이었다.

위험한 도박이 되겠지만 끝내 성공을 거둔다면 아내가 기다리고 있는 제도로 연결되는 길이 열린다.

해낼 수밖에 없다.

야후의 달, 4일

고블린 마을 제압은 차질 없이 성공했다.

사전에 우리 또한 무기를 입수하기 위하여 마을 바깥으로 나와 있었던 고블린의 수를 줄였던 것이 주효했다.

마을에 남아 있는 고블린은 어린아이 및 암컷 어미, 나이 든 축이 대부분이었다.

덕분에 당초 염려했던 큰 피해는 면할 수 있었다.

부상자는 발생했으나 사망자는 전무.

과분한 요행이다.

그게 전부가 아니었다.

이전부터 의문시했던 고블린들의 무기 출처가 판명됐다.

한 마리 고블린이 지니고 있는 스킬.

무기 연성, 본 적도 들은 적도 없는 스킬이었다.

MP를 소비해서 아무 물적 소모도 없이 무기를 만들어 내는 터무니없는 스킬이다.

양질의 무기를 MP만 차오른다면 무한히 생성 가능하다.

분명 무시무시한 스킬이나, 반면에 확보를 마쳤을 때 누릴 혜택은 차마 가늠이 되지 않는다.

그 스킬을 지닌 고블린을 사역하는 데 성공한 것은 오로지 요행에서 비롯된 결과였다.

정말이지 운이 좋았다.

다른 고블린과 분위기가 왠지 모르게 다르다는 인상을 받아, 감정석을 써서 감정했기에 다행이다.

그렇지 않았다면 귀중한 스킬을 지닌 특이 고블린을 죽게 내버려 둘 뻔했으니까.

그 고블린의 레벨이 낮았기에 또한 다행이었다.

마물을 사역하려면 본래 오랜 기간을 구속해서 천천히 지배를 받아들이도록 해야 하는데, 예의 고블린은 레벨이 낮은 까닭도 있어 뜻밖에도 간단히 사역을 성공시켰다.

그렇다 해도 육체적인 측면에서 지배를 성공했다 뿐이지 아직 정신 부분은 반항을 지속하는 단계.

이제부터 지배의 강도를 높여 완전히 종속시키도록 하자.

이토록 대단한 스킬을 지닌 마물을 사역한 것은 차고 넘치는 공적이 된다.

고블린 마을 소탕.

그리고 양질의 무기를 만들어 내는 고블린.

제도에 보낼 선물로 충분할 테지.

이제 제도의 높은 분들에게 알리면 제도로 돌아갈 수 있다.

어서 아내의 곁으로 돌아가고 싶구나.

그리고 딸을 찾아야지.

야후의 달, 18일

어서 제도로 돌아가고 싶었으나 일단 제도에서 올 답변을 기다려야 했다.

그동안 나는 예의 고블린을 꾸준히 조련했다.

우선 무기 연성 스킬의 상세한 능력부터 파악해야 했다.

아마도 무기 연성은 MP의 소비가 상당히 심한 듯 하루에 제작 가능한 무기의 숫자는 하나가 고작이었다.

그럼에도 하루마다 양질의 무기가 하나씩 만들어지니까 파격적이기는 하다.

더욱이 MP의 양이 많으면 많을수록 제작된 무기의 질도 좋아졌다.

그렇다면 고블린이 보유한 MP의 양을 올려주면 되지 않겠나.

마의 산맥에 서식하는 마물을 포획한 뒤 고블린이 마지막 일격을 가하게 하여 레벨을 올렸다.

그러기를 반복하면서 고블린을 홉고블린으로 진화시킨 덕분에 MP의 총량은 제법 많아졌다.

또한 무기 연성의 스킬 레벨이 오르면서 무기에 특수한 효과를 덧붙일 수 있음을 알게 되었다.

설마 싶기는 하지만 혹시 마검을 제작할 수도 있겠다.

강력한 마물의 소재를 써서 만든 무기에 드물게 특수한 효과가 붙는 경우가 있다. 그것이 마검.

제국에서도 마검을 보유한 인물은 극히 적은 숫자의 고관뿐.

그런 상황에서 마검을 양산한다?

확신했다. 이 고블린을 잘 부린다면 내 지위는 보장된다.

이 고블린만 있다면 누구 하나도 군소리를 하지 않고 나의 제도 귀환을 인정할 것이다.

어서, 어서 빨리 아내의 곁으로 돌아가고 싶다.

딸은 무사할까?

아내가 심로 때문에 병들지는 않았을까?

그저 아내와 딸이 염려될 따름이었다.

카데의 달, 8일

제도에서 아직껏 답이 오지 않는다.

그리고 고블린을 지배하는 데도 지장이 발생했다.

지배 자체는 분명 먹혀들었다.

그러나 날이 갈수록 노여움이나 저주와 같은 불온한 스킬의 레벨이 올라가고 있다.

내게 지배당하고도 마을이 멸망당한 원한은 사라지지 않은 듯 여겨졌다.

같은 날에 지배를 성공시켰던 다른 고블린은 이미 내게 굴복했건만 실로 대단한 정신력이다.

왠지 불길한 예감이 든다.

레벨을 올리거나 칭호를 가질 수 있도록 동족을 먹인 것이 잘못이었을까?

지배를 완전하게 굳히고 나서 강화하는 편이 좋았을지도 모르겠군.

돌이켜보면 이 고블린은 n%I=W라는 정체불명의 스킬을 갖고 있었다.

이 스킬, 내 기억이 틀리지 않았다면 미궁의 악몽 또한 갖고 있었다.

그 이후 미궁의 악몽에 관한 소식은 듣지 못했다.

이곳 변경까지 소식이 들어오지 않는 탓일 것이다.

그러나 그토록 강력한 마물이지 않은가.

어지간히 큰 사건을 일으켰다고 해도 놀랄 일은 아니겠지.

그 마물과 같은 스킬을 지닌 이 고블린.

미궁의 악몽과 같은 소질을 지니고 있다는 의미일까?

그렇다면 언젠가 내 손으로 감당하지 못할 날이 올지도 모른다.

그렇다 해도 지금의 내게 이 고블린을 포기하는 선택지는 없었다.

나는 한시라도 빨리 제도로 돌아가야 하니까.

수기는 여기에서 중단됐다.

여담 마왕과 빙룡

"아차차~!"

요즘 들어서 큰 문제 없이 순조로웠다고 방심했다!

완전히 대응 방법을 잘못 선택했다.

큰일 났다.

시로가 죽겠어!

"아, 진짜!"

솟구치는 짜증은 원숭이 주검을 짓밟아서 달랜다.

이놈들 때문에 일이 복잡해졌잖아.

큰 기술로 단박에 해치우려고 들다가 방금 전처럼 눈사태가 일어날까 봐 손쓸 수가 없었다.

덕분에 섬멸하는 데 시간이 꽤나 걸리고 말았다.

그동안 시로랑 다른 애들은 내 감지 범위 바깥까지 떠내려갔고…….

무사해야 할 텐데…….

"아무튼 찾으러 가자!"

아엘을 비롯한 인형 거미들에게 지시 내리고 눈사태가 향한 곳으로 시선을 보낸다.

[많이 급한가?]

그때 머리 위쪽에서 날아온 염화가 나를 잡아 세웠다.

고개를 들어 바라보니까 이 산맥의 주인, 빙룡 니아가 하늘을 날고 있었다.

빙룡 니아는 우리 가까운 데서 거구의 묵직함이 느껴지지 않는 우아한 동작으로 가볍게 사뿐히 내려앉았다.

"뭔데? 지금 보다시피 많이 바쁜데?"

조바심이 가득했던 터라 상당히 가시 돋친 대꾸가 나와버렸다.

[심기가 편치 않은 듯 보이는군.]

"볼일 없으면 그만 간다?"

[볼일이 없었다면 그대의 앞에 모습을 드러내지 않았을 테지.]

놀림조로 말을 붙이는 니아에게 왈칵 짜증이 치솟았다.

[어이구. 무서워라, 무서워라.]

내 조바심 가득한 마음을 들여다본 걸까, 또 니아가 쿡쿡 웃으면서 도발을 했다.

지금 당장 때려 죽이자는 충동에 순간 휩싸였지만 그런 짓을 할 틈이 있다면 시로랑 다른 애들을 찾으러 가는 게 맞다.

[뭐, 기다려보게.]

발길을 돌리려고 했던 나를 니아가 불러 세웠다.

솔직히 이 녀석을 상대하면 스트레스가 쌓이니까 무시하고 싶다.

[나 또한 단지 지나가기만 한다면 군소리를 않을 터이나. 영역에서 이리도 소란을 부린다면 불만 몇 마디는 하고 싶지 않겠나?]

"……무슨 말을 하고 싶은데?"

[뭘. 미안한 마음이 있다면 사죄의 뜻을 담아서 선물을 줘도 된다는 게지.]

이 자식!

이 급한 상황에 갈취를 하러 왔겠다!

"별로 미안한 마음 없거든? 방금 전은 사고였잖아. 우리 잘못이 아니야."

[아아, 나의 권속들이 참으로 가엾구나. 강대한 이방인이 자기 집인 양 당당하게 영역을 휘젓고 다니는 탓에 밤에도 잠 못 이루고 공포에 떨어야 한다니. 이리도 못된 자가 있단 말인가.]

호들갑스럽게 고개를 가로젓고 한숨 포즈를 잡는 빙룡.

그랬다.

꽤 오랜만에 만나서 잊고 있었는데, 용(龍) 가운데 누구 성격이 제일 고약하냐면 바로 이 자식이었어!

"그래? 공포를 느끼지 않아도 되게 잠재워줄까? 영원히?"

절반쯤 진심을 담아 겁줘도 니아는 시치미를 뚝 뗀다.

[괜찮겠는가? 본인에게 손을 쓰면 주상께서 잠자코 계시지 않을 터인데?]

여기에서 규리에의 이름을 들이대는 니아가 엄청나게 소인배 같다.

호랑이의 위세를 빌리는 여우가 아닌 신의 위세를 빌리는 용.

말투가 뭔가 거창하기는 한데. 정작 말의 내용은 뒷배를 믿고 강한 척하는 소인배랑 다를 게 없으니까 악질이야.

[뭘, 그리 대단한 요구를 할 작정은 아니라네. 거기에 있는 마차에 실어 둔 주류를 내려놓고 가는 것으로 충분함이니.]

니아의 제안은 분명 위자료로 생각하자면 싼값에 속한다.

그렇지만 하필 이런 상황에, 내 심기를 대놓고 건드린 건 악수였다.

"거절이야."

[음?]

설마 거절당할 줄은 예상하지 않았던 걸까, 니아가 미심쩍은 표정을 짓는다.

규리에의 이름을 꺼낸다고 모두가 다 자기 요구를 들어줄 거라 여긴다면 아주 큰 착각이다.

[괜찮겠는가?]

"너야말로 괜찮겠어? 그래, 계속 건방진 소리 지껄여봐. 진짜로 작살내줄게."

내 말이 진심이라는 느낌을 받았는지 니아가 갑자기 허둥거렸다.

[잠깐, 잠깐! 본인에게 손을 대면 진실로 주상께서 좌시하지 않을 터인데?]

"그게 이제 와서 뭔 상관이야. 내가 벌써 지룡 가키아를 작살냈는데. 대답이 됐어?"

니아의 움직임이 뚝 멈췄다.

[지금, 뭐라 하였나?]

"지룡 가키아는 죽었어. 내가 죽였어. 이미 사태는 움직이고 있다고. 네가 몰랐을 뿐이지."

지룡 가키아.

엘로 대미궁의 수호를 맡는 지룡의 수장.

위계를 견주자면 눈앞에 있는 니아와 마찬가지로 용의 중진.

그중 일각이 무너졌으니까 이미 사태는 커다랗게 움직이고 있는 셈이다.

이제 와서 용이 한 마리 더 나가떨어진다고 달라질 게 뭘까.

"자, 어떡할래?"

[알겠네! 본인이 잘못했네!]

입장이 불리하다는 것을 눈치챈 니아가 허둥지둥 사죄를 한다.

"잘못한 걸 알면 이 눈보라도 멈춰주겠어? 평소에도 눈보라가 이렇게 세게 불지는 않잖아?"

[으, 으음. 그러나, 그쪽은 조금 더 기다려주면 안 되겠는가?]

"엉?"

[알겠네! 멈추지. 멈출 테니까 살기를 좀 거두어주게!]

살짝 노려봤을 뿐인데 곧 자기 말을 취소하는 니아.

소인배는 자기가 불리해지면 바로 태도가 바뀐단 말이지.

[하지만 알다시피 기후를 조작하는 대규모 술법을 썼다. 본인이 술법을 멈춰도 당장 개선이 이루어지지는 않아. 그 부분은 이해해주게.]

"알겠어."

아무래도 니아 본인도 당장 이 날씨를 가라앉히기는 불가능한가 봐.

"그러면 급하니까 이만 갈게."

[어서 가버리시게. 도대체가. 방금 전 애송이도 그렇고 엎친 데 덮친 격이군.]

당장 시로랑 다른 애들을 찾으러 가려다가 니아의 저 혼잣말이 신경 쓰여서 걸음을 멈췄다.

"방금 전 애송이? 오거?"

[으음? 오거가 아닌 귀인이라네. 뭐, 어느 쪽이든 알 바 아니나 얼마 전 본인의 영역으로 돌아온 이후 못된 짓거리를 벌이고 다니더군. 앞뒤 가리지 않고 눈에 닿는 상대를 모두 도륙했으니 말일세.

소란의 정도가 꽤나 과하였기에 살짝 따끔한 맛을 보여주고 오는 길이지.]

귀인, 오거에서 또다시 진화를 거친 종족명일까.

아마도 그 오거가 진화한 게 틀림없겠지.

그건 그렇고 돌아왔다니?

"지금 돌아왔다고 말했지? 그 녀석이 원래는 마의 산맥에서 살았다는 뜻이야?"

[그렇다네. 뭐, 당시에는 고블린이었네만. 어쩌다가 하필 오거 따위로 진화했는지, 원. 십중팔구 이곳을 떠나게 된 사건이 영향을 주었을 터.]

고블린?

조금 이상하다.

고블린은 오거로 진화가 가능하기는 한데, 그 종족이 고블린의 삶과 존재를 내버렸다는 게 엄청나게 위화감이 든다.

고블린은 고블린으로 사는 자신에게 긍지를 갖고 있다.

진짜 웬만큼 큰 사건이라도 나지 않는 한 고블린이 오거로 진화한다는 것은 말이 안 됐다.

"무슨 일 있었어?"

[간단히 말하자면 고블린 마을이 인간의 습격을 받아 전멸했다네. 그때 그 애송이는 인간의 손에 강제로 사역당하는 신세가 됐지. 포로로 잡혀 끌려가더군.]

으음. 그거 참, 애고고, 끙.

어쩐지, 고블린이 오거로 진화할 만한 사연이 뭔가 했더니.

지금 들은 이야기와 도시에서 입수한 정보를 한데 연결시키면 그 고블린은 이곳 마의 산맥 기슭에 있는 폐촌으로 끌려갔던 거네.

그리고 뭔가 계기가 있어서 인간의 지배를 벗어나고 복수에 나섰다.

그다음은 또 모험가들과 마주쳐서 싸워 죽였을 테고…….

"음, 이제 알겠네."

[인간이란 족속은 실로 가당찮은 짓을 저지르더군. 애송이도 차마 격노를 다스릴 수 없었을 테지.]

응?

니아의 발언이 뭔가 마음에 걸린다.

이 성격 고약한 니아가 동정심을 보인다?

"마을이 전멸당한 게 다가 아니야?"

[입에 담기도 끔찍한 까닭에 본인은 말을 못하겠군. 다만 이대로 가만히 죽음을 맞이하는 게 애송이에게는 행복일 수도 있지 싶으이.]

아무래도 마을의 전멸이 모든 이유는 아니었나 봐.

"그나저나 따끔한 맛이 어쩌고 말하더니 죽이지는 않은 거야?"

[음. 주상의 명이라네. 본인이 직접 죽이지는 않았지. 따라서 이렇듯 눈보라를 맞다가 스스로 죽음에 이르도록 조처하였으나 의외로 잘 버티는군.]

……이 녀석의 마법 때문에 죽으면 어쨌든 결국 직접 손을 쓴 게 되는 셈이잖아?

이 녀석의 머릿속 기준을 잘 모르겠다.

그런데 규리에가 굳이 손대지 말라고 전달했다?

[그나저나 급한 용무가 있지 않았는가?]

무엇인가 머릿속에서 딸깍 들어맞는 기분이 들었지만, 그게 구체적으로 형태를 갖추기 전에 니아가 말을 걸어왔다.

"아, 맞다."

눈사태에 휩쓸린 네 명을 어서 수색해야지.

다른 셋은 어쨌든 간에 시로는 약체화돼 있다.

빨리 안 찾아내면 크게 잘못될 수도.

아니, 애당초 살아 있기는 할지…….

평범한 사람이 눈사태에 휩쓸려서 과연 살아남을 수 있을까.

다른 누구도 아닌 시로가 이런 곳에서 죽어 나가지는 않는다고 근거도 없는 신뢰가 느껴지기는 하지만…….

그럼에도 빨리 찾아내는 게 제일이니까.

"아엘."

일단 마차를 짊어지고 있는 아엘에게 말을 건넸다.

아엘은 내가 하려는 말을 눈치채고 마차에서 어느 물건을 꺼내 니아가 있는 곳에 내려놨다.

[무엇인가?]

"정보료라고 치자."

니아에게 술이 든 나무통을 건네고 이번에야말로 눈사태가 휩쓸고 간 방향을 따라 이동했다.

[고마우이.]

니아의 희색 가득한 목소리를 뒤로하고 손을 팔랑팔랑 흔들면서 수색을 재개했다.

7 나, 궁지에 빠지다

포효를 지르면서 들이닥치는 오니 군.

맞서 싸우는 인원은 나, 흡혈 양, 메라까지 세 명.

그중 나는 일반 사람인 탓에 전투원의 숫자에 못 들어간다.

우리 가운데 가장 큰 전투력을 갖고 있는 사람이 사실은 흡혈 양이기는 한데, 그래 봤자 흡혈 양도 사엘 및 인형 거미들에게는 미치지 못한다.

사엘과 호각으로 맞붙었던 오니 군을 상대한다는 건 어림도 없다.

자, 이때 내가 취해야 하는 행동은 무엇인가?

도망쳐라앗!

이리로 오는 오니 군에게 즉시 등을 돌리고 전력으로 도주.

방금 흡혈 양한테 치료 마법을 살짝 받았으니까 완치는 아니더라도 대충 달릴 수는 있었다.

그래도 내 절망적으로 낮은 체력 때문에 금방 힘이 바닥나겠지만 말이야!

어쨌든 가만있기보다는 훨 낫지!

딱히 나 혼자의 안위를 챙긴다고 도망치는 게 아니다.

지금의 나는 분명하게 말해서 걸림돌밖에 안 된다.

전투원이 못될 뿐 아니라 방어력도 기막힐 만큼 낮아서 전투에 휩쓸리기만 해도 죽어 나간다.

결국 내가 옆에서 얼쩡거리면 흡혈 양도 메라도 진지하게 제 실력으로 싸울 수가 없다.

조금이라도 도움이 된다면 나도 함께 싸우겠어요!

요런 대사는 진짜 조금이라도 도움이 돼야 말할 수 있다고…….

도움은커녕 걸림돌밖에 안 되는 처지니까 고맙지도 않은 민폐가 된단 말이죠.

그러니까 나는 적어도 흡혈 양이랑 메라한테 방해가 안 되게 재빨리 도망치는 게 제일이랍니다.

절대로 나 살겠다고 도망친 게 아니랍니다.

열심히 달리던 때에 뒤쪽에서 굉음이 울려 퍼졌다.

전투가 시작됐나 봐.

그나저나, 가깝네!

소리뿐 아니라 찌릿찌릿 떨리는 공기의 감촉까지 전달된다.

바로 저쪽 옆에서.

응. 내 느린 다리로 전력 질주해 봤자 벌릴 수 있는 거리는 뻔할 뻔 자지.

게다가 또 상대는 능력치 1만 수준의 눈에 보이지도 않는 속도로 움직이는 괴물이잖아.

도망칠 수 있다고 생각했던 게 애당초 잘못이야.

진짜 뭐랄까, 사람끼리 싸우는 소리가 아니야. 콰쾅! 퍼펑! 별별 큰 폭음이 바로 등 뒤쪽에서 들렸다.

기다려~.

내가 안전하게 거리를 두고 피난할 때까지 기다려줘~.

진짜 진짜로 진지하게!

나의 간절한 기도가 통했을까, 충격파가 내 몸을 획 밀쳐 내면서 그 반동으로 데굴데굴 굴러 거리를 벌리는 데 성공.

홋, 평소의 행동거지가 착하니까 이런 행운을 누리는 거야!

막 굴러가는 모습이 꽤나 꼴사납다든가 한 바퀴만 더 굴렀으면 크레바스에 쏙 빠졌다든가, 그런 건 신경 쓰면 안 된다.

위험해라!

나는 바닥이 안 보이는 크레바스에 빠지지 않도록 살짝 일어나서 살살 물러났다.

이럴 때 정석대로 허둥지둥 물러나려고 하면 얼음이 깨져서 떨어져버린단 말야.

실제로 뭔가 쩍쩍, 불길한 소리가 들리기도 하니까 조바심내지 말고 신중히 이탈하는 게 좋겠다.

크레바스에서 충분한 거리를 벌린 뒤 전장에서도 떨어졌다는 걸 확인하고 일단 안심.

저만한 수준의 전투가 벌어지면 한순간에 수십 미터는 거뜬히 이동하니까 사실 거리는 벌리나 마나 비슷비슷하지만 그래도 저 틈에 섞이는 것보단 나아.

실은 여기에서 멈추지 않고 더 거리를 벌리는 게 좋겠지만 미안, 힘이 안 나네.

헉헉, 학학, 숨을 몰아쉰다.

더는 못 움직여.

아니, 빨아들이는 공기가 너무 차가워서 괴로워.

전력으로 달렸는데도 몸이 따뜻해지기는커녕 오히려 차갑게 식는다.

내게 다가드는 위협은 오니 군이 전부가 아니었다.

몸을 얼리는 이 추위도 역시 위협이었다.

이대로 이 추위에 계속 노출된다면 머지않아 얼음 동상이 될 거야.

서둘러 뭔가 수를 내야 하는데.

그렇지만 오니 군을 물리치려면 사엘의 복귀를 기다리는 게 베스트.

흡혈 양이랑 메라가 힘을 모아도 오니 군은 아마 못 당할 거야.

그러니까 두 사람은 시간 끌기에 전념하는 게 제일이겠지.

빨리 수습해야 동사를 면할 텐데, 오니 군을 쓰러뜨리는 데 시간 끌기가 전제되는 이 딜레마.

그나저나 오니 군이 어째서 우리를 덮친 거야?

"카아아아아아아아!"

응. 뭐, 언뜻 봐도 이성이 싹 날아갔네요. 그건 알겠어.

뭐랄까, 그냥 눈에 보이면 닥치는 대로 덮쳐드는 거야. 달리 짐작이 안 돼.

맨 처음 덮쳐들었을 때도 우리 모습은 눈집에 가려져서 안 보였을 테니까 우리가 누구인지 알고 덮친 게 아니란 말이지.

분명히 메라가 봉화 삼아서 날린 마법을 보고 여기에 누가 있다는 걸 알아서, 단지 그 이유 하나 때문에 덮친 게 아닐까?

지금의 오니 군은 어쩌면 인간의 모습을 지닌 짐승이라고 간주하는 게 옳겠다.

상대를 가릴 줄 아는 만큼 짐승이 더 똑똑할지도 모르지만…….

으음.

뭐였더라. 오니 군의 지금 상태, 마음에 짚이는 구석이 있는데~.

이성을 잃는다.

그리고 또 사엘과 맞붙을 만큼 높은 능력치.

노여움 스킬 아니야?

노여움 스킬은 능력치를 상승시키는 효과가 있다.

게다가 기투법이나 마투법처럼 SP도 MP도 소비하지 않는다.

뭐야, 그거 굉장하네! 혹시 감탄한다면 커다란 함정에 빠지는 셈.

공짜보다 비싼 게 없다고 말들 하는데, 노여움 스킬도 역시 소비가 없는 대신 터무니없는 패널티가 존재하니까.

다름 아닌 이성의 소실.

노여움 스킬은 발동하면 노여움으로 눈앞이 새빨개진다.

강제로 열기가 팍 오르는 거지.

그리고 솟구치는 노여움에 등 떠미는 대로 날뛰게 되는 셈인데, 이때 무시무시한 게 스킬을 자기 의사로 온, 오프 하지 않으면 효과가 영원토록 지속된다는 점이다.

게다가 장시간 스킬을 온으로 하면 노여움은 점점 의식을 침식한다.

노여움에 자아를 잊어버리면 스킬을 오프로 해야겠다는 의식마저 사라지게 된다.

최종적으로 눈에 보이는 존재에게 무차별적으로 습격을 가하는 버서커가 완성.

지금 오니 군의 상황과 딱 들어맞는다.

내 억측에 불과해도 아마 틀리지 않을 거야.

애고, 이런 때 감정을 쓸 수 있으면 내 추측이 정말로 맞나 확인할 수 있을 텐데!

앗, 그러고 보니 흡혈 양이 감정을 익혔지.

내가 추천해서 익히라고 했었다.

그렇지만 이걸 흡혈 양에게 알려줄 틈이 없다.

뭐랄까, 저 난장판 속에 끼어들고 싶지도 않고…….

"큭!"

어쩌나 고민하던 그때, 귀여운 목소리를 내면서 흡혈 양이 이쪽으로 휙 날아왔다!

물론 멋지게 척 받아줄 힘 따위 있지도 않으니까 충돌 뒤 그대로 함께 데굴데굴 지면을 굴렀다.

아파.

울고 싶어라.

"헉! 헉헉!"

흡혈 양은 숨을 몰아쉬면서 내게 휙 떨어져 일어났다.

몸 곳곳에 난 상처, 그 상처가 잠깐 사이에 아물고 있었다.

자기 회복이 참 빨라요.

이왕이면 자네와 충돌해서 뻥 날려간 피해자에게도 치료의 손을 내밀어주면 좋겠네요.

아, 그럴 짬 없다고?

흡혈 양이 여기까지 날아왔기 때문에 현재 전선은 메라가 홀로 감당하고 있었다.

메라가 들고 있는 검은 절반쯤 지점에서 부러진 탓에 자루랑 살짝 남은 칼날만 갖고 오니 군의 맹공을 버티고 있는 상황이었다.

저런 무기로 이도류를 구사하는 오니 군의 공격에 맞서 완벽하게 막는다는 게 어림이 없는 만큼 메라의 몸에 자꾸자꾸 상처가 난다.

흡혈 양도 메라와 비슷하달까, 그 이상으로 상태는 심각했다.

애당초 흡혈 양은 무기를 갖고 있지 않았다.

흡혈 양은 아직 유녀이니까 평소에도 무기를 들고 다니기에는 몸이 너무 작았다.

그리고 흡혈 양이 선호하는 무기가 큼지막한 대검이라는 것도 좋지 않았다.

그런 무기를 언제나 들고 다니면 짐밖에 안 되잖아.

그러니까 흡혈 양이 애용하는 대검은 평소 마차 안에 보관돼 있다.

하필 마차와 떨어진 지금 수중에 대검이 있을 리 없잖아.

흡혈 양은 즉석에서 마법으로 얼음 대검을 만들어 쓰고 있지만 그것도 오니 군의 단 일격에 부서지고 말았다.

거의 맨손으로 맞붙는 거나 마찬가지다.

검도 삼배단은 아니더라도 무기를 지닌 상대와 맨손으로 맞붙으려면 버겁다.

흡혈 양은 그런 상대에게 잠시 숨만 고른 다음에 또 덤벼들려고 했다.

막 돌격하려고 하는 흡혈 양의 옷자락을 붙잡아서 잠시 멈춰 세웠다.

나는 지금 쓰러져 있는 관계로 흡혈 양의 다리 자락을…….

"뭐야?! 지금 급해!"

조바심 내면서 흡혈 양이 소리친다.

뭐, 지금 국면에서 걸림돌 신세밖에 안 되는 나에게 글자 그대로 다리를 붙잡혔으니까 화날 만도 하겠지.

"감정."

그래도 지금은 잠시 내 이야기를 들어줘.

"뭐?! ……아."

뭐야, 「아」는 도대체 뭐야!

잊어버렸겠다! 감정 씨의 존재를 싹 잊어버렸겠다!

내가 신화 전에 그렇게 잔뜩 신세를 졌던 감정 씨를 말이야!

"노여움 스킬이 있나 찾아봐."

끓어오르는 울화는 잠시 꾹 눌러 참고 노여움 스킬을 찾도록 시켰다.

내가 말하려는 바를 눈치챈 것은 아니겠지만 감정의 존재를 잊고 있었다는 민망함 때문인지 흡혈 양은 순순히 오니 군을 감정한 듯 보였다.

"없어. 앗, 아니야. 잠깐 기다려. 분노라는 스킬이 있어!"

뭐라고?

아니, 잠깐만. 그럼 예상을 좀 많이 빗겨 갔는데요.

노여움 스킬의 상위 스킬, 격노를 갖고 있지 않을까 예상은 했다.

제아무리 노여움 스킬이 능력치를 많이 올려줘 봤자 사엘과 동등하게 싸울 만한 힘을 얻기란 어려울 테니까.

이성을 잃는 패널티가 존재해도 그에 걸맞은 힘을 가질 수 있다면 노여움 스킬도 좀 더 유효하게 활용되었을 것이다.

그러니까 보다 효과가 높은 상위 스킬, 격노를 갖고 있을 가능성이 높다고 예상했었다.

그런데 하필이면 분노라고?

분노.

내가 사기 스킬이라고 부르는 7대 죄악 계열에 속하는 스킬이다.

다른 7대 죄악 계열 스킬의 경향으로 짐작하자면 분노도 상당히 파격적인 스킬이 틀림없겠다.

그리고 노여움, 격노에서 스킬이 진화를 이룬 만큼 효과는 그 둘의 연장이라고 짐작할 수 있다.

이성을 잃는 대신 능력치를 대폭 향상시켜주는 스킬.

어쩐지 사엘이랑 호각으로 맞상대를 하더니!

제국군에 져서 달아났던 이유는 분명 이성을 잃는 사태가 두려워서 분노 스킬을 쓰지 않았기 때문이었어.

그러나 그때 궁지에 몰려서 결국 분노를 사용해버렸든가, 아니면 이곳 마의 산맥에서 빙룡에게 공격받아서 사용해버렸다든가.

어느 쪽인지 모르겠지만 분노를 발동했고, 그 후 이성을 잃어 지금 여기에 왔다.

앞뒤가 맞는다.

그렇다면 대처법도 있었다.

"소피아, 투심 스킬을, 분노에!"

평소와 달리 강하게 종용하는 내 말을 듣고 흡혈 양이 깜짝 놀라는 표정을 짓는다.

그래도 분노 스킬의 상세 효과를 감정으로 확인했는지 납득한 표정으로 바뀌었다.

"알겠어!"

내 말을 알아듣고 다시 달려 나가는 흡혈 양.

투심 스킬은 분노와 마찬가지로 7대 죄악 계열의 스킬 중 질투에 속하는 하위 스킬이다.

효과는 예전에 내가 갖고 있었던 봉인의 사안 스킬과 비슷했다.

상대의 스킬을 봉인하는 스킬.

그것이 투심.

봉인된 스킬은 당연하게도 쓰지 못한다.

분노를 봉인할 수 있다면 오니 군의 능력치는 뚝 떨어진다.

그런 데다가 날아갔던 이성도 돌아오는 게 아닐까?

그렇게 되면 오니 군이 정말로 사사지마 쿄야가 맞나 확인할 수도 있겠다.

흡혈 양에 이어서 두 번째 전생자와의 해후.

가능하면 안 죽이고 화해하고 싶네.

그렇긴 한데 역시나 가능할 때의 이야기.

박정할 수도 있겠지만 흡혈 양이랑 메라, 그리고 나 자신의 목숨보다 우선시하지는 않는다.

그러니까 흡혈 양도 메라도 되도록 무리는 안 하면 좋을 텐데, 왠지 흡혈 양의 눈이 번쩍번쩍 빛나고 있단 말이지…….

저 눈빛. 기필코 이긴다! 마구 불타는 눈빛.

아엘과 치른 모의전으로 알게 됐는데, 아무래도 흡혈 양은 꽤 승부욕 강한 성격 같거든…….

아엘에게 묵사발을 당한 다음은 대체로 기분이 안 좋다.

못 이긴다고 뻔히 알아도 지면 분한가 봐.

게다가 꽤나 전투광.

뭐라고 할까, 전투 자체를 좋아하나 봐.

내가 신화하면서 수행을 강제하는 상대가 사라졌는데도 불구하고, 그럼에도 자기 단련을 빼먹지 않는 이유는 저런 승부욕과 전투 광적인 일면이 있기 때문이겠지.

그리고 현재 흡혈 양은 얼굴에 미소를 머금고 오니 군과 싸우고 있었다.

방금 전까지는 승산이 희박했고 이대로 가면 흡혈 양이랑 메라의 목숨이 위태로웠으니까 진지한 표정이었지만 승리의 가능성을 발견한 덕에 즐거워졌나 봐.

속내가 뻔히 보인다, 얘.

게다가 얘 속내가 되게 시커멓네, 이게.

그렇다 해도 상황이 아직은 많이 불리하다.

투심 스킬도 당장 효과가 나타나는 게 아니니까.

분노 스킬을 봉인할 때까지는 시간이 걸린다.

애당초 사기 스킬에 속하는 분노를 봉인할 수 있나 없나 불분명하고…….

우리가 살아남는 방법은 흡혈 양이 분노를 봉인하든가, 사엘이 전선으로 복귀하든가, 둘 중 하나다.

어느 쪽이든 흡혈 양이랑 메라랑 얼마나 오랜 시간을 버티는지가 승부의 갈림길.

그렇기는 한데…….

쩍쩍, 하고 불길한 소리가 울려 퍼졌다.

다름 아닌 지면에서.

게다가 여기저기의 지면에서.

마치 무엇인가 갈라지는 소리와 삐걱거리는 소리가 시간 경과에 따라 자꾸자꾸 커진다.

이곳은 거대한 빙하 위이고 아래쪽 지면이란 즉 얼음.

진짜 지면의 위쪽에 이곳 마의 산맥의 비정상적인 냉기가 녹을 틈 없이 얼렸기에 쌓이고 쌓인 얼음이다.

그 얼음이 방금 전 오니 군의 일격을 맞고 커다랗게 금이 갔는데 계속되는 전투의 여파가 금을 더욱더 넓히고 있는 상황.

손발이 얼어붙는 극한의 환경 속에 있는데도 땀이 나올 것 같아.

식은땀이……

이대로 가면 위험하다.

이 빙하가 붕괴할 지경이란 말야!

바닥이 보이지 않을 만큼 깊은 크레바스를 형성하고 있는 이 빙하가 붕괴하면 어떻게 될까?

안타깝게도 내 상상력이 빈약한 탓에 어떻게 될까 짐작이 안 된다.

다만 이거 한마디는 말할 수 있다.

나 죽어!

어떻게 생각해도 이 거대한 빙하의 대붕괴에 휘말린다면 죽는다고!

으아아아앗!

어떡한담, 어떡하면 된담?!

일단 여기에서 떨어져야 한다.

그런데 나는 이미 지쳐서 못 움직이는걸요!

일어서 있기도 벅차답니다!

도대체가 대책이 없군요!

도와줘, ○라에몽!

마음속으로 몇 번을 도와 달라고 외쳐 봤자 아무도 도와주러 오지 않는다.

현실은 비정하다.

방금 전 데굴데굴 이탈로 운을 다 써버렸는지도 모르겠다.

"커헉?!"

그리고 상황은 더욱 악화, 흡혈 양의 고통에 찬 목소리가 내 귀에 들렸다.

흡혈 양의 조그만 몸이 오니 군의 검에 꿰뚫렸다.

상처 부위에서 배어난 붉은 피가 옷에 얼룩을 만들어 낸다.

메라는 오니 군의 발밑에 쓰러져 있었고 두 팔이 날아갔다.

오니 군에게 팔을 양쪽 모두 베여버리고 말았기에…….

그럼에도 쓰러진 채 오니 군의 다리에다가 이빨을 박아 넣고 있었다.

두 팔이 날아간 상태인데도 흡혈 양을 지키겠다고 죽을힘을 다하여 문자 그대로 물어뜯는다.

그러나 오니 군은 발악하는 메라를 귀찮은 기색으로 걷어차버렸고, 팔이 없는 메라는 낙법도 취하지 못한 채 지면을 굴러갔다.

어떻게든 기어보려고 하고 있지만 의지와 달리 몸이 말을 안 듣는지 꾸물꾸물 움직이는 게 전부.

몸이 꿰뚫린 흡혈 양을 오니 군은 칼날에 묻은 피를 떨치는 동작으로 내동댕이쳤다.

절망적인 광경.

그러나 메라도 흡혈 양도 저런 꼴이지만 아직 죽지는 않았다.

메라는 빈사지경이기는 해도 분명히 움직이는 중이고, 흡혈 양에게는 불사체 스킬이 있으니까.

불사체 스킬은 하루에 한 차례, 어떤 공격을 당해도 HP 1로 살아남는 효과를 발휘한다.

몸을 꿰뚫린 충격으로 정신을 잃은 듯 보이지만 분명히 죽지는 않았을 거야.

그러나 틀림없는 위기 상황이었다.

당장은 목숨이 붙어 있어도 추가 공격을 당하면 정말 끝장이다.

다만 행운인가 불행인가, 흡혈 양이 추가 공격을 당할 일은 없었다.

오니 군의 눈이 나를 포착했으니까.

뭐랏, 나 말요?!

힘이 안 들어가는 몸에 채찍질해서 대낫을 지팡이 삼아 간신히 일어섰다.

애써 일어섰다 뿐이지 뭔가 할 수는 없었다.

그래도 아무것도 안 하기보단 낫다고 위로하고 싶다.

그렇게 일어선 나를 향해서 오니 군이 사납게 달려든다.

깨달았을 때는 이미 눈앞에 오니 군의 몸이 닥쳐든 상황.

뭐가 이렇게 빨라!

오니 군의 눈에 보이지도 않는 속도가 일으킨 풍압 때문에 내가 뒤집어쓰고 있던 로브의 후드가 벗겨졌다.

"흑?!"

그리고 훤히 드러난 내 얼굴을 보고 오니 군의 움직임이 멈췄다.

어라?

혹시 내 얼굴을 알아본 거야?

분노 스킬이 완전하게 봉인되지는 않은 것 같은데, 흡혈 양의 투심 덕분에 조금이나마 이성이 돌아왔을지도 모르겠다.

지금 이름을 불러주면 혹시 이성이 돌아올지도!

"사사지마?"

천천히, 신중하게 그 이름을 불렀다.

오니 군의 얼굴이 굳어진다, 눈이 휘둥그레진다.

그렇게 뭔가 갈등하는 듯 잠시 침묵했다가 한 차례 깜빡거린 그 눈에는 다시 분노의 불길이 깃들어 있었다.

실패인가!

이리된 이상 방법이 없다.

지금의 내가 일반 사람에게도 못 미치는 초약자라지만 아득바득 저항해주마!

게다가 이 대낫에는 방대한 에너지가 담겨 있었다.

설령 그 힘을 내 의지대로 발휘하지 못한다 해도 운 좋아서 뭔가 들어맞으면 어떤 효과든 발동할 수도 있고…….

그렇게 실낱같은 희망을 가슴에 품은 채 오니 군에게 대낫을 겨눴다.

그리고 오니 군의 목덜미에 달라붙는 흡혈 양, 이빨을 콱!

"으응!"

오니 군의 목 피부를 찢고 피를 빨아 마신다.

오니(鬼)의 피를 흡혈귀(吸血鬼)가 빨아 마시고 있어!

이게 대체 뭔 광경이래.

"카아아아아아아아아!"

오니 군이 포효를 지르면서 흡혈 양을 떼어 내려고 날뛴다.

그래도 오기가 솟은 흡혈 양은 안 떨어질 작정인지 오니 군의 몸에 찰싹 달라붙었다.

빈사의 중상을 당한 주제에 웬 험한 짓이야!

오니 군이 격하게 마구 날뛰며 땅을 쾅쾅 걷어찼다.

그 충격을 받은 얼음에서 이제껏 듣지 못한 상당히 아찔한 소리가 울렸다.

그 소리와 동시에 크레바스가 더는 균열이라고 말하지 못할 만큼 쩍 벌어지며 여기저기에다가 새로운 금을 뻗쳐 보냈다.

그리고 곳곳의 금에서 차례차례 얼음이 깨져 크레바스 밑바닥으로 떨어져 간다.

그야말로 지면이 폭발하는 광경 같았다!

오니 군의 몸이 빙하의 붕괴에 말려들어 덜컥 휘청였다.

그리고 낙하.

목을 깨물고 있는 흡혈 양까지 함께…….

"소피아!"

의식하고 한 행동이 아니다.

애당초 나는 몇 번을 거듭 시도하고도 결국 성과도 없이 실패했었다.

그래도 반사적으로 또 시도한 까닭은 몹시 익숙했던 동작이었기에…….

이미지하는 것은 하얀 실.

하얗고 가는 실이 손가락 끝에서 나오고 있는 광경.

실이 곧장 흡혈 양의 몸을 붙들어서 끌어 올렸다.

성공할 줄은 상상을 못 했다.

그래도 나의 이미지대로 실이 손가락 끝에서 나와 흡혈 양의 몸을 휘감아다가 더 이상의 낙하를 막아 냈다.

그토록 많이 시도했어도 다 실패했던 실뽑기가 이때는 무슨 까닭인지 아무렇지도 않게 이루어지다니.

뭐 이런 편의주의가 있담.

그래도 편의주의가 대단히 반갑네!

두 다리를 벌리고 흡혈 양의 무게를 힘껏 버텼다.

오니 군이 흡혈 양과 떨어져서 크레바스의 바닥으로 곤두박질쳤다.

유감스럽게도 쟤를 도와줄 여력은 없다.

쟤가 진짜 전생자 사사지마 쿄야일지라도.

아니, 나까지 떨어지겠어!

유녀이기는 해도 사람 한 명의 체중을 버틸 만큼 내 힘은 강하지 않단 말이야!

실이 뽑혀 나왔을 뿐 근력은 바뀌지 않았나 봐.

흡혈 양이 기를 쓰는 내 표정을 보고 허둥지둥 실을 붙잡아 올라온다.

그리고 간신히 위쪽으로 기어오르는 데 성공했다.

다만 안심하면 안 된다.

아직 붕괴는 진행 중이니까.

바로 여기를 벗어나지 않으면 위험하다.

"메라조피스는?!"

흡혈 양이 주위를 둘러보면서 메라의 위치를 찾는다.

"저기!"

흡혈 양의 시선을 따라가서 그쪽을 보니 메라가 지금 막 균열에 빠져서 추락하려고 하는 참이었다.

위험하다!

허둥지둥 실을 날린다.

실은 절반 이상 균열에 미끄러져서 떨어지고 있었던 메라의 몸을 붙들었고, 아슬아슬한 지점에서 간신히 추락을 막아 냈다.

곧바로 흡혈 양이 내게서 실을 낚아채다가 메라의 몸을 끌어 올렸다.

"아가씨, 면목 없습니다."

"괜찮아. 무사해서 다행이야."

메라는 고통의 표정을 지은 채 사죄하고, 흡혈 양은 괜찮다면서 메라를 꼭 안아줬다.

주종 사이의 참 아름다운 광경이기는 한데 지금은 분위기나 낼 때가 아니라고!

얼른 도망치려고 일어섰다.

그런데 다리가 탁 휘청였다.

피로 때문에 제대로 서지 못한 게 아니다.

지면이 통째로 기울어지고 있었다.

아, 클났다.

그렇게 아찔했던 것도 잠깐뿐, 우리가 서 있었던 지면이 붕괴한다.

세 사람이 함께 추락했다.

흡혈 양, 공간 기동!

급히 흡혈 양에게 시선을 돌렸지만 흡혈 양의 눈은 감겨 있었다.

메라를 꼭 껴안은 자세에서 바로 기절했어!

진짜 힘들었을 테니까 당연하기는 한데 말이지!

조금만 더 버텨주면 고마웠을 텐데!

아예 못 움직일 만큼 중상을 당한 메라는 공간 기동 따위 무리!

이제 다 틀렸다는 생각에 눈을 감았던 그 순간, 추락이 멈췄다.

주뼛주뼛 눈을 뜨자 하얀 그물에 우리 세 명의 몸이 걸려 있었다.

그 그물을 붙잡고 있는 녀석은, 사엘이다.

우리 귀여운 사엘!

딱 좋은 타이밍이야!

사엘이 즉시 공간 기동으로 공중을 달려 나가면서 붕괴하는 빙하를 탈출.

평소에는 못 미더운 사엘이 이때만큼은 엄청 믿음직스럽게 보였다는 건 말할 필요도 없겠다.

血2 새로운 인연

눈을 뜨자 하얀 텐트의 천장이 보였다.

아리엘 씨의 실로 제작한 이 텐트는 방한도 확실하고, 언뜻 보는 겉모습에서는 상상도 되지 않을 만큼 쾌적하다.

이 극한의 땅에서도 편안함이 느껴지는걸.

어쩐지 몸이 나른해서 이불의 온기를 잠시 더 누리고 싶은 기분이야.

한숨 더 눈을 붙이는 것도 괜찮겠다는 생각이 들어 몸을 뒤척였다.

옆으로 돌아누운 내 눈에 휙 들어온 광경은 메라조피스가 누워 있는 모습이었다.

앗, 다쳐서 기절한 모습도 멋있어라.

응?!

그 순간 정신을 잃기 직전의 기억이 떠올라서 벌떡 일어났다.

"응? 일어났어?"

벌떡 일어난 나에게 조금 떨어진 곳에 의자를 두고 앉아 있었던 아리엘 씨가 말을 건넸다.

"네. 좋은 아침이에요."

"응. 좋은 아침."

아직은 또렷하지 않은 머리로 힘겹게 인사말을 나눴다.

"괜찮아? 조금 더 자는 게 어떨까?"

내 몸 상태가 멀쩡하지 않다고 꿰뚫어 본 아리엘 씨가 다정하게 제안해준다.

"아니에요, 괜찮아요."

고마운 말이기는 해도 사양하고 일어나서 주위를 둘러봤다.

내 옆에는 메라조피스가 누워 잠들어 있었고, 그 반대쪽에는 시로가 누워 있었다.

텐트 구석으로 시선을 옮겼더니 그곳에서 사엘이 조그맣게 쪼그려 앉아 있었다.

그 자리에 있던 일행은 누구 하나 빠짐없이 여기에 있다.

이제야 안도했다.

"잠깐만 기다려."

그렇게 말하고 아리엘 씨는 따뜻한 차를 내어줬다.

"감사합니다."

이불 바깥으로 나와 아리엘 씨의 맞은편 의자에 앉으면서 감사의 말을 전했다.

"꽤나 고생했다면서."

"네."

차를 홀짝 들이마시면서 아리엘 씨의 말을 긍정했다.

아주 고생을 했다.

전원이 살아 돌아올 수 있었던 이유는 다른 게 아니라 그저 운이 좋았기 때문이겠네.

"자세한 이야기를 듣고 싶은데 괜찮을까? 일단 시로한테 대충 듣기는 했거든? 근데 알잖아, 시로가 좀."

아리엘 씨의 말을 듣고 대체로 상상이 됐다.

시로가 나름 설명을 했겠지만 그래 봤자 시로가 이것저것 자세하게 떠들 리 없잖아.

분명히 단어만 몇 개 나열했을 테고, 아리엘 씨가 머리 싸매면서 뜻을 해독했다는 게 진상일 거야.

"알겠습니다."

그리고 나는 아리엘 씨와 떨어지고 난 다음의 상황을 설명했다.

떨어지고 난 다음은 눈집을 만들고 안에 들어가서 대기했다는 것.

그때 소문의 오거가 습격했다는 것.

우리가 치른 사투의 내용도.

그리고 시로가 그 오거를 사사지마 쿄야라고 불렀다는 것까지.

"흐음. 그 오거, 아, 귀인으로 진화했댔지? 뭐, 자잘한 부분은 제쳐 놓고, 그 녀석이 진짜 사사지마 쿄야 군이었어?"

아리엘 씨의 물음에 나는 대답하지 못하고 입을 다물었다.

그런 내 태도를 보고도 아리엘 씨는 다그치지 않고 기다려준다.

"……모르겠어요."

간신히 마음을 정한 뒤 나는 솔직하게 털어놓았다.

"모르겠다고?"

"네. 제가요, 전세의 반 친구 얼굴 따위는 거의 기억이 안 나거든요."

전세의 학교생활에 좋은 추억은 없다.

초등학교와 중학교 때는 왕따를 당했고, 고등학교에서는 대놓고 왕따를 당한 적은 없지만 수군수군 험담을 듣는 게 일상다반사였는걸.

내 편은 부모님이 전부라고 해도 과언이 아니었다.

그러니까 같은 반 학생의 얼굴을 분명하게 기억할 수가 없었던 거야.

실은 이름도 기억이 안 났으니까.

그러니까 사사지마 쿄야라는 이름을 듣고도 얼굴이 떠오르지 않는다.

그래도 시로는 얼굴을 보고 그 이름을 말했다. 그렇다면 그 오니의 얼굴은 전세의 사사지마 쿄야와 닮았을 수도 있겠지.

시로도 마찬가지였으니까.

하지만 나는 애당초 사사지마 쿄야라는 사람을 기억하지 못했으니까 모르겠다는 대답밖에 할 수가 없어.

이런 내용을 살짝 넋두리를 섞어 가면서 아리엘 씨에게 설명했다.

"아."

아리엘 씨는 뭐라고 말이 안 나온다는 느낌으로 하늘을 우러러봤다.

"응, 뭐, 그렇다면야, 어쩔 수, 없겠네?"

"맞아요. 어쩔 수 없다고요!"

떠듬떠듬 대답하는 아리엘 씨에게 힘껏 다짐을 놓았다.

"응응, 알겠어."

아리엘 씨는 단념했다는 듯 두 손을 들었다.

"그럼 임시 사사지마 군으로 부르도록 하고, 어떡할래? 일단 지금 현장을 아엘이랑 가서 살펴보고 있는데."

"어떡하다뇨?"

아리엘 씨가 하려는 말의 뜻이 잘 이해되지 않았다.

"그러니까, 살릴지 죽일지. 벌써 죽었을지도 모르겠지만. 혹시 살아 있을 경우에 어떡하겠냐는 거야."

아, 그 이야기였구나.

아리엘 씨는 상대가 전생자니까 신경을 써주는 거네.

어떻게 하긴, 내 답은 하나다.

"물론 처죽여야죠."

"푸흡!"

내 말을 듣고 아리엘 씨가 뿜었다.

"뭐예요?! 지저분해라!"

"아, 미안, 미안. 음, 그래도, 이건 소피아가 잘못한 거야."

"책임 전가는 좋지 않아요."

"아, 그래."

어째서인지 얼굴에 불만이 묻어나는 아리엘 씨.

"왜요? 혹시 제가 죽이지 말아 달라는 부탁이라도 할 줄 아셨어요?"

"으음. 뭐, 그렇기는 한데."

"말도 안 돼요."

"말도 안 되는구나."

아~ 하고 하늘을 우러러보는 아리엘 씨.

"있잖아, 너희가 일본 출생이고 일본에서 자랐으니까 말이야. 살인에 기피감이라든가 느끼는 게 당연하겠지? 게다가 상대는 같은 고향의 일본인이고. 게다가 내가 말을 들어보니까 사사지마 군은 분노 스킬 때문에 이성이 날아갔었다면서? 본인의 의사가 아니잖니. 정상 참작의 여지가 있지 않을까?"

"아리엘 씨. 일본에는 과실 치사라는 말도 있거든요? 그리고 물론 죗값을 치러야 해요."

아~ 하고 또 하늘을 우러러보는 아리엘 씨.

"일본 출생에 일본에서 자랐다고 말씀하셨지만 지금의 저는 사리 엘라 국 출생에 전 세계에서 자라는 중이잖아요. 일본의 윤리관 따 위는 고향이 멸망당했을 때 두고 나왔어요. 애당초 저는 전세에 미 련이라든가 거의 없고 말이죠. 같은 고향요? 얼굴도 제대로 기억 안 나는 상대에게 무슨 친근감이 있겠어요."

아~ 하는 자세에서 돌아오지 않는 아리엘 씨.

"게다가 이성이 돌아오더라도 제정신이라는 보장이 어디 있겠어 요? 혈족 포식자라는 끔찍한 칭호도 갖고 있었는걸요."

"뭐?!"

감정 도중에 그 칭호를 발견했을 때는 내 눈을 의심했었지.

그 칭호를 입수하는 조건이 명칭의 뜻과 똑같다고 한다면, 결국 그렇다는 거잖아?

그런 짓을 저지르는 인간이 제정신일 리가 없어.

혹시 이성이 없을 때 저지른 짓이라고 해도 끔찍하다는 데 변함은 없고……

"빙룡 니아가 말했던 게 그런 뜻이었구나. 정말 잔혹한 짓을 했어."

아리엘 씨가 뭔가 혼잣말을 하는데, 나랑 상관없으니까 무시.

"그리고 무엇보다! 그 망할 놈 때문에 메라조피스가 죽을 뻔했다 고요! 나중에 내가 콱 죽여버릴 거야!"

아~ 하고 신음하면서 아리엘 씨가 두 손을 들어 얼굴을 감싼다.

"메라조피스가 이렇게 크게 다쳤는데, 제가 용서할 리가 없잖아 요. 게다가 메라조피스가 저한테 면목 없다고 말했단 말이에요! 그 런, 그런 메라조피스의 얼굴은, 그거…… 그게 또 멋있긴 한데. 그게 아니라! 그런 말을 한 원인을 만든 놈을 살려 놓는다는게 어디 말이나 되나요! 가능만 하면 제 손으로 갈가리 찢어발기고 싶은걸요. 맞아. 먼저 메라조피스에게 한 짓을 고스란히 갚아줘야 해. 두 팔을 날려버리고, 그다음 걷어차서 흉하게 굴러가는 꼴을 비웃어줄 거야. 그래야 직성이 풀릴 것 같아."

"아~ 스톱, 스톱. 이제 알았으니까. 그만그만."

아리엘 씨가 지친 기색으로 내 말을 가로막았다.

"내가 애를 잘못 키웠나 봐."

나직이 중얼거린 저 말이 몹시 유감스럽네?

따져 물으려고 입을 반쯤 열었을 때 아엘과 인형 거미들이 돌아왔다.

"응, 어서 와. 어땠어?"

아리엘 씨의 물음에 아엘이 말없이 고개를 가로저었다.

"그래. 안 되나 보네."

동작뿐 아니라 아리엘 씨와 아엘은 권속 지배로 연결돼 있으니까 스킬로도 얼마간 의사소통이 가능하다.

그렇게 상황 설명을 들었나 봐.

"아마도 싸움터가 됐던 빙하 말인데, 완전히 다 부서졌고 게다가 산의 경사면을 눈사태처럼 쭉 내려가버렸나 봐. 거기에 휩쓸렸다면 사사지마 군을 찾는 건 조금 어려울 것 같아."

그렇구나.

그건 좀 유감이네.

"혹시 죽었을지도 모르겠네."

"아뇨, 살아 있어요."

아리엘 씨의 예상을 부정했다.

"왜냐하면 제 레벨이 안 올랐거든요."

"아."

내 레벨은 1.

실은 태어나서 지금껏 레벨을 하나도 안 올렸다.

이유는 시로가 「강화 스킬 만렙까지 레벨은 안 올리는 게 좋아」라고 드물게 긴 문장으로 설득했으니까.

능력치를 강화하는 스킬은 상위 스킬이 되면 레벨 업 때 올라가는 수치를 더욱 많이 올려준다.

시로는 상위 스킬 중 위타천의 도움을 꽤나 많이 받았다고 설명해줬다.

그러니까 나도 상위 스킬로 만들 때까지 레벨은 안 올라가도록 신경 쓰고 있어.

레벨을 안 올려도 능력치 및 스킬은 단련할 수 있으니까.

그리고 내 레벨은 아직껏 올라가지 않았다.

그토록 강력한 놈을 해치웠는데 레벨이 안 오른다면 그게 더 이상하잖아.

따라서 그놈은 살아 있어.

반드시…….

"후후. 살아 있다면 언젠가 꼭 복수해줘야지."

확신이 느껴진다.

그놈과 언젠가 다시 만나게 된다는 확신이.

"으앗~. 엄청 악당 같은 웃음이네."

아리엘 씨가 입가를 경련하면서 뭔가 말하고 있었다.

아엘은 노코멘트로 나 몰라라, 사엘은 텐트 구석에서 부들부들 떨고, 리엘은 고개를 쏙 기울이고 있고, 피엘은 뭔 말인지 잘은 모르겠지만 뭔가 대단한 게 아니냐는 바보스러운 감상이 묻어나는 별난 표정을 짓고 있었다.

"……또 도움을 받고 말았네."

문득 나는 잠들어 있는 시로를 돌아보면서 그렇게 중얼거렸다.

"아, 실을 뽑아낼 수 있게 됐다면서? 위기 상황에 처하면 초인적인 힘을 발휘하는 것과 비슷한 걸까?"

아리엘 씨가 조금 어긋난 감상을 입에 담았다.

그 국면에 딱 맞춰서 실을 뽑아낼 수 있게 되었다는 게 확실히 기적적이고 굉장하다는 생각은 들거든.

그렇지만 나는 그런 것보단 또 시로에게 도움받았다는 게 훨씬 더 중요했다.

언제나 이렇잖아.

나는 가장 중요한 장면에서 항상 시로에게 도움받기만 한다.

2년 전 힘을 잃었던 시로를 앞에 두고서 나는 한심하게도 기쁨을 느껴야 했다.

이제는 약체화된 시로에게 은혜를 갚을 수 있다는 고약한 생각. 그리고 훨씬 더 추한 것은 시로가 약해졌다는 사실 자체에 대한 환희.

내 눈으로 봐도 시로는 너무 강했다.

뭐든 다 가능하고 누구든 다 지킬 수 있다.

그러니까 나는 항상 보호받을 뿐 전혀 은혜를 갚을 수 없었어.

그와 동시에 너무 강하다는 것이 참 치사하다는 생각도 역시 있었다.

그러니까 시로가 약해졌을 때 나는 기뻐했다.

기뻐하고 말았다.

딱하고 한심스럽다.

그래도 이번 건에서 절감했어.

시로는 여전히 강하다고.

왜냐하면 그렇게 약한 상태로 또 나를 구해줬으니까.

전투력이 강하고 약한 게 문제가 아냐.

그와 다른 부분에서 강한 거야.

그리고 나는 아직도 한참 약하다.

몸도 마음도…….

"강해지고 싶어요."

"소피아는 충분히 강해졌다고 보는데 말이지~."

"아직 멀었어요."

아리엘 씨의 위로를 곧이곧대로 들으면 안 된다.

나는 아리엘 씨는 물론 다른 애들에게도 한참 못 미치니까.

"더욱더 훨씬 더 강해지겠어요!"

마음 쪽은 당장에 어떻게 되는 게 아니야.

내 한심하고 딱한 부분은 전세 때부터 물든 얼룩같은 것.

쉽사리 바뀌지는 않을 거야.

물론 바뀌려는 자세를 포기한 것은 아니야.

조금씩이나마 자기 수양을 쌓아 나가야지.

다만 그러려면 시간이 걸리니까.

그러니까 적어도 신체나마 어서 강해지도록 노력하자.

최소한 그 밉살맞은 오니에게는 지지 않을 정도로…….

"결심했어! 내일부터 훈련을 늘리겠어요! 어디, 두고 봐! 다음에
는 반드시 내가 이겨줄 테야!"

"그래~. 안 다치게 정도껏 하자?"

주먹을 꽉 움켜쥐고 다시 기합을 넣는다.

리엘과 피엘이 내 흉내를 내서 주먹을 쥐었고, 아엘이 슬그머니
페이드아웃 됐다.

사엘?

내내 구석에서 떨고 있었어.

"메라조피스 군, 힘내라."

아리엘 씨는 걱정이 묻어나는 작은 목소리로 저런 말을 했지만 걱
정 마세요!

메라조피스는 이미 힘내고 있으니까요!

나는 강해지겠다고 다짐을 했다.

다음에야말로 내가 시로를 도울 수 있도록.

언젠가 다시 만날 오니에게 재도전했을 때 내가 이길 수 있도록.

오니의 포효

극한의 땅에서 얼음이 깨져 나간다.

마치 깨뜨린 본인의 파괴 충동을 고스란히 대변하는 것처럼.

흩날리는 피의 붉은색은 얼어붙고도 오히려 불꽃을 연상케 했다.

꺼지지 않는 불꽃을…….

주변은 흡사 온통 얼어붙은 듯 자그만 소리 한 번 들리지 않는다.

이렇듯 얼어붙은 대지조차 오니의 안에 깃들어 있는 불꽃을 꺼뜨리기는 불가능했다.

오히려 얼어붙음에 따라 불꽃은 더욱 격하게 타올랐다.

타오른다, 불타오른다.

인간성을 얼리고 오직 순수한 분노의 불길만 남아 번져 나간다.

시야에 비치는 것은 파괴 대상의 모습뿐.

코로 맡는 것은 파괴 대상의 냄새뿐.

귀에 들리는 것은 파괴 대상의 단말마뿐.

혀는 이를 악물어서 배어난 피의 맛을.

느껴지는 것은 그저 오로지 분노뿐.

"카아아아아아아아!"

포효하는 오니의 눈에 이성의 빛은 없었다.

안녕하세요. 바바 오키나입니다.

이제 슬슬 후기 도입 부분의 소재가 바닥나게 된 그런 오늘의 이때.

아이고아이고.

후기의 소재는 바닥났습니다만 본편의 소재는 안 바닥나니까 아무쪼록 안심하시길!

오히려 쓸 이야기가 너무 잔뜩이라서 어떻게 한 권에 넣어야 하나 악전고투를 벌이고는 합니다.

아이고아이고.

어라? 곡소리가 꽤 나온다?

신경 쓰면 지는 겁니다, 넵.

그나저나 WEB 연재본에서 흐름이 크게 변했고, 한 권으로 정리해야 하니까 실제로 난이도가 제법 높다는 기분입니다.

그 과정에서 WEB 연재본을 보면 이름만 있는 엑스트라였던 고트 씨가 불쑥 각광을 받았던 것은 불가항력이랍니다.

WEB 연재본에서는 정말 별것도 아닌 엑스트라였던 주제에 어찌어찌하는 사이에 제대로 된 이름 있는 캐릭터가 되었더랬죠.

게다가 이 남자, 다음에도 또 등장할 예정이 있는 관계로 WEB 연재본과 비교하면 엄청나게 출세했습니다.

WEB 연재본에는 흔적도 안 보였던 티바 씨와 비슷한 수준의 출세 속도군요.

참고로 가장 크게 출세한 등장인물은 말할 것도 없이 S편의 레귤러 자리를 쟁취했던 페이입니다.

뭐, 이런저런 식으로 WEB 연재본과 본편의 캐릭터 대우가 달라졌습니다만 달라진 부분은 꼭 인간이 전부가 아니랍니다.

어째서인지 빙룡 씨가 몹시도 진한 캐릭터가 되었더랬죠.

WEB 연재본에서는 대사 한 줄도 없건만 어쩌다가 저렇게 된 걸까요?

세상에는 참 신기한 일도 많죠.

덧붙이자면 본작은 1권부터 지금까지 쭉 모든 권에서 용(龍)이니 용(竜)이니 하는 녀석들이 등장합니다.

그렇게 보면 이 녀석들도 역시 우대를 받고 있군요.

노려라, 전권 등장!

여기부터는 감사 인사를 전합니다.

사람이든 몬스터든 메카든 멋진 일러스트를 그려주시는 키류 츠카사 선생님.

진심으로 감사드립니다.

불타는 열혈 배틀을 만화로 그려주시는 카카시 아사히로 선생님.

지금 언급한 카카시 선생님의 만화 버전 4권에서는 글자 그대로 불타오르는 작열의 중층 배틀이 펼쳐지고 있사오니 꼭 읽어봐 주시기를 추천드립니다.

담당 편집자 W여사를 비롯하여 이 책이 세상에 나올 수 있도록 도와주신 모든 분들께.

이 책을 구입하여 읽어주시는 모든 분들께.

진심으로 감사드립니다.

거미입니다만, 문제라도? 8

1판 1쇄 발행 2018년 7월 20일
1판 6쇄 발행 2021년 10월 7일

지은이_ Okina Baba
일러스트_ Tsukasa Kiryu
옮긴이_ 김성래

발행인_ 신현호
편집부장_ 윤영천
편집진행_ 김기준 · 김승신 · 원현선 · 권세라
편집디자인_ 양우연
관리 · 영업_ 김민원 · 조인희

펴낸곳_ (주)디앤씨미디어
등록_ 2002년 4월 25일 제20-260호
주소_ 서울시 구로구 디지털로 26길 111 JnK디지털타워 503호
전화_ 02-333-2513(대표)
팩시밀리_ 02-333-2514
이메일_ lnovelpiya@naver.com
ㄴ노벨 공식 카페_ http://cafe.naver.com/lnovel11

KUMO DESUGA, NANIKA? Vol.8
©Okina Baba, Tsukasa Kiryu 2018
First published in Japan in 2018 by KADOKAWA CORPORATION, Tokyo.
Korean translation rights arranged with KADOKAWA CORPORATION, Tokyo.

ISBN 979-11-278-4579-7 04830
ISBN 979-11-278-2430-3 (세트)

값 9,800원

치유마법의 잘못된 사용법 1~4권

쿠로카타 지음 | KeG 일러스트 | 송재희 옮김

평범한 고등학생 우사토는 귀갓길에 우연히 만난 학생회장 스즈네,
같은 반 친구인 카즈키와 함께 갑자기 나타난 마법진에 삼켜져
이세계로 전이하게 된다.
세 사람은 마왕군으로부터 왕국을 구하기 위한 『용사』로서 소환된 것이지만
용사 적성을 가진 이는 스즈네와 카즈키뿐, 우사토는 그저 휘말린 것이었다!
하지만 우사토에게 희귀한 속성인 『치유마법사』의 능력이 있다고 밝혀지며
사태는 180도 바뀌게 되고, 우사토는 구명단 단장이라는 여성, 로즈에게 납치되어
강제로 구명단에 가입하게 된다.
그곳에서 우사토를 기다리고 있던 것은 험악한 얼굴의 동료들,
그리고 『치유마법의 잘못된 사용법』을 구사하는
지옥훈련으로 채워진 나날이었다―.

**상식 파괴 「회복 요원」이 펼치는
개그&배틀 우당탕 이세계 판타지, 당당히 개막!!**

라이트노벨의 새로운 빛! L북스의 신간은 매월 20일에 발매됩니다. http://cafe.naver.com/lnovel11

© 2017 Kei Kamitani / SHOGAKUKAN
Illustrated by Rein Kuwashima

최하위 직업에서 최강까지 출세하다 1권

카미타니 케이 지음 | 쿠와시마 레인 일러스트 | 안병훈 옮김

최하위 직업인 『저급 마도사』로서
시원치 않은 나날을 보내던 소년 루크.
하지만 어떤 사건을 계기로
그를 둘러싼 환경은 크게 변화하기 시작한다.
그 사건은 「포위섬멸진」이라는 진형을 고안함으로써
그 이름을 전쟁의 역사에 새기게 되는 그의 시작에 불과했다.
머지않아 루크는, 대륙 그 자체는 물론이거니와 역사 그 자체를 뒤흔드는
거대한 소용돌이 속으로 말려들어가게 된다.

**「최하위 직업」에서 「천재 군사」로 출세하는 소년의
좌절과 영광을 그린 이야기가 시작된다.**

라이트노벨의 새로운 빛! L북스의 신간은 매월 20일에 발매됩니다. http://cafe.naver.com/lnovel11

우리 딸을 위해서라면,
나는 마왕도 쓰러뜨릴 수 있을지 몰라. 1~7권

CHIROLU 지음 | Kei 일러스트 | 송재희 옮김

주워 온 마족 소녀의 보호자, 시작했습니다.
높은 전투 기술과 냉정한 판단력을 무기로
젊은 나이에 두각을 드러내며 인근에 그 이름을 알린 모험가 청년 데일.
어느 의뢰로 깊은 숲 속에 발을 들인 그는
그곳에서 바짝 마른 어린 마족 소녀와 만난다.
죄인의 낙인을 짊어진 그 소녀 라티나를 그대로 숲에 버려두지 못하고
이것도 인연이라며 데일은 그녀의 보호자가 되기로 결심하지만—.
"라티나가 너무 예뻐서 일하러 가기 싫어."
"또 바보 같은 소리야?"
—정신 차리고 보니 완전히 딸바보가 되어 있다?!
실력 있는 모험가 청년과 사정 있는 마족 소녀의 가족 판타지!!

그 가슴 따뜻해지는 이야기가 지금 시작됩니다!!

BOOKS

라이트노벨의 새로운 빛! L북스의 신간은 매월 20일에 발매됩니다. http://cafe.naver.com/lnovel11

고블린 슬레이어 1~6권

카규 쿠모 지음 | 칸나츠키 노보루 일러스트 | 박경용 옮김

"나는 세상을 구하지 않아. 고블린을 죽일 뿐이다."
그 변경의 길드에는 고블린 토벌만 해서
은 등급까지 올라간 희귀한 모험가가 있다…….
모험가가 되어 처음 짠 파티가 괴멸하고 위기에 빠진 여신관.
그때 그녀를 구해준 자가 바로 고블린 슬레이어라 불리는 남자였다.
그는 수단을 가리지 않고, 수고도 마다치 않으며 고블린만을 퇴치한다.
그런 그에게 여신관은 휘둘려 다니고, 접수원 아가씨는 감사하며,
소꿉친구인 소치기 소녀는 기다린다.
그런 가운데 그의 소문을 듣고서 엘프 소녀가 의뢰를 하러 나타났다—.

압도적 인기의 Web 작품이 드디어 서적화!
카규 쿠모 × 칸나츠키 노보루가 선물하는 다크 판타지, 개막!

우로보로스 레코드

Ouroboros Record

Minato Yamashita
야마시타 미나토
Illustration
시노 토코

3

© Minato Yamashita 2016
Illustration Touko Shino

우로보로스 레코드 1~3권

야마시타 미나토 지음 | 시노 토코 일러스트 | 김성래 옮김

오브닐 백작가의 차남 토리우스는 현대 일본에서 죽음을 맞이한 뒤
검과 마법이 지배하는 판타지 세계에서 새로운 삶을 살아가는 전생자였다.
그의 바람은 단 하나, 「다시는 죽고 싶지 않다.」는 것이었다.
그런 망집에 사로잡힌 그는 경지에 이르면
불로불사마저도 실현시킬 수 있다는 마법《연금술》에 매달렸다.
하지만 연금술은 과대망상의 허황된 짓거리라고
세간으로부터 업신여김을 당하고 있는 마법이다.
심지어 토리우스가 수행하고 있는 연금술 연구의 내용은
정도(正道)를 벗어나 있었다. 세뇌, 개조, 인체 실험…….
저러한 비정상적인 실험을 수없이 거듭하는 사이에
주위의 두려움과 혐오를 사게 되지만, 그는 전혀 아랑곳하지 않는다.
모든 것은 불로불사의 실현을 위해.
노예 메이드 유니와 함께 토리우스는 자신의 길을 나아간다…….

살기 위해서라면 어떤 짓이라도!!
인간의 욕망, 불로불사를 향한 진정한 다크 판타지!!

라이트노벨의 새로운 빛! L북스의 신간은 매월 20일에 발매됩니다. http://cafe.naver.com/lnovel11

© Junpei Inuzuka 2017
Illustration Katsumi Enami

이세계 식당 1~4권

이누즈카 준페이 지음 | 에나미 카츠미 일러스트 | 박정원 옮김

직장가와 인접한 상점가 한구석.
문에 고양이가 그려진 가게 「양식당 네코야」.
그곳은 창업한 이래 50년간 직장인들의 배고픔을 달래 온 곳으로,
양식당이라지만 이외의 메뉴도 풍부하다는 점이 특징인 지극히 평범한 식당이다.
그러나 「어떤 세계」 사람들에게는 특별하고 유일무이한 공간으로 탈바꿈한다.
「네코야」에는 한 가지 비밀이 있다.
정기 휴일인 매주 토요일, 「네코야」는 「특별한 손님」들로 북적거린다.
딸랑딸랑 방울 소리와 함께 찾아오는, 출신, 배경, 종족조차도 제각각인 손님들.
그들이 원하는 것은 세상 어디에서도 찾아보기 힘든 신기하고 맛있는 음식들.
사실 직장인들에게는 자주 먹어 익숙한 메뉴지만
「토요일의 손님」 = 「어떤 세계 사람들」에게는 듣도 보도 못한 음식들뿐.
경이롭고 특별한 요리를 내놓는 「네코야」는 「어떤 세계」 사람들에게 이렇게 불린다.
—「이세계 식당」.

그리고 딸랑딸랑 방울 소리는
이번 주에도 변함없이 울려 퍼진다.

라이트노벨의 새로운 빛! L북스의 신간은 매월 20일에 발매됩니다. http://cafe.naver.com/lnovel11